Perdição

Luiz Vilela

Perdição

ROMANCE

EDITORA RECORD
RIO DE JANEIRO • SÃO PAULO
2011

CIP-BRASIL. CATALOGAÇÃO-NA-FONTE
SINDICATO NACIONAL DOS EDITORES DE LIVROS, RJ

Vilela, Luiz, 1942-

V755p   Perdição / Luiz Vilela. – Rio de Janeiro: Record, 2011.

ISBN 978-85-01-09524-4

1. Romance brasileiro. I. Título

11-5246.   CDD: 869.93
                           CDU: 821.134.3(81)-3

Copyright © Luiz Vilela, 2011.

Composição de miolo: Abreu's System

Texto revisado segundo o novo Acordo Ortográfico da Língua Portuguesa

Direitos exclusivos desta edição reservados pela
EDITORA RECORD LTDA.
Rua Argentina 171 – 20921-380 – Rio de Janeiro, RJ – Tel.: 2585-2000

Impresso no Brasil

ISBN 978-85-01-09524-4

Seja um leitor preferencial Record.
Cadastre-se e receba informações sobre nossos lançamentos e nossas promoções.

Atendimento e venda direta ao leitor:
mdireto@record.com.br ou (21) 2585-2002.

EDITORA AFILIADA

O rapaz dos peixes
7

Pastor das almas
127

Ninguém
239

Autor e Obras
383

O rapaz dos peixes

Leonardo era um rapaz simples, que vivia da pesca. Leonardo — ou Leo, como quase todos o chamavam — era meu amigo. Quando meninos, muitas vezes fomos, juntos, ao lago que fica a alguns quilômetros da cidade, numa região que, na época, era de acesso difícil e perigoso. Íamos com seu pai, um lenhador, numa velha caminhonete.

Que aquela caminhonete, com seu motor barulhento e sua sacolejante lataria, que parecia ameaçar abandoná-la a cada bacada mais forte, nos tenha tantas vezes levado e trazido sem quebrar é algo que hoje, olhando para trás, me parece quase um milagre.

Uma noite, anos depois, eu já rapaz, sonhei com a caminhonete: sonhei que lá ia ela, como sempre, subindo aquela estrada pedregosa — mas com um detalhe que, de súbito, notei: não havia, dentro dela, ninguém. Essa hora eu acordei, sentindo uma funda tristeza. Que significado teria aquele sonho?, me perguntei. Eu não soube responder. Talvez não tivesse nenhum...

Voltando a Leo e ao lago: enquanto o pai de Leo, com um machado e um carrinho de pedreiro, se embrenhava na mata, à procura de lenha, Leo e eu ficávamos à beira do lago, brincando na parte rasa. Às vezes também pescávamos, de vara: pegávamos lambaris, chorões, piaus... Foi aí, sem dúvida, que nasceu o gosto de Leo pela pesca e, mais tarde, o seu interesse.

Crescemos, ficamos moços, e por algum tempo perdemo-nos de vista. Eu fui estudar fora e me formei em Letras. Voltei e, depois de dois anos dando aulas de português num colégio — sem nenhum entusiasmo, diga-se de passagem —, recebi um convite para ser o redator de um jornal em nossa cidade, um desses pequenos jornais do interior. Como eu gostava mais, bem mais, de escrever do que de falar, aceitei o convite.

Quanto a Leo, ele estudou até a oitava série. Depois, um pouco por dificuldades financeiras, outro pouco porque, apesar de inteligente, não gostava de estudar — "tenho alergia a escola", dizia —, abandonou os estudos. Continuava a pescar e passou a vender os seus peixes nas casas, a alguns fregueses escolhidos.

Ao completar 18 anos, ganhou do pai uma canoa, o que deu à sua atividade um novo alento. Não demorou, seguindo o conselho de amigos, montou uma banca na feira, encontrando nesse comércio a sua sobrevivência (e a da família, que em breve viria) e se tornando, popularmente, "o rapaz dos peixes" — como ele próprio, aliás, gostava de se anunciar.

Na ocasião em que este relato se inicia, Leo, com 25 anos, estava casado — com Gislaine, uma morena bonita, dois anos mais nova do que ele — e tinha uma filha, Kelly, de 3 anos. Eu, com 27 anos, não me casara nem tinha filhos. Não tinha também, com relação a uma coisa e outra — casamento e filhos —, quaisquer planos. Talvez, como Leo dizia da escola, eu tivesse por eles alguma "alergia". Especialmente, admitia, ao casamento, em todos os seus aspectos. Tanto que, quando Leo me convidou para o dele, eu, achando difícil escapar, lhe disse:
"Eu vou, mas com uma condição..."
"Qual?", ele perguntou.
"Eu não ter, depois, de ver o álbum de retratos."
Ele riu e disse:
"Combinado..."
E assim fizemos.
Para não dizer que não vi nenhuma foto do casamento, eu vi a que saiu no nosso jornal — cortesia minha, aliás, para com o jovem casal e que lhes deu, ao que parece, muita alegria.

Bem, mas não é de mim que estou aqui para falar: é de Leonardo, do meu amigo Leo.

Continuando, Leo tinha uma pequena casa, que fora dos pais e ficava numa vila. Jardim na frente, quintal no fundo, era uma casinha simpática. Ele tinha também uma Kombi, que comprara de segunda mão e que era, naturalmente, imprescindível no seu trabalho.

Um dia — pouco antes dessa ocasião —, um dia em que estávamos os dois à beira do lago, preparando-nos para uma pescaria, Leo disse:

"Ramon, eu não tenho muita coisa; na verdade, não tenho quase nada; mas tudo o que eu tenho eu devo a esse lago."

Sacudi a cabeça, escutando-o enquanto eu colocava na vara o anzol, preocupado com o tempo, que ia rapidamente fechando e ameaçando nossa pescaria.

"O dia que eu morrer", ele continuou, arrumando também sua vara, "o dia que eu morrer, eu quero que vocês me joguem lá no meio, para eu servir de comida aos peixes."

"Pode deixar, que nós te jogamos", eu disse. "Mas trate de engordar um pouco, senão os peixes só vão ter ossos para comer."

Ele riu.

"É, eu estou mesmo precisando de dar uma engordada", disse, levantando a camiseta branca e passando a

mão pela barriga, bronzeada pelo sol e lisa como a de uma estátua.
Poucos minutos depois, a chuva despencou. Corremos para debaixo da velha e imensa gameleira, e lá ficamos, sentados nas pedras, meio amuados, esperando a chuva passar — se é que ela passaria...
Foi então que Leo, não muito dado a reflexões, fez uma série de perguntas das quais eu, algum tempo depois e em mais de uma ocasião, me lembraria, pelo seu caráter premonitório.
Ele começou meio de repente:
"Para que a gente está aqui?", perguntou.
"No lago?", eu, por minha vez, perguntei.
"Não", ele disse, "no lago, não: aqui na Terra; aqui no mundo."
"Ah."
"Para quê?"
"Não sei", eu disse, "mas, pelo que já vi até agora, desconfio que não é para muito boa coisa..."
"A gente está aqui como poderia não estar..."
"É."
"Era só a gente não ter nascido."
"Isso."
"Mas a gente nasceu."
"Nasceu."
"E então?"
"Então o quê?"
"Para que a gente nasceu?"

"Muitos já tentaram responder a essa pergunta", eu disse. "Uns ficaram doidos, outros cortaram os pulsos, outros escreveram livros..."
"Eu acho que a gente nasceu", ele disse, "eu acho que a gente nasce porque a gente tem uma missão a cumprir — não é, não?"
"Missão?"
"Eu acho; senão para que a gente nasce?"
"A gente nasce para morrer", eu disse.
"Para morrer?"
"É, para morrer. Como que a gente morreria se a gente não nascesse?"
Ele ficou pensando. Depois disse:
"É... Essa eu acho que eu não entendi..."
"Eu também não", eu disse.
Nós rimos.
"A gente nasce...", ele recomeçou.
"Eu vou te dizer, Leo", eu o cortei, "eu vou te dizer para que a gente nasce... A gente não nasce para alguma coisa; a gente nasce, apenas. A gente nasce. E aí a gente vive. E então a gente morre. E pronto, acabou-se a história."
"Não", ele disse, negando com a cabeça; "eu não acho que seja assim... Eu acho que a gente nasce com uma missão; cada um nasce com a sua missão..."
Eu me calei, menos interessado naquelas questões — nas quais, aliás, eu já vinha desde os 15 anos pensando — do que na chuva, torcendo para que ela

terminasse logo e pudéssemos realizar a nossa pescaria.

"Qual será a minha?", ele disse.

"A minha?", eu perguntei, voltando-me para ele.

"A minha missão", ele disse.

"Hum."

"Qual será?"

"Descubra", eu disse.

"Será que eu vou ficar a vida inteira pescando? Será que, se eu fizer 90 anos, eu vou chegar lá arrastando um caniço na mão e uma rede na outra?"

Eu ri.

"Ou será que eu não descobri ainda a minha missão, como você disse? Às vezes Deus não me mostrou ainda qual é ela."

"Então peça a ele que mostre logo e não fique enrolando."

Ele riu.

Acendeu um cigarro e ficou algum tempo em silêncio, contemplando também a chuva, o lago, as matas...

"Às vezes, Ramon", ele disse, "quando eu estou sozinho aqui, eu fico pensando uma porção de coisas, coisas como essas... Tem hora que me vem tanta pergunta, que parece um enxame de abelhas num jardim florido — ou então um bando de mosquitos num monte de bosta."

Eu ri.

"Quer ouvir uma?"

"Eu já ouvi várias", respondi.
"Só mais uma..."
"Tá...", eu disse, fazendo um gesto de tolerância.
"A pergunta é: o que tem no fundo do lago?"
"No fundo do lago?"
"É."
"Areia."
"Só areia?"
"O que mais que você quer?"
"Não sei..."
"Areia, pedra, planta..."
"Pedra eu ouvi dizer que tem mesmo; muita pedra. Quem já mergulhou até o fundo diz que é difícil enxergar, que é muito escuro. As pedras são pretas, iguais a estas aqui. Diz que dá para ver umas locas, algumas de dar medo: se o cara entrar numa delas, não sai mais e ninguém nunca mais encontra."
"Deve ser interessante..."
"Mas não é nisso que eu estava pensando."
"Você estava pensando em quê?"
"Eu estava pensando em... Não sei... Algum peixe que ninguém jamais viu... Alguma pedra preciosa... Esqueletos..."
"Você andou vendo algum filme..."
Ele riu.
"Sei que eu gostaria de mergulhar até o fundo; se eu soubesse nadar..."
Eu balancei a cabeça.

"Às vezes também, sabe?", ele disse, "às vezes me dá uma saudade..."

"Saudade? Saudade de quê?"

"De uma porção de coisas... Às vezes até de coisas que eu não sei bem o que são..."

A chuva caindo, imperturbável. Pensei, chateado, que acabaria não dando para pescar, e eu voltaria para casa com aquela frustração.

"Saudade de minha mãe", Leo continuou, "saudade de meu pai, de meu tempo de criança, quando eu brincava no quintal lá de casa... Ou então dos tempos em que o Papai trazia nós dois aqui e a gente ficava ali, na margem, pegando lambaris..."

"É..."

"Era bom, né?"

"Era..."

"Às vezes eu fico lá, no meio dessa água toda e dessas matas, fico lá pensando essas coisas..."

Eu balancei a cabeça.

"De vez em quando um pássaro passa, atravessando o lago, e eu tenho vontade de perguntar: 'Aonde vais, pássaro? Aonde vais, tão certo, tão seguro assim de teu destino?'"

"O quê, hem, rapaz?...", eu disse, admirado.

Ele riu.

"Está virando poeta?"

"De vez em quando me vêm umas inspirações...", ele disse, meio envergonhado.

"Muito bem..."

"Pois é... Mas", ele prosseguiu, "eu fico vendo esses pássaros, e aí eu penso: eu também queria estar assim, lá em cima, voando, livre, em direção a alguma coisa..."

"Hum..."

"Então eu começo a pensar em minha vida e aí eu vejo que a minha vida não é nada, que eu não sou nada, que... E aí vai me dando uma bambeza, uma vontade de apagar o pensamento, de fechar os olhos, deixar o meu corpo cair para trás e..."

"E..."

Ele não concluiu.

"Mas aí", retomou, "como se eu despertasse de um sonho, eu digo: 'Que é isso, rapaz? Acorda! E sua filhinha adorada? E sua mulher? E seus amigos? E a cervejinha no boteco? E a linguicinha frita? A vida tem tanta coisa boa! A vida é tão boa! Você está ficando maluco? Lance o seu anzol na água, lance o seu anzol e pegue o seu peixe!'"

"É...", eu disse.

Ele então se calou e ficou olhando para a chuva, que, agora, finalmente, e felizmente, parecia diminuir.

"A chuva está parando", observou.

"É...", eu concordei.

Ele deu mais uma tragada funda e, com um piparote, atirou longe o toco de cigarro, na direção do lago.

"Ramon", me perguntou de repente, virando-se para mim: "quanto tempo será que uma pessoa leva para morrer afogada?"

"Quanto tempo?..."
"Uns dois minutos? Três?"
"Faça um teste", eu disse.
Ele riu.
"Você me fez lembrar a piada do árabe e o judeu", ele disse; "conhece?"
"Árabe e judeu?"
"Um árabe e um judeu: os dois apostaram um real em quem ficaria mais tempo debaixo d'água."
"E aí?"
"Morreram os dois, afogados."
Eu ri.
A chuva tinha de quase todo cessado. Eu, já impaciente, não quis esperar mais.
"Vamos?", eu disse, me levantando. "Vamos lançar o nosso anzol e pegar o nosso peixe?"
"Vamos", ele disse, levantando-se também. "É a melhor coisa. Sabe? Essas perguntas só servem para deixar a gente deprimido. Bom é pescar; pescar é que é bom."
Então, de repente, ele deu um grito e um salto no ar, e aí saiu correndo, descalço, pela areia molhada, até a canoa.
"Você ficou maluco, rapaz?", eu gritei. "Você ficou maluco?"
"É a vida!", ele respondeu, com o rosto resplandecente de uma selvagem alegria. "É a vida!"
É, a vida; a vida que, como se verá, reservava a ele (como a todos nós sempre reserva) umas boas surpresas...

Uma coisa me intrigava: por que Leo não aprendera a nadar? Eu, eu sabia por que eu não aprendera: eu não aprendera por medo, medo puro e simples, um medo invencível da água, embora, curiosamente, dentro da canoa, em pleno lago, eu não sentisse medo nenhum. Mas Leo? Leo sempre fora destemido...

E então, como ele nunca me dera uma explicação para isso, eu, como acontece nesses casos, acabara por imaginar uma, por mais boba que ela pudesse parecer.

É que, de tanto ouvir em criança — como todos nós, da cidade — histórias sobre os monstros que habitavam o lago, Leo acabara por criar uma espécie de bloqueio.

Que histórias eram essas? Eram histórias que vinham de longe, de geração em geração, passando de pai para filho. Um de seus registros mais antigos, da década de 30 ainda, em forma pictórica, se encontra até hoje na parede interna do principal e mais antigo bar da cidade, o Bar Central. É uma pintura de grandes proporções, *O Lago Negro*, e foi feita por Jerominho, um pintor nosso, primitivo, de há muito falecido. Lá estão — entre peixes, cágados, cobras, jacarés, lagartos, sapos, garças, tucanos, papagaios, onças, lobos, antas, capivaras, macacos e borboletas — os monstros, os famosos monstros, além de alguns mais que a fértil imaginação do pintor houve por bem acrescentar...

Papudo — o jacaré Papudo, um enorme jacaré, de papo maior ainda — era o mais famoso deles e, com o tempo, se tornara o mais popular, já fazendo parte das conversas cotidianas, em expressões de incredulidade como "vai contar essa pro Papudo", ou invocações de mães para crianças desobedientes: "Eu vou chamar o Papudo, hem?..." Ele estava presente também nas brincadeiras dos meninos e, frequentemente, em seus desenhos na escola (ele apareceu ainda em outros desenhos, nada infantis, como daqui a pouco se verá...). Com o passar dos anos, Papudo perdeu, no imaginário popular, muito de sua antiga ferocidade, transformando-se numa criatura quase inofensiva, bonachona e até simpática (e outros qualificativos mais, como também daqui a pouco se verá...).

O mesmo não se podia dizer de outro monstro, a Cobra-Gigante, uma cobra muito grossa e comprida, tão comprida que, comentava-se, jamais conseguira alguém vê-la na sua completa extensão. A cobra tinha um apelido, Jandira, advindo, segundo alguns, de ela ter comido inteira uma... não, não uma mulher, mas, o mais impressionante, uma vaca, que tinha esse nome, de um fazendeiro da vizinhança. Indo a vaca até a margem do lago para beber água, fora surpreendida pelo monstro, que a enlaçara, quebrara-lhe os ossos e a engolira — por inteiro. Isso levava muitos a dizerem que a Cobra-Gigante — caso existisse mesmo — não era nenhum monstro, mas apenas uma sucuri, uma sucuri das maiores. Fosse como fosse, ninguém, gente ou bicho, gostaria de dar de cara com ela, e sua simples menção — diferentemente do que acontecia com a do Papudo — era feita com uma espécie de temor reverencial...

Por último — mas é esse exatamente o caso de dizer *the last but not the least* — a Moçalinda, óbvia junção de moça e linda, levada à condição de nome próprio. De todos, dos três grandes monstros, e de outros menores e menos falados que a imaginação do povo e a dos artistas vieram pelos anos afora criando, nenhum era tão temido como ele. Principalmente pelos homens, já que quase só homens frequentavam o lago.

A Moçalinda surgia de repente, como que por mágica: emergia das águas como alguém que nelas houvesse mergulhado e voltasse então à tona. De feições perfeitas, cabelos compridos e negros, ela, a seguir, nadava em direção à margem. Aí punha-se de pé, quando, então, aparecia o seu torso, nu, de seios belíssimos. Com a água pela cintura, sorria e, abrindo os braços, convidava a pessoa a se aproximar. Ai de quem o fizesse! A recomendação era a de que a pessoa se virasse de imediato, dando-lhe as costas e indo embora, sem voltar-se uma só vez. Quem demorasse mais de um minuto a olhar para ela, era enfeitiçado, e aí entrava no lago como um sonâmbulo, indo ao encontro daquela maravilhosa criatura. Quando chegava perto e ia tocar os seus seios, a

Moçalinda segurava-lhe os braços, puxava-o para a parte mais funda, empurrava-o para baixo e, segurando-o com uma força descomunal — comparável, segundo se dizia, à de vários homens juntos —, esperava até que o infeliz morresse afogado. O final da história: um corpo boiando no lago, cujos olhos, arregalados, pareciam reter ainda em suas pupilas o pavor daqueles instantes derradeiros.

A Moçalinda também está, é claro, no quadro de Jerominho, retratada com todo o encanto, todo o fascínio, toda a sedução de que fora capaz o pincel do pintor. Era ela, nessa representação pictórica, a minha lembrança erótica mais antiga e a mais persistente de toda a minha meninice e começo da adolescência. Eu vibrava quando meu pai ou minha mãe me mandava buscar alguma coisa no bar (um ambiente em que menores de idade não eram, então, muito bem-vistos), só para contemplar mais uma vez os, em todos os sentidos, fantásticos seios, fabulosos seios.

A propósito, circulava secretamente nessa época, de autor desconhecido e de boa qualidade artística, uma coleção de cartões, no formato de cartão-postal, *As aventuras da Moçalinda no Lago*. Longe do que pelo título se poderia esperar, as aventuras que os cartões mostravam não eram como as de algumas heroínas dos quadrinhos ou dos seriados do cinema e da televisão, que lhes exaltavam a coragem, a astúcia, a integridade moral diante do perigo. *As Aventuras da Moçalinda* exaltavam uma só coisa: sexo, sexo e mais sexo, tendo como protagonista a própria e como coadjuvantes bichos da região, os bichos que, de uma forma ou outra, podiam ser convocados para participar daquele festim da carne às margens do lago: macacos, onças, cobras, jacarés... Todos os cartões mostrando — *ça va sans dire* — a genitália dos envolvidos na farra, além de, no caso da Moçalinda, os seios e os glúteos, e até o cobiçado orifício...

E, por falar nos últimos, o cartão mais apreciado era exatamente o da Moçalinda com o Papudo, aquela nua, de bruços na areia, e este estendido sobre ela, ao longo do corpo, enfiando-lhe por entre os ditos glúteos um membro fenomenal: ela, como não podia deixar de ser, com uma expressão de espanto e dor (prazer também?), ele com uma expressão de gozo, os olhos revirados, a língua de fora. Outro cartão era o da Moçalinda com um bando de macaquinhos, todos estes com uma cara muito alegre e cada um se fartando como podia naquele delicioso corpo, que já se contorcia no êxtase. Outro, ainda, com a Moçalinda deitada de costas e de frente para quem vê, as pernas flexionadas e escancaradas, expondo a gulosa concha, e, ao lado, a Cobra-Gigante, mostrando sua comprida e vibrátil língua, pronta para entrar em ação. Haja sexo! E haja repreensão e castigo para aqueles de nós, meninos, que fossem pegos com um cartão daqueles! Nem é bom lembrar... O mundo vinha abaixo...

Objeto ontem de escândalo e proibição, a coleção de cartões é hoje o da cobiça de colecionadores, que incluem até pessoas de outros lugares, aonde sua fama chegou. Um cartão dos originais, atualmente, vale ouro.

Na época em que o cinema pornô nacional começou a se desenvolver, um diretor, nascido na região e que conhecia os cartões, chegou a pensar em rodar, com base neles, um filme no lago, mas acabou desistindo. "O problema é os bichos", teria ele dito na ocasião; "arranjar a Moçalinda seria fácil..."

E há, para concluir, o episódio da praça, ocorrido na década de 50 e que até hoje dá o que falar. Mas este merece um capítulo especial...

O prefeito da cidade na época — Coelho, Venâncio Coelho —, uma pessoa de não muita instrução mas de bons propósitos, assentou, num terreno próximo à entrada da cidade, os elementos básicos de uma praça. Querendo, então, nela erguer como ornamento uma escultura, recebeu da mulher, Lívia — esta, culta, com formação acadêmica em São Paulo, além de muito bonita —, a sugestão de convidar um escultor. Completando a sugestão, ela falou numa pessoa que fora seu colega no curso de Belas-Artes e que morava na capital paulista: Jean, neto de franceses, há tempos radicados no Brasil. Coelho aceitou a sugestão, muito feliz e mal sabendo, ou nada sabendo, das dores de cabeça que ela iria lhe trazer...

De seu lado e a distância, combinadas as condições, Jean também aceitou, "com muita honra", o convite — ainda mais, acrescentou, tendo a sugestão partido de sua talentosa e querida ex-colega... Aceito, pois, o convite, ele quis logo saber que tipo de escultura se queria. O que ele quisesse — foi a resposta do prefeito. Ele tinha, portanto, carta-branca. Isso teve o efeito, paradoxal mas compreensível, de deixá-lo perdido, sem saber o que fazer.

Nesse clima — e novamente por sugestão da mulher —, Coelho convidou Jean a passar uns dias na cidade, por conta da Prefeitura, ou seja, por conta do contribuinte, que vai aparecer bastante e com bastante força nesta história...

Jean veio. Jovem ainda, simpático, amante das bebidas e dos charutos — e, ao que parecia, das mulheres também —, ficou alguns dias flanando por Flor do Campo, uma cidade então menor, com menos habitantes e ainda sem nenhum edifício. Estes, os edifícios — ainda hoje poucos, felizmente —, só começariam a ser construídos na década seguinte, a década de 60.

O tempo passando e Jean sem apresentar nenhum projeto, a pressão popular começou a se fazer sentir, vendo nele — no Francês, como logo passou a ser chamado na cidade — um aproveitador, quase um espertalhão. Coelho, de seu lado, mais pressionado ainda, levou ao conhecimento de Jean aquela insatisfação. Este se defendeu, explicando que arte é assim, não basta querer fazer, é preciso que a inspiração surja — e a inspiração, no seu caso, infelizmente não tinha ainda surgido. Mas surgiria, ficassem eles tranquilos, não era nenhum irresponsável, tinha um nome a zelar, etcétera, etcétera. E arrematou: "Esta cidade, que, aliás, é uma gracinha — *très jolie* —, fazendo plenamente jus ao nome, ainda vai ter uma bela escultura, a mais bela, prometo, que estas mãos hão de um dia fazer."

Então, numa tarde de domingo, durante um passeio ao lago, na companhia de Coelho, Jean — que já ouvira na cidade algumas histórias sobre os monstros e vira a pintura de Jerominho, que muito o impressionara —, num momento em que contemplava, absorto, aquelas águas plácidas, teve o estalo: "*Hélas!*", gritou de repente. "Já sei!" "Já sabe o quê?", perguntou Coelho, sem entender aquela súbita explosão. "O que vai ser a minha escultura!" "E o que vai ser?" "Os monstros!" "Os monstros?", perguntou, atônito, Coelho. "Os monstros!", repetiu Jean, cada vez mais eufórico, e, de alegria, até dançou um chá-chá-chá na frente de Coelho. "Esses artistas", deve ter pensado Coelho, "esses artistas são todos uns loucos..." "E o nome da praça?", prosseguiu Jean, numa crescente euforia. "O nome da praça?", repetiu Coelho. "Praça dos Monstros!", sapecou Jean. "Praça dos Monstros?", tornou Coelho, meio assustado e com um sorriso amarelo — *et pour cause*, pois esse era o último nome que poderia imaginar para uma praça, especialmente aquela, aquela pracinha, que ele queria amena, aprazível, acolhedora...

Bom: consciente então de seu pouco tempo e dos limitados recursos financeiros, e, ainda, da pressão popular, Jean, tendo agora finalmente encontrado o seu tema, andou rápido: em dois dias apresentou um projeto, numa maquetezinha. O projeto: um chafariz no centro da praça, em forma de triângulo equilátero, tendo em cada uma das pontas, em cada um dos ângulos, a escultura de um dos monstros — a Moçalinda, a Cobra-Gigante e o Papudo.

O prefeito... Bem, Coelho disse gostar, disse que achou interessante... Mas, no outro dia, perguntou a Jean se não podia — atendendo a um pedido da mulher — mudar o nome de Praça dos Monstros para Praça do Lago. "Você sabe", disse Coelho, "monstro não deixa de assustar um pouco..." "Mas monstro é para assustar mesmo", respondeu Jean, e completou: "para que serve um monstro se não é para assustar?" "É verdade", admitiu Coelho, "mas... Você sabe, uma praça..." "É um susto catártico", explicou Jean a Coelho, que, é claro, em sua simplicidade e com a sua escassa cultura, não entendeu nada. Jean invocou ainda a tragédia grega e outras coisas mais da história da arte — mas, no fim, acabou mesmo tendo, pelo menos provisoriamente, de concordar. "Não posso, como sempre, me negar a um pedido da Lívia..." — Lívia, a bela e culta primeira-dama.

Submetido à aprovação na Câmara dos Vereadores, o projeto foi recebido com pouco entusiasmo. "Com monstros não se brinca", ponderou um vereador, Aristides — o Tidim Cabeça —, líder da oposição na câmara. "Mas é isso o que um artista faz", retrucou Jean; "o artista brinca com monstros, os seus próprios e os dos outros." "Pode ser", assentiu Tidim, "mas esses monstros são patrimônio da cidade, só alguém nascido aqui teria o direito de brincar com eles." "Então por que vocês não arranjam um escultor daqui para fazer as esculturas?", disse Jean. "É isso o que a gente devia ter feito", respondeu Tidim, "e, se tivesse feito, os cofres da municipalidade teriam economizado um bom dinheiro." "Então arranjem", continuou Jean, falando para todos, na câmara, "arranjem um escultor, que eu vou embora amanhã mesmo."

"Por que a forma do triângulo?", inquiriu, no embalo, outro vereador. "O lago não é triangular; devia ser um chafariz redondo." "Mas o lago não é também redondo", rebateu Jean. "Eu sei por quê", disse um terceiro vereador, entrando na discussão, em apoio ao colega: "porque triângulo é coisa de maçonaria — às vezes até de feitiçaria..." "Meu senhor", disse Jean, já agastado, "se o senhor quer saber, eu não sou maçom, nem católico, nem espírita, nem feiticeiro, nem bosta nenhuma!" "Exijo respeito nesta casa!", gritou o presidente da câmara, dando um murro na mesa. Irado, Jean levantou-se bruscamente e disse: "*Merde!*" E se retirou do recinto, deixando atrás de si uma chuva de impropérios.

De noite, ele foi à casa de Coelho comunicar que estava de malas prontas para viajar de volta, no dia seguinte, para São Paulo. "Meu Deus", disse Coelho, em pânico, "não faça isso, seria a minha ruína! O que eles vão dizer? Não posso nem pensar numa coisa dessas" — e, deixando de lado a compostura verbal: "se você fizer isso, eu estou fodido e mal pago."

Conversa vai, conversa vem, Lívia, da conversa participando também, pediu a Jean que reconsiderasse a sua decisão e compreendesse a situação: os vereadores não tinham muito conhecimento daquelas coisas, mas não eram más pessoas; e que isso e que aquilo, e que o marido e a imagem do marido, seu futuro político, a população, a cidade... "Tá", disse Jean, mais uma vez cedendo, "eu fico."

Ele ficou. Mas, como era de se esperar, a coisa, que já não tinha até então transcorrido de maneira muito pacífica, daquele dia em diante menos pacífica ainda transcorreu. Coelho conseguiu ganhar, se não a simpatia, pelo menos a tolerância da câmara, com a condição de baixar os custos da obra. "Eu baixo os custos", disse Jean, ao ser informado, "eu baixo os custos, e daqui a pouco eles estão pedindo para eu baixar as calças..." Coelho riu.

A proposta dos vereadores era a de retirar o chafariz, ou, melhor ainda — e era este o desejo da maioria —, fazer o chafariz e abandonar as esculturas dos monstros. "Chafariz", respondeu Jean, chateado, "chafariz qualquer pedreiro de esquina aí faz..." Mas acabaram chegando a um acordo: ele retiraria o chafariz. Nada de chafariz. Só as esculturas.

Assim sendo, fez Jean nova maquete. Sem o chafariz agora, distribuiu ele as esculturas dos três monstros por três pontos diferentes da praça, que era redonda — mas, então, viu-se obrigado a praticamente dobrar o tamanho delas.

"Esse indivíduo está pensando que a gente é o quê, idiota?", vociferou Tidim, na câmara, alegando que as três esculturas ficariam tão caras quanto o chafariz, se não mais. "Ele está querendo exibir os seus talentos escultóricos à custa do erário municipal?" Novos debates, novas pressões e ameaças, a cidade, a essa altura, envolvida na discussão e participando ativamente por meio de enquetes, entrevistas na rádio e no jornal, e tudo o mais. Até uma passeata houve, da principal escola, o Colégio Municipal, trazendo uma faixa: "Deixem em paz os nossos monstros!"

O final: nem chafariz, nem as três esculturas. Uma escultura só, para não ficar sem nada na praça e para que pudesse o prefeito honrar o compromisso assumido. Uma escultura no centro, de, no máximo, um metro de altura, fora o pedestal. Ou isso ou nada. Esta era a proposta da câmara. Ou isso ou o escultor — agora, sim — podia mesmo fazer as malas, ficando a fundo perdido as despesas até então com ele feitas.

A resposta de Jean: está bem — ele aceitava. Mas com uma condição também, apenas uma: ele faria a escultura que quisesse. Não aceitaria a interferência de ninguém. Ninguém. E outra: não mostraria nenhuma maquete, esboço, nada. Eles só conheceriam a escultura à medida que ele a fosse fazendo. Certo?

A concordância não foi tranquila: muitas objeções, ressalvas e ponderações houve até ela finalmente se dar. "Eu simplesmente quero de volta a carta-branca que recebi quando fui convidado e que esta câmara depois me retirou", disse Jean, em nova sessão da câmara. Não, retrucaram, não era assim, ninguém lhe havia retirado a carta-branca: é que havia os custos, havia os problemas orçamentários; mas todos sabiam que ele era um escultor de valor, apesar de tão jovem, etcétera, etcétera. Vereadores, prefeito e escultor de ânimos apaziguados, desculpas pra lá, desculpas pra cá, acabaram marcando um jantar de confraternização. "Uma hora eu queria merecer a sua visita lá em casa", disse Tidim a Jean: "minha filha fez uma escultura de cerâmica na escola, eu acho que ela tem muito talento; quem sabe uma palavrinha sua..."

Começava o segundo tempo daquela história. Que escultura faria o Francês?, perguntavam-se as pessoas. Se não podia fazer os três monstros, escolheria ele um deles? Qual? O Papudo? A Cobra-Gigante? A Moçalinda? Nenhum deles? Não sendo nenhum deles, o que seria a escultura? Mistério... Houve até bancas de apostas nas esquinas...

Então, num belo dia, foi instalado o pedestal. Sabedor de toda a expectativa que o cercava, Jean aproveitou para fazer um suspensezinho, demorando-se mais do que devia e contando agora com o apoio financeiro da marmoraria local, a troco de um anúncio no jornal em que ele aparecia, com os seus instrumentos na mão: "A arte é minha, mas o mármore é da Marmoraria Celeste." Logo o hotel em que Jean se hospedava, o Hotel Jamaica (por que Jamaica, ninguém nunca soube explicar), entrou também na jogada, com o apoio em troca do anúncio: "Um artista que dorme bem", dizia Jean na foto, sentado na cama do apartamento, "produz duas vezes melhor; o que dorme no Hotel Jamaica produz três." Contagiada pelos dois — a marmoraria e o hotel —, a pizzaria onde Jean tomava as refeições resolveu também participar: "Esse Giordano é um monstro", dizia Jean, abraçado ao gordo Giordano: "monstro da pizza, é claro..."

Mais dias se passaram, e então eis que um pedaço da escultura é instalado no pedestal: um rabo de jacaré. Ah, então era o Papudo... O Francês escolhera o Papudo, era do Papudo que ele ia fazer a escultura... Mas seria mesmo? Um rabo de jacaré apenas não queria dizer que seria o Papudo — dúvida levantada principalmente entre os que haviam feito apostas, ou, mais precisamente, os que haviam apostado na Moçalinda ou na Cobra-Gigante. Um rabo de jacaré é apenas um rabo de jacaré — argumentavam, expressão que acabou entrando para o repertório coloquial da cidade na época, com o sentido de se evitarem afirmações precipitadas.

Outra dúvida, que alguém, mais observador — ou de cabeça mais suja, segundo outros —, levantou e logo se propagou: o rabo, visto de determinado ângulo, a pessoa se abaixando, era um perfeito pênis ereto. Seria essa a intenção do escultor? "Aquilo" ia ficar daquele jeito?... Dúvidas, receios, preocupações, críticas, fofocas, o clima em torno de Jean começou de novo a esquentar, para bem e para mal — mais para mal do que para bem.

Outros dias se passaram e veio, então, outra peça da escultura, mas não ainda a sua totalidade: um torso, um torso de mulher, mas sem a cabeça e com as nádegas. Novamente as polêmicas entre os apostadores. A Moçalinda? Mas a Moçalinda não tinha rabo de jacaré... Não? Não tinha? Quem podia dizer que não, se ninguém nunca vira o corpo dela abaixo da cintura? Não tinham as sereias rabos de peixe? A Moçalinda poderia ter rabo de jacaré, ainda mais que... Poderia, mas... E a cabeça? Quem podia dizer que era a Moçalinda, se não havia ainda a cabeça? E se o Francês pusesse a cabeça de uma mulher que não fosse bonita ou que tivesse, por exemplo, os cabelos curtos? Seria a Moçalinda? O papo fervia nos bares e nas esquinas...

Perto, no entanto, de outro papo — o que ocorria nas casas e nas escolas —, ele era morno, até frio. Este, foi de outra natureza, uma natureza quase sempre espinhosa: a natureza moral. O motivo, para ir direto ao ponto — ou aos pontos —, eram as nádegas e os seios daquele torso: as nádegas, meio arrebitadas, e os seios, com dois formidáveis bicos apontando para o alto. Sem falar na posição do torso, meio retorcida, e nos braços, abertos, abertos como um convite — "um convite ao pecado", sentenciaram.

O tempo então fechou para Jean. As reações negativas e os comentários indignados se propagaram. Criouse uma comissão de pais, e lá foram eles ao prefeito, na base do "como é que é?" Ou, no dizer de um pai: "Nós pagamos impostos para ver nossas filhas desrespeitadas em praça pública?" Coelho, numa posição ingrata, se defendeu e defendeu Jean como pôde. Concordou, para acalmar os presentes, com algumas críticas, mas disse que nada podia fazer, que tinha de respeitar o contrato assinado com o escultor, concedendo-lhe plena liberdade de criação. "Vamos esperar pela conclusão da obra", disse ele, "vamos esperar... Aí a gente vê o que faz." E concluiu, certamente ecoando Jean: "Arte é assim, meus prezados..." "Arte?", redarguiu uma das mães. "O senhor chama isso de arte? Eu chamo isso de pornografia."

"Um convite ao nefando pecado da sodomia, contrário às leis de Deus e da natureza", pontificou o vigário, Padre Oscar, de modo mais explícito e pressionado pelos fiéis a também falar com o prefeito. "E aquelas protuberâncias mamárias, em claro estado de excitação erótica? Aquilo é um acinte, uma ofensa à sociedade e ao povo desta cidade..."

Coelho, mais uma vez cumprindo o seu papel de prefeito, levou a Jean as queixas. No fim, candidamente, pediu: "Não dá, pelo menos, para tirar aqueles bicos?" "Não." "E tampar um pouco aquele rego atrás?..." "Não." Percebendo que não conseguiria nada e que desagradara a Jean, Coelho tentou melhorar: "E a cabeça, já está pronta? Se for mesmo a da Moçalinda, como todos estão esperando, deve ser uma cabeça muito bonita..." Jean grunhiu qualquer coisa, sem responder nada.

De noite, enquanto trabalhava no pequeno barracão que lhe fora cedido para executar sua tarefa, uma pedra, de tamanho considerável, atirada por alguém da calçada, arrebentou um dos vidros do vitrô e, por pouco, não acerta sua cabeça.

O fato, assunto das conversas no dia seguinte, na cidade, provocou candente reação de um jornalista, Martins, hoje vivo ainda, com mais de oitenta anos e de quem — já é hora de dizer — obtive a maior parte destas informações, oralmente ou por meio de seus arquivos.

Martins escreveu no jornal (jornal que mais tarde fechou e do qual, anos depois, o nosso viria a comprar as máquinas) um artigo intitulado "Vergonha". Com o título em letras garrafais e o texto ocupando quase toda a primeira página, despejava Martins, no artigo, toda a sua indignação com o atraso, a grosseria e a ignorância dos conterrâneos — "uma gente que, além de contrariar a nossa tradição de hospitalidade, oferecendo ao visitante não uma bela e perfumada flor do campo mas um cacto cheio de espinhos, ainda revela total ignorância do que seja arte, ignorância que nem um selvagem revelaria e que nos enche, a nós, de vergonha".

E então a terceira e última peça da escultura foi colocada. Para espanto de todos, incluindo o prefeito, início de toda aquela história, juntamente com a esposa, a cabeça não era a cabeça da Moçalinda, não era uma cabeça de mulher, nem era uma cabeça de gente: era uma cabeça de cobra — a Cobra-Gigante. Ah!, exclamaram os que primeiro viram a escultura completa, admirando-se da inventividade do escultor: ali estavam os três monstros, reunidos num só, numa figura que os mais cultos logo identificaram como sendo uma quimera. Isso: uma quimera.

Praça da Quimera: assim foi, com este nome — não com o nome de Praça dos Monstros nem de Praça do Lago —, inaugurada finalmente a praça, na presença do prefeito e senhora, alguns vereadores, o jornalista, alguns professores, os patrocinadores, alguns populares e, claro, o escultor e seu inseparável charuto.

Coelho, entusiasmado (não tanto, provavelmente, com a escultura, mas com o fim daquela longa e tormentosa história), lembrando-se de seus tempos de colégio, se atreveu até, para orgulho dos presentes e para pasmo de Jean (pasmo no bom e no mau sentido, mais no mau do que no bom), a citar, na abertura de sua fala, o segundo verso de *La Marseillaise*: "*Le jour de gloire est arrivé!*"

Glória para ele, talvez; para Jean, seguramente. Mas e o público? Neste, embora houvesse admiração pelo engenho e arte do escultor, o sentimento que predominava era o de um certo mal-estar. E medo; sim, medo, aquela escultura dava medo...

Enfim: terminada a obra, feitos os acertos e as despedidas, Jean partiu, retornando a São Paulo — e nunca mais voltou.

Longe de seu criador, entregue a si própria; a escultura parecia, cada dia mais, aos olhos da população, ganhar vida. E parecia, também, provocar coisas. Uma pessoa, por exemplo, contou que, ao voltar para casa altas horas da noite, notou a movimentação meio suspeita de um casal de jovens na praça, diante da escultura. Escondeu-se atrás de uma árvore e, de lá, pôde assistir a tudo. O casal, cada um dos jovens por sua vez, abraçou a escultura e beijou-a, os dois já seminus, a moça com os seios de fora. Depois, ali, de pé, praticaram o intercurso sexual, da forma "contrária às leis de Deus e da natureza", como diria o Padre Oscar, que — ah, sim, coitado, não muito tempo depois disso, foi pego com a boca na botija, ou, mais precisamente, com a boca na protuberância mamária de uma moça, num dos cantos escuros da igreja e mandado, pelos superiores, celebrar missa em outra freguesia. Mundo cruel este...

Voltando à escultura, um novo caso, semelhante ao anterior, foi constatado por outro morador da redondeza, gerando a suspeita de um nascente culto sexual, de caráter satânico. Um guarda-noturno foi solicitado à prefeitura pela vizinhança da praça, solicitação negada sob a alegação de contenção de despesas — e "boatos sem fundamento".

Um dia a escultura amanheceu sem os bicos dos seios, destruídos, deduzia-se, por um martelo. Em outra noite, um cidadão, ao passar pela praça, viu — ele jurou, de pés juntos, que viu — os olhos da cabeça brilhando como duas brasas acesas, e a boca aberta, com as presas à mostra. "Uma coisa pavorosa", disse ele, "tão pavorosa, que eu saí correndo e só parei quando cheguei em casa. Era coisa do demônio, não tenho a menor dúvida. Se é que não era o próprio que ali estava, encarnado naquela estátua... Sei que naquela praça, à noite, eu não passo mais; nunca mais. Nem morto."

Finalmente, uma manhã em que uma babá passeava na praça com um bebê, num carrinho, notou que alguém, durante a noite, tentara serrar o pescoço da escultura, sem contudo levar a cabo a furtiva ação. Ao tocar, por curiosidade, a cabeça e forçá-la um pouco, ela se desprendeu e caiu, bem em cima do bebê, atingindo-o mortalmente. O fato botou fogo de novo na cidade.

Sepultada a criança na manhã do outro dia, à tarde um grupo de homens e mulheres, adultos e jovens, e até meninos, saídos de uma casa onde haviam combinado se encontrar, armados de marretas e tendo à frente Tidim, marcharam — não só, segundo as más línguas, com o conhecimento de Coelho, mas também com o seu apoio e até o seu estímulo, contrariado que vinha, de havia muito e secretamente, com Jean e tudo o que a ele se relacionava —, marcharam em direção à escultura e, em poucos minutos, dela só restava, no chão, um monte de cacos. Nem mesmo o pedestal foi poupado.

Naquela mesma hora, longe dali, um homem que atravessava de canoa o lago contou, depois, que de repente o céu escureceu, "como se fosse noite", e um vento forte começou a soprar, encapelando de maneira assustadora as sempre calmas águas do lago e quase virando sua canoa. Ele só se salvou, disse, porque implorou a proteção de Deus e da Virgem Maria.

Na cidade, Coelho, mais que depressa — era ano de eleições —, para acabar de limpar definitivamente sua barra com a população, mandou construir, a toque de caixa, no lugar da praça, um playground, com um escorregador, um balanço e outras coisas mais. Em seguida plantou grama e flores ao redor e mudou, por decreto, o nome da praça para Parque Infantil Lucas — o nome da criança morta. Fez uma cerimônia de inauguração, com muitas lágrimas dos populares — e, de alguns deles, juras de morte ao escultor —, um padre benzeu, e foram todos para casa. E acabou-se a história.

Teria mesmo acabado? No melhor estilo dos modernos filmes de terror de Hollywood, um ano depois, uma menina que brincava no parque, ao apanhar a bola num canteiro, deu um grito: a mãe correu lá e deparou com uma pequena cobra — pequena e venenosíssima, constatou-se depois que, morta por um rapaz que àquela hora ia passando, a cobra foi examinada. Era uma coral. A criança tomou soro e escapou. Mas, como não havia nenhuma explicação para uma cobra daquelas aparecer naquele lugar (havia, havia, sim, havia uma, do jardineiro, prosaica demais para ser aceita pela turba: a cobrinha teria vindo da fazenda, no meio do esterco de vaca usado como adubo das plantas), ninguém teve dúvida: era a Quimera, que ali estava ainda, e que ali certamente para sempre estaria. (Hoje, do que foi praça e deixou de ser e voltou a ser resta apenas um espaço com canteiros malcuidados e três bancos de madeira estragados e carcomidos.)

E Jean, quando ao seu conhecimento chegou o que haviam feito de sua obra?... As versões são várias. A mais corrente é que ele teria erguido os ombros com desdém e comentado: "Pelo menos bebi lá, por conta deles, uns bons vinhos, fumei uns bons charutos e comi uns bons peixes, além de comer, de outra forma, umas boas mulheres..."

Entre as quais, diziam, mais uma vez, as más línguas, Lívia — provavelmente uma das paixões de Jean nos tempos da faculdade, razão verdadeira pela qual ela sugerira ao marido o seu nome e principalmente a sua vinda... *Cherchez la femme!*

"Aqueles seios eram os dela", diziam os mais atrevidos, se referindo à escultura. "E a bunda também?", perguntavam outros. "Não, a bunda, não; a bunda qualquer um via que era a da Silvinha, que ele comeu também." "Eu acho que o Francês só não comeu aqui o Papudo e a Cobra-Gigante." "Uai, mas e a Moçalinda?" "A Moçalinda? Essa nem se fala..."

"Como sempre, neste país", disse Martins, "tudo termina em gozação. Isso é bom? Isso é mau? Confesso que até hoje, nos meus 80 anos, ainda não cheguei a uma conclusão. Mas, enfim, como diz a sabedoria popular, é melhor rir do que chorar..."

Aquela história terminou, e os monstros puderam dormir em paz. Mas outras histórias surgiram para não deixá-los esquecidos, e na década de 70, quando vim ao mundo — e Leo também —, elas ainda eram contadas, e talvez tivessem, então, causado o tal bloqueio em meu amigo, impedindo-o de se aventurar a nado pelas águas escuras do Lago Negro, ou até por outras águas, mais claras, de rios e piscinas.

Ou não? Afinal, pescadores que não sabem nadar não era — vim a saber depois — um fato incomum. E alguns deles haviam, mesmo, morrido afogados.

Sexta-feira de agosto, final de tarde: Leo acabara de lançar sua rede e trazê-la de volta, com alguns peixes, quando um carro se aproxima e para.

Do carro descem dois homens, de terno e gravata, e vão até Leo — Leo, em contraste, sem camisa, calça arregaçada até as canelas e descalço, como sempre ficava quando estava pescando. Na cintura, a inseparável faca, só menos inseparável do que, na boca, o cigarro.

"Estamos perdidos", diz um dos homens.

O outro explica: eram de fora, do Rio, vinham de uma fazenda, em direção à cidade, e erraram o caminho.

Leo mostrou para eles: vocês vão por aqui, tomam aquela estradinha ali na frente, etcétera.

Então, depois de uma breve conversa, um dos homens pergunta:

"Você não quer se unir a nós?"

"Quem são vocês?", Leo pergunta.

"Nós somos pastores; pastores da Igreja Mundial do Senhor Jesus."

Diferentemente de seus pais, então já falecidos, e dos irmãos, mais velhos do que ele, Edma e João — deste, sobretudo, ministro da eucaristia —, Leo era um católico meio relaxado: ia à missa aos domingos, e quase que só.

Ele me disse — na feira, sábado, de manhã, quando me narrou o acontecido — que nunca tinha ouvido falar naquela igreja. Eu disse que eu também não.

"Estamos necessitados de novos pastores", prosseguiu o pastor.

E o outro, mais uma vez, completou:

"A messe é grande, e os operários poucos."

"Mas eu", diz Leo, "eu sou um simples pescador..."

"Há dois mil anos", retruca o pastor, "há dois mil anos um outro homem — simples também e também pescador como você —, um homem chamado Pedro, foi convidado por um certo Jesus Cristo a pregar a palavra de Deus."

Leo balançou a cabeça, contrito — ou, pelo menos, foi assim que eu visualizei a cena em minha imaginação.

"Você sabe em quem veio a se tornar esse homem?...", perguntou o pastor.

"Sei", Leo disse, balançando a cabeça.

Ele sentiu-se — me disse, na feira — perturbado por aquelas palavras.

"Elas mexeram comigo, Ramon..."

E quem sabe, pensei, quem sabe com ele mexeram também, além das palavras, os (segundo Leo me disse) vistosos ternos e gravatas dos pastores; pois, a não ser no casamento, Leo nunca vestira um terno, e, mesmo este, fora um terno alugado. Suas roupas, habitualmente, não passavam de uma calça jeans e uma camisa simples, às vezes até com remendos; e tênis. Os ternos e gravatas, pensei, mas principalmente o carro — ou, como Leo dissera, de maneira significativa, o "carrão"...

"Mas", ponderou Leo, o diálogo seguindo entre eles, "se eu deixar a pesca, de que eu vou viver? Eu tenho família para sustentar; tenho mulher, tenho uma filha..."

Um dos pastores aponta o dedo para o alto e, como quem fecha o assunto, diz:

"Lembre-se: 'O Senhor é meu pastor, nada me há de faltar.'"

"Nada me faltou mesmo", Leo me diria mais tarde, "nada..."

Mas estamos ainda à beira do lago, e um dos pastores, prestes a se despedir, diz a Leo:

"Por que você não vai conhecer o nosso chefe?"

"Quem é o chefe de vocês?", Leo perguntou.

"Mister Jones."

"Ele está onde? No Rio?"

"Aqui."

"Aqui?...", Leo admirou.

"Aqui, na sua cidade", disse o pastor. "Por que você não vai lá conhecê-lo? Você gostará dele, e eu tenho certeza de que ele também gostará de você..."

"É isso", me disse Leo, concluindo a narrativa.

"E aí?", eu perguntei. "Você vai?"

"Não sei, rapaz, não sei...", ele disse, pegando o pente no bolso da camisa e penteando o cabelo, despenteado com a ventania e que logo depois se despentearia de novo. "Eu talvez vá... Por curiosidade, sabe como?"

"Olha, hem?", eu disse. "Foi por curiosidade que Eva comeu a maçã e nós fomos expulsos do Paraíso..."

Ele riu.

"Eva era mulher, rapaz..."

"E daí?"

"Mulher não tem cabeça."

"E homem, tem?"

"Homem tem; até duas..."

Eu ri.

Despedi-me dele, já meio incomodado com aquele cheirinho que vinha dos peixes, expostos sobre a banca, e caminhei para uma das barracas de frutas, onde, como sempre fazia aos sábados, de manhã, ia comprar algumas, para a semana.

Leo foi? Claro...

Na manhã de domingo lá estava ele no nosso melhor hotel, o Hotel Rex. (Ah, Hotel Rex! Há sempre um Hotel Rex nas cidades brasileiras...)

"Fui sem saber direito por que ia", me disse ele na segunda-feira, no jornal, sentado na beirada de minha mesa.

Leo, como já mostrei, expressava-se bem, às vezes até muito bem, levando-se em conta a sua parca instrução. Era, quem sabe, uma herança genética, pois seu pai, Sô Mero (de Homero), era um ótimo contador de histórias.

Aliás, isso, que era o talento do pai, era o tormento do filho e meu quando meninos: é que havia, no caminho do lago, uma vendinha, e toda vez que o pai de Leo nos levava com ele ao lago, parava nessa vendinha para, como dizia, "dois dedos de prosa". O problema é que nunca eram realmente dois dedos: eram quatro, cinco, dez dedos de prosa...

Mas ele estava certo. Um bom contador de histórias não pode ter pressa. Para um bom contador de histórias, todo o tempo do mundo é pouco. Se ele está preocupado em olhar para o relógio, é melhor que não comece.

E como o pai de Leo era um bom contador de histórias, nós dois — Leo e eu — é que padecíamos. Sentados a uma mesa da vendinha, em frente a uma garrafa de guaraná de havia muito vazia, lá ficávamos, esperando pelo grande momento, aquele em que o pai, no balcão, depois de emborcar o último gole da cerveja, se levantava e levava a mão atrás para pegar a carteira no bolso da calça e pagar. Viva!

Se do pai herdara Leo a fala fácil e sedutora, da mãe, Rossana, filha de italianos, herdara a aparência física: era louro e de olhos verdes — exatamente como a mãe. Tais características, herdadas de um e de outro dos genitores e que atraíam os fregueses na feira, devem ter atraído também os pastores, no seu contato com ele.

"Cheguei lá", continuou Leo, "e um dos pastores, um dos que conversaram comigo no lago, o Pastor Zacarias — o outro, o Pastor Abner, eu não tornei a ver — estava lá embaixo, no saguão, e me levou ao apartamento do Mister Jones. Depois ele saiu."

"E como é o Mister Jones?"

"Mister Jones é parecido com o meu avô, o Vô Dino, pai da minha mãe: só que o Vô Dino era pobre, e o Mister Jones, pelo jeito, rico."

"Hum."

"Mister Jones é um homem gordo e claro."

"Ele é americano?", eu perguntei.

"Não sei", disse Leo. "Eu pensei que fosse. Quando eu estava indo para o hotel, eu ainda pensei: 'E se ele for falar em inglês comigo?' Aí eu..."

"Ele falou?"

"Não; em inglês, não. Em inglês ele não falou; nem *good morning, thank you very much*, essas coisas... Ele só falou em português; mas um português meio esquisito, entende? Um português... Ah, sei lá: um português meio atrapalhado..."

Leo apagou o cigarro no cinzeiro, desceu da mesa e sentou-se numa das cadeiras.

"Eu vou descrever para você o Mister Jones."

"Tá..."

"Como eu já disse, ele é um homem gordo e claro. E grande: ele deve ter quase dois metros de altura."

"É?"

"Quase dois metros."

"Então ele é grande mesmo", eu disse.

"É, ele é grande. Bem grande."

Leo tinha um metro e setenta. Eu, dois centímetros a menos.

"Grande, gordo e careca", continuou Leo.

"Qual é a idade dele?"

"Uns 40 anos."

"Pensei que ele fosse mais velho..."

"Não; uns 40 anos. Mas ele não tem um fio de cabelo: é carequinha."

"Hum..."

"Agora... Continuando a minha descrição: os olhos; olhos cinzentos, pequenos, parecendo olho de chinês. E as maçãs do rosto: rosadinhas, Ramon; rosadinhas. Parecem as de uma criança. Ou as de uma moça."

"E a indumentária?", eu perguntei.

"Que treco é esse?"

"A roupa", eu disse. "Eu gosto de saber como é a roupa; coisa de jornalista..."

"Ele estava de terno, terno branco, de linho, coisa cara. E a gravata, vermelha, vermelho-clara."

"E o que é, afinal, que ele está fazendo aqui?", eu perguntei.

"Não sei."

"Passeando ele não está..."

"Não sei; ele não falou quase nada sobre ele. Ele falou mais da igreja dele e da religião."

"Sei..."

"'Bem-vindo seja, meu jovem!', ele me disse, abrindo os braços e vindo ao meu encontro quando eu entrei no apartamento. 'Meu coração se alegra por você atender ao chamado do Senhor Jesus...' 'Eu vim só conversar', eu disse. 'Eu sei', ele disse; 'mas alguns vêm só conversar e ficam, pois irresistível é o chamado do nosso mestre e guia.'"

"Hum..."

"'O problema', eu disse, 'o problema é que eu não sei nada, Senhor Jones...' 'Mister, por favor', ele disse. 'O problema é que eu não sei nada...' 'E alguém sabe?', ele disse. 'Quem poderá dizer que sabe?' Ele então pôs as mãos em meus ombros — mãos, eu vi, cheias de anéis, e ele com um cheiro de perfume, perfume fino —, pôs as mãos e disse: 'Meu filho, nascemos não sabendo nada e morremos sabendo muito pouco. Mas que, entre esses dois extremos de nossa existência, seja o que sabemos posto a serviço do próximo, nosso irmão, para a maior glória do Senhor Jesus.'"

"Amém", eu disse.

"Calma", disse Leo, "não acabou ainda, não; ainda vem muita coisa... 'O mais complicado, Mister Jones', eu disse, 'o mais complicado é que...' Eu parei, com vergonha de continuar. 'Diga, meu filho', ele disse, me encorajando. Eu então continuei. 'O mais complicado', eu disse, 'é que eu nunca li a *Bíblia*.' 'E os pássaros?', ele disse: 'leram os pássaros a *Bíblia*?' 'Os pássaros eu acho que não, né?', eu disse, meio rindo. 'E, no entanto', ele disse, 'não louvam eles o Criador desde o romper do dia até o pôr do sol?' 'Louvam', eu disse. 'E o sol, o próprio sol?', Mister Jones disse. 'E a lua? E as estrelas?', ele disse, acenando com os braços para o alto, como se fosse noite e a gente estivesse não ali, no apartamento, mas lá fora, sob um céu estrelado. 'Não são eles todos, em conjunto, um magnífico hino de louvor ao Criador?' 'São', eu disse. 'E eu pergunto: o sol leu a *Bíblia*?' 'Não', eu disse. 'A lua leu a *Bíblia*?' 'Não', eu disse. 'Então, meu filho', Mister Jones disse, pondo a mão de novo em meu ombro: 'se eles, que são criaturas não dotadas de alma, não leram a *Bíblia* e louvam o Criador, por que você, você que é criatura dotada de alma, por que você...'"

Leo parou.

"Eu esqueci", ele disse; "o resto eu não estou lembrando agora... Mas... Eu achei muito certo, achei muito bonitas as coisas que o Mister Jones disse..."

"Hum..."

"Mister Jones é um cara muito interessante, Ramon..."

"Pelo menos um bom papo ele tem..."

"Mister Jones..."

"Ele ainda está aqui?", eu quis saber.

"Não, ele já deve ter ido embora."

Eu balancei a cabeça.

"Mister Jones é um sujeito diferente...", disse Leo.

"Diferente como?", eu perguntei.

"Não sei... Ele não é uma pessoa comum..."

"Hum..."

"Mas o que mais me impressionou nele", Leo continuou, "o que de tudo mais me impressionou não foram as palavras que ele disse; foi... Sabe o quê?"

"O quê?"

"Você vai rir..."

"Hum."

"Os sapatos."

"Os sapatos?"

"Rapaz...", Leo disse. "São duas pranchas... Duas pranchas que... Eu vou te contar: eles são de dar medo na gente."

"Hum..."

"Ele deve calçar mais de quarenta e quatro. No duro. Por isso é que eu acho que ele é mesmo gringo: americano é que tem pé grande desse jeito."

"Pés para dominar o mundo..."

"Engraçado", Leo riu. "Você disse isso; pois lá em cima da mesinha dele, no quarto, estava um folheto, um folheto colorido, mostrando exatamente isso: o Mister Jones andando com os braços abertos — do jeito que ele me recebeu, na hora que eu entrei no apartamento — e, debaixo dele, dos pés dele, um globo terrestre."

"Freud explica..."

"Mas quem explicou foi o Mister Jones mesmo: 'Todas as religiões envelheceram', ele explicou, 'todas as religiões ficaram para trás, porque não souberam acompanhar a evolução do homem. A nossa religião', ele disse, 'a nossa religião é nova, moderna, uma religião feita para o homem de hoje. A nossa religião', Mister Jones apontou o dedo para o alto, 'é a religião do futuro. O que estamos fazendo agora é só dar o primeiro passo.'"

"E um passo de sapato quarenta e quatro", eu disse.

Leo riu.

"'As religiões antigas', Mister Jones continuou, 'as religiões antigas só falam em miséria, sofrimento, morte... A Igreja Mundial do Senhor Jesus, não: ela é uma religião alegre. Qual religião que você ouviu falar que é alegre?', ele me perguntou de repente. Eu não soube responder; a única religião que eu conheço é a católica, e a católica... A religião católica é alegre?"

Eu ergui os ombros, sem responder.

"'Qual é o símbolo de quase todas as religiões?', Mister Jones me perguntou. 'Não é a cruz?' 'É', eu respondi, sem saber se é mesmo. 'É a cruz', Mister Jones disse, 'a cruz, que só lembra a dor...' 'É', eu disse. 'E o símbolo da Igreja Mundial do Senhor Jesus? Qual é o símbolo da Igreja Mundial do Senhor Jesus?', ele me perguntou. Eu sabia? Como que eu ia saber disso, se nem que aquela religião existia eu sabia?..."

"É", eu disse.

"'Qual é o símbolo?', Mister Jones me perguntou. E aí ele mesmo respondeu — porque ele é assim: ele pergunta, mas ele mesmo responde."

"Retórica", eu disse.

"Eu reparei isso: ele pergunta, mas ele mesmo responde; ele não espera a gente responder."

"Retórica", eu disse.

"Ele então respondeu: 'O símbolo da Igreja Mundial do Senhor Jesus é o coração — o coração, que só lembra o amor.' Aí ele deu uma paradinha e me perguntou: 'Você é pai, Ricardo?' 'Leonardo', eu disse. 'Você é pai?' 'Sou', eu disse; 'eu sou pai de uma menina de 4 anos.' 'Que Deus a abençoe e guarde', ele disse, 'e que ela lhe dê muitas alegrias pela vida afora.' 'Assim seja', eu disse. 'Pois muito que bem', disse Mister Jones. Ele fala assim: muito que bem. 'Pois muito que bem', ele disse;

'você é pai.' 'Sou', eu disse. 'O que você quer para a sua filhinha?' 'O que eu quero? Bom, eu quero...' 'Você quer o sofrimento?', ele perguntou, sem esperar pela minha resposta. Sofrimento... Eu vou querer o sofrimento para a minha filha? Vou? Esse homem é maluco, eu pensei."

"Retórica", eu disse.

"'Você quer a miséria?', ele me perguntou. 'Eu, não', eu respondi. 'Você quer a tristeza?' 'Eu, não.' 'Você não quer nada disso...' 'Claro que não', eu disse; 'eu não só não quero, como não quero e esconjuro.' 'Pois muito bem', disse Mister Jones — ou 'muito que bem', como ele fala. 'Pois muito que bem; então eu te pergunto: se você, que é pai, não quer essas coisas para a sua filhinha, se você, que é pai, não quer, o nosso Pai, que é só bondade, vai querer essas coisas para nós?' 'Eu acho que não, né?', eu disse. 'Você acha que ele vai querer?' 'Eu acho que não.' 'Pois então?', Mister Jones disse; 'o que você quer para a sua filhinha é o que o Senhor Jesus quer para nós, seus diletos filhos: ele quer a alegria, ele quer a felicidade, ele quer a prosperidade — e, sobretudo, ele quer o amor. Pois o Senhor — e este é o lema de nossa religião — o Senhor é amor: *Lord is love*.' '*Lord is love*', eu repeti, gostando. 'Sim', ele disse, '*Lord is love*. Mas diga com suavidade, pois até o som de nossas palavras deve vir carregado de amor: *Lord... is... love...*' '*Lord... is... love...*', eu repeti. 'Agora, sim', ele disse. Então ele me olhou, olhou bem, assim, nos olhos, balançou a cabeça e disse: 'Leonardo — não é isso?' 'É, Leonardo.' 'Eu não tenho dúvida de que você será um grande pregador da palavra de Deus.' 'Calma, Mister Jones; calma. Como eu disse, eu vim aqui só conversar.' Ele riu. 'Pois te digo que foi um grande prazer conversar com você, um jovem tão inteligente e bonito.'"

"Epa..."

"Foi o que ele disse, eu não estou inventando nada..."

"Eu acredito..."

"Na saída, quando eu já estava saindo, ele me deu um distintivo da religião. E aí ele disse: 'Cuide de suas mãos, meu filho.' 'Cuidar de minhas mãos?' Aquilo me pegou de surpresa; me pegou de surpresa e me irritou de um tanto, rapaz; você não imagina... 'Cuidar de minhas mãos?', eu respondi. 'Por quê? Mãos de pescador são assim mesmo, Senhor Jones.' O 'senhor' eu disse de propósito, só de sacanagem mesmo. Mas ele não reagiu. Ele disse: 'Eu não quis te ofender, meu filho; eu quis apenas dizer que as mãos de um pastor devem ser belas, pois são elas que conclamam para o reino de Deus.' 'E as mãos de São Pedro?', eu perguntei, lembrando da conversa dos pastores no lago. 'Será que as mãos de São Pedro eram belas? Será que Cristo disse para ele 'cuide de suas mãos, Pedro'? Será?'"

"E aí, o que ele respondeu?"

"Ele riu."

"Riu?..."

"Ele riu; riu como se tivesse gostado."

"Hum..."

"Aí ele apontou o dedo para mim, apontou e disse: 'Você é o homem de que eu estava precisando.' 'É? Pois então, Mister Jones — dessa vez eu disse mister mesmo, Mister Jones —, pois então o senhor vai continuar precisando.'"

"Você falou assim?"

"Falei; eu falei desse jeito."

"E ele?"

"Ele? Você acha que ele se importou? Ele não se importou, não. Eu não te disse que ele é uma pessoa diferente?"

"Hum."

"Ele perguntou: 'Como é o nome de sua filhinha?' 'Kelly', eu disse. 'É um nome bonito', ele disse. 'O que ela quer ser quando crescer?', ele perguntou. 'Ela diz que quer ser bailarina.' 'Oh', ele disse. Aí perguntou: 'Ela gosta de bombom?' 'Gosta', eu respondi. Ele então enfiou a mão no bolso do paletó e tirou dois; e aí ele me deu. 'Leve para ela', disse. 'Obrigado', eu disse."

"Hum."

"Na porta do hotel, à hora que eu saí, o Pastor Zacarias viu os bombons em minha mão e perguntou: 'Mister Jones?' 'É', eu disse. 'Ele come uma caixa por dia.' 'Uma caixa?', eu admirei. 'Às vezes até mais', disse o pastor. 'Não faz mal?', eu perguntei. O pastor ergueu os ombros: 'Ele gosta, né? Uma vez ele disse que, para ele, o Jardim do Éden é um jardim onde as árvores estariam carregadas não de frutos mas de bombons, toda espécie de bombom...' Eu achei graça. 'Mister Jones', disse o pastor, 'Mister Jones é um menino, um menino que nunca cresceu e que brinca de ser Mister Jones...'"

"Hum..."

"'Agora', disse o pastor, 'só tem uma coisa, só tem uma coisa que não se pode falar com ele; essa é proibida.' 'Que coisa?', eu perguntei. 'A calvície', o pastor disse. 'A calvície?', eu estranhei. 'Você conhece a passagem do profeta Eliseu, na *Bíblia*?', ele me perguntou. 'Não', eu respondi. 'Então leia', ele disse, 'leia a passagem sobre o profeta Eliseu.' Ele então foi até o balcão do hotel, pegou um pedacinho de papel, escreveu e me deu. É este papel aqui..."

Leo me passou: O Segundo Livro dos Reis, capítulo 2, versículo 19.

"Eu vou ler", eu disse para ele; "eu vou ler e depois te conto o que é a passagem."

"Eu nunca ouvi falar nesse profeta", Leo disse; "ouvi falar em outros que o padre fala na missa."

"Eu vou ler, e aí eu te conto."

"Mas o que me torrou o saco", ele disse, "o que me torrou mesmo o saco foi o negócio das mãos, cuidar das mãos. Quem cuida das mãos é mulher ou bicha. Eu sou mulher? Sou bicha?"

"Mulher eu sei que você não é", eu disse. "Agora, bicha..."

"Não sou mulher nem bicha. Mulher e bicha é que cuidam das mãos. Além disso, aposto que estas mãos, estas mãos calejadas e machucadas, valem muito mais que aquelas mãos brancas e moles de lagartixa..."

"E o distintivo?", eu perguntei.

"Está aqui, eu trouxe para você ver. Até que o distintivo é bonitinho..."

Ele pegou no bolsinho da camisa e me passou.

O distintivo era um coração, um coraçãozinho vermelho — vermelho-claro, quase rosa, como certamente o das gravatas —, preso na ponta de um alfinete e tendo ao centro, em letras minúsculas, a frase "*Lord is love*".

"Engraçado...", eu disse, observando.

"O quê?", ele perguntou. "O que é engraçado?"

"Olha...", eu disse, e mostrei para ele o distintivo de cabeça para baixo. "O que parece?"

Ele olhou com atenção. Então riu.

"Dois bagos?..."

"É..."

Tornou a rir, observando.

"Será que foi de propósito?", eu perguntei.

"De propósito...", ele disse. "Eles iam fazer uma coisa dessas de propósito, Ramon?"

"Por que não? O Mister Jones não disse que a religião dele é moderna?"

"Moderna mas nem tanto, né?"

"Não sei..."

"Foi simples coincidência."

"Será?"

"Claro."

"Pois eu tenho cá minhas dúvidas..."
Ele estendeu a mão de repente:
"Me dá, me dá aí meu coraçãozinho, senão você vai acabar vendo nele mais alguma sacanagem."
"Eu já estava vendo mesmo", eu disse, "mas esta eu nem vou te dizer..."
Ele riu, despediu-se de mim e foi embora — não sem antes acender mais um cigarro.
Ao chegar em casa, peguei a *Bíblia* e procurei a passagem sobre o profeta Eliseu. Li, e aqui a transcrevo:
"E os homens da cidade disseram a Eliseu: Eis que boa é a habitação desta cidade, como o meu senhor vê; porém as águas são más, e a terra é estéril. E ele disse: Trazei-me uma salva nova, e ponde nela sal. E lha trouxeram. Então saiu ele ao manancial das águas, deitou sal nele; e disse: Assim diz o Senhor: Sararei a estas águas; não haverá mais nelas morte, nem esterilidade. Ficaram, pois, sãs aquelas águas: até ao dia de hoje, conforme à palavra que Eliseu tinha dito. Então subiu dali a Batel: e, subindo ele pelo caminho, uns rapazes pequenos saíram da cidade, e zombavam dele, e diziam-lhe: Sobe, calvo, sobe, calvo! E, virando-se ele para trás, os viu e os amaldiçoou no nome do Senhor; então duas ursas saíram do bosque, e despedaçaram quarenta e dois daqueles pequenos. E foi-se dali para o monte Carmelo: e dali voltou para Samaria."

Dois dias depois Leo voltou ao jornal.

Sentou-se, como gostava, na beirada da mesa e, como sempre fazia, acendeu um cigarro.

"Ramon", disse, "eu estou com umas ideias..."

"Ideias?", eu disse. "Pescador tem isso?"

Ele riu.

"Ideia é coisa de intelectual, rapaz; ideia é coisa de jornalista. Pescador só sabe pescar e contar mentira."

"E jornalista?"

"Jornalista? Bom, alguns sabem pescar também..."

Ele riu de novo.

"Mas então?", eu perguntei. "O que houve? Você vai mesmo virar pastor?"

"É sobre isso que eu queria te falar."

"A propósito..."

Eu contei para ele a passagem sobre o profeta Eliseu.

"Uau...", ele disse. "E esse sujeito era profeta..."

"Pois é..."

"Imagina se não fosse, hem?"

"Já pensou?..."

"Caramba..."

"Portanto, meu caro, você, que está querendo ser pastor, tome cuidado, hem? Cuidado com o Mister Jones, e principalmente com a careca do Mister Jones..."

"Foi por isso que o Pastor Zacarias me mandou ler a passagem..."

"Deve ter sido", eu disse.

"Só pode..."

"E, por falar em *Bíblia*", eu disse, "vamos torrar a minha? Eu vendo baratinho..."

"Que tal a gente trocar por peixes?"

"Quantas dúzias?"

"Dúzias?..."

Leo foi sentar-se na cadeira.

"Mas então", ele disse, ficando mais sério, "o que você acha? O que você acha de eu entrar para essa igreja?"

"Acho que você não deve", eu disse.

"Por quê?"

"Porque é uma fria."

"Fria por quê, Véscor?"

Véscor, de *vescor piscibus* (alimento-me de peixes), uma expressão que me ficara de um texto em latim do meu curso na faculdade e que eu usava como uma espécie de saudação a Leo sempre que eu ia à feira. Com o tempo, Leo passou a retribuí-la, chamando-me, às vezes, de Véscor.

"Fria por quê, Véscor?"

"Porque é", eu disse.

"Eu não acho..."

"Por que você quer ir?", eu perguntei.

"Não é bem que eu queira", ele respondeu. "É que... É como se fosse uma voz, entende?"

"Voz?"

"Uma voz me chamando."

"Hum."

"Talvez seja a voz de Deus..."

"Deus não chama ninguém, rapaz; Deus é mudo. Mudo e surdo. Ele não chama ninguém nem ouve ninguém."

Leo riu.

"Além disso", eu continuei, "Deus está muito velho. As últimas notícias são as de que ele já está fazendo cocô na calça."

"Eu vou contar para a sua mãe, hem?"

"O quê? Que Deus já está fazendo cocô na calça?"

"Que você está falando mal dele."

"Se você contar, eu digo a ela para não comprar mais os seus peixes."

"Os peixes já estão acabando..."

"Estão?", eu admirei.

"Estão, Ramon, os peixes estão acabando."

"Hum..."

"Eu venho notando isso, de ano para ano. Os peixes estão só diminuindo. Se continuar assim..."

"E a que você atribui isso?", eu perguntei.

"A quê? Sei lá...", ele respondeu, erguendo os ombros. "Acho que... Sabe, depois que abriram a nova estrada, ficou mais fácil chegar ao lago. E aí tem sempre mais gente por lá; gente que vai para pescar, gente que vai para nadar, gente que... Tem até uma turma de garotos aí, filhinhos de papai, que já levaram uma lancha a motor, para praticar *jet ski*..."

"Hum..."

"Não é mais como antes", ele disse; "não é mais como no nosso tempo de menino. Você lembra como era?"

"Claro", eu disse.

"Não havia ninguém; o lago era quase selvagem."

"É..."

"E os peixes? A quantidade de peixes?"

"Era muito peixe..."

"A gente pegava à vontade..."

"É..."

"Agora... Eu estou preocupado; sem os peixes, como que eu vou fazer? De que eu vou viver?"

"É..."

"Eu não sei fazer mais nada; eu não tenho estudo. A única coisa que eu aprendi na vida, a única coisa que eu sei fazer é pescar."

Eu balancei a cabeça.

"Eu vou retornar à escola e retomar meus estudos? Vou ficar lá, um cara de 26 anos, vou ficar lá no meio de uma meninada de 15, 16 anos, feito um retardado mental?"

"É..."

"Computador; hoje tudo é computador. E aí? Eu vou aprender a mexer com computador?"

"Por que não?", eu perguntei.

"Porque eu não suportaria, Ramon. Eu não suportaria ficar numa sala de aula. Nem numa sala de aula nem num escritório. Sala de aula, para mim, é gaiola; escritório é mais gaiola ainda. E eu não quero saber de gaiolas; eu quero espaço. Quero espaço e liberdade. Eu quero ter sempre o horizonte à minha frente."

"Então vai ser motorista de ônibus ou caminhão", eu brinquei; "motorista de ônibus ou caminhão tem sempre o horizonte à frente..."

"Esses dias eu estive pensando", ele contou; "sabe qual é a coisa mais triste do mundo?"

"Hum."

"Frango de granja."

"Frango de granja?", eu perguntei. "Por quê?"

"Pensa: frango de granja fica ali o dia inteiro, atrás de uma tela de arame, o dia inteiro e a noite inteira, só comendo e cagando, entre centenas de frangos iguais; depois é degolado, depenado e dependurado num gancho de ferro; e aí empacotado num saco de plástico e enfiado numa geladeira. Existe coisa mais triste? Existe?"

"É..."

Ele olhou as horas.

"Eu tenho de ir...", disse.

Levantou-se e apagou o cigarro no cinzeiro.

Fui com ele até a calçada. Ele tirou o pente do bolsinho da camisa, deu uma penteada no cabelo e voltou a guardar o pente.

"Ramon", voltou-se de súbito para mim: "você acredita em vidente?"

"Não", eu disse.

"Eu também não. Mas, você sabe, um fala, outro fala... Eu acabei indo a um. Eu fui lá na Luzia Cega. Já ouviu falar nela?"

"Já."

"Ela mora atrás do cemitério, naquela ruazinha que tem lá."

"Lugar bucólico, hem?..."

"Mora ela e uma anã, a Toquinha. A Toquinha é quem cuida dela. E tem um gato, um gato preto, de olhos verdes, que fica quase o tempo todo no colo dela, da Luzia."

"Ela também é preta?", eu perguntei.

"Não", ele disse. "Ela é mulata; mulata, alta e magra. Uma cara ruim, rapaz... Precisa ver..."

"Preciso então não ver", eu disse.

"Uma cara ruim...", ele tornou a dizer. "Mas... Eles dizem que a Luzia enxerga com os olhos do gato; você acredita nisso?"

"O que você acha?"

Ele riu.

"Bom", disse, "eu também não acredito, mas muita gente acredita..."

"Em que não acreditam as pessoas?..."

"Eles dizem também que ela conversa com os mortos; que, de noite, ela anda sozinha lá no meio dos túmulos e não tropeça nem dá um só esbarrão."

"Eu não estou dizendo? Em que as pessoas não acreditam? Elas acreditam em tudo."

"É..."

"Bom, mas e aí?", eu perguntei, já meio preocupado com o tempo e com as coisas que eu ainda tinha de fazer.

"Bom, aí eu fui lá, né? Eu fui lá e falei para ela da minha situação, contei tudo. Aí ela pegou minhas mãos — eu sentado na frente dela —, ela pegou minhas mãos e ficou olhando para mim com aqueles olhos esbranquiçados. Deus que me perdoe, mas aqueles olhos... São a coisa mais feia que eu já vi na minha vida; a mais feia..."

"E aí?"

"Aí ela disse: 'Estou vendo muito sofrimento.' Claro: o sofrimento das pessoas a quem eu vou — vou ou não vou, não sei — pregar. Claro."

"Hum..."

"Ela então disse: 'Não vá, não deixe sua casa.' 'Mas eu estou atendendo ao chamado de Deus', eu disse. 'Não é Deus', ela disse. 'Então quem é?', eu perguntei. 'O chamado não é de Deus', ela disse. 'Então de quem é?', eu perguntei. Ela ficou um momento em silêncio. Aí ela disse: 'Ele está escondendo, eu não consigo ver... Um espírito do bem não faz isso.' 'Então é um espírito do mal?', eu perguntei. 'Não é do bem', ela disse. 'Se não é do bem, é do mal', eu disse. Ela então soltou minhas mãos. 'Não atenda ao chamado', ela disse, 'não vá, não deixe sua casa.' Foi isso."

"E aí?"

"Aí? Sei lá, rapaz..."

"E a Gislaine?", eu perguntei. "O que ela diz?"

"A Gislaine? Ela diz: 'Uma coisa que começou numa sexta-feira de agosto pode dar certo?'..."

Eu ri.

"Você está enrascado, rapaz..."

"Estou", ele disse, rindo; "estou mesmo..."

"Acho que você não vai, não..."

"Eu também já estou achando... Afinal... É como dizia minha avó: 'Boa jornada faz quem na sua casa fica em paz.'"

"É isso."

"Agora... Você vê que é tudo mulher, né? Luzia, Gislaine, minha avó..."

"É..."

"Aí eu lembro de uma frase que o meu pai disse uma vez. É assim: 'A mulher quer o ninho, o homem o caminho.'"

"Uma boa frase...", eu disse.

"Não é boa?..."

"É; é uma boa frase..."

"Ele disse também — meu pai era muito cabeça —, ele disse também que, se a gente fosse escutar as mulheres, nem do berço a gente saía."

Eu ri.

"É; nem do berço a gente saía."

"É verdade..."

"De forma que... Eu não sei, rapaz..."

Ele penteou o cabelo.

"Bom, uma coisa eu digo: você consegue me imaginar de terno e gravata?"

"É a última pessoa do mundo", eu disse.

"Você consegue?"

"É a última pessoa..."

"Eu também não consigo", ele disse, "eu também... Terno e gravata, e na mão uma *Bíblia*..."

E ele encenou, empostando a voz:

"E o sol? E a lua? E as estrelas?"

Nós rimos.

Mas de repente ele ficou sério e em silêncio.

"O que foi?", eu perguntei.

"Você viu?"

"Viu o quê?"

"O vento que deu agora?"

"Vento?"

"É o vento da morte."

"Vento da morte?...", eu disse, rindo.

"Não ria", ele disse, "é coisa séria."

"Bom, mas... Quem vai morrer? Você? Eu? Preciso saber..."

"O vento veio lá do lago", ele continuou, como que falando para si mesmo.

"Do lago?", eu perguntei. "Nessa distância?"

"Eu conheço", ele respondeu, "eu conheço o vento do lago."

Bati no ombro dele:

"Você está impressionado demais com essas coisas, Leo..."

"Acho que eu estou mesmo...", ele disse, rindo meio sem-graça.

"Relaxe, rapaz..."

"Você tem razão... Eu preciso mesmo relaxar..."

Olhou então para o alto, vasculhando o céu — aquele céu embaçado e cinzento de agosto.

"Está ficando bom para umas traíras...", disse.

Voltou-se de repente para mim:

"Não quer ir lá comigo um dia desses? Faz tempo que você não vai. Desde aquela tarde de chuva."

"É..."

"Vamos lá, molhar umas minhocas..."

"Lá ainda tem água?"

"Se não beberam, tem."

Eu ri. Era uma brincadeirinha nossa, uma brincadeirinha boba. De vez em quando a repetíamos.

"Água tem, né, Leo? O que não está tendo é peixe..."

"É, mas traíra ainda tem muito, dá para a gente pegar umas boas."

"As rodelinhas fritas, bem sequinhas, e uma cervejinha gelada — hem?..."

"Vamos?..."

"Mas eu estou com mais vontade de pegar é uns bagres", eu disse. "Deixa dar as primeiras chuvas, e aí nós vamos."

"Então está combinado", ele disse; "quando der a primeira chuva, eu passo aqui e nós vamos."
"Eu disse 'as primeiras'..."
Ele riu:
"Já vi que você não vai nada..."
"Vou", eu disse, "vou, sim..."
Ele tornou a rir, despediu-se e foi embora.

Por uma coincidência — que, em relação a Leo, só se poderia chamar de infeliz —, poucas horas depois de ele sair, adentrava a sala uma figura para mim até então inteiramente desconhecida: um sujeito, pela aparência, um pouco mais novo do que eu, de roupa esporte, mas vestido com apuro, bigodinho grosso e bem-aparado, sorriso de dentes bem-feitos — e pastinha preta na mão.

"É para nós um prazer e uma honra estar aqui, neste prestigioso hebdomadário", ele disse.

"Não sei quem você é", eu disse, "mas, na condição de redator-chefe do jornal, devo lhe informar que ele não é um hebdomadário, e sim diário; e, quanto ao 'prestigioso', fica por conta de sua generosidade..."

Ele sorriu e fez um gesto com a cabeça. Depois apertou minha mão e sentou-se na cadeira que lhe indiquei, acomodando sobre as coxas a pastinha.

"Meu nome", ele disse, "é Ariosvaldo Conceição dos Olivais Pereira. Mas pode me chamar de Pereira. Ou então, como outros preferem, Ari; simplesmente Ari."

"Ari."

"É o que a maioria prefere; Ari é mais curto e economiza tempo, e o tempo hoje... O tempo é tudo, né?"

"É..."

"Como diz a frase: 'Time is money.'"

"Isso."

"*Time is money*", ele repetiu.

Eu concordei, com a cabeça.

"Mas", eu perguntei, "a que devo o prazer e a honra de sua visita, Ari?"

"Para ir direto ao ponto, já que, como acabei de dizer, o tempo é tudo: o senhor é uma pessoa bem-informada, e certamente já ouviu falar no Disk-Peixe; disk com k."

"O que seria do nosso subdesenvolvimento se não fosse a letra k..."

"Como, senhor?...", ele perguntou, franzindo as sobrancelhas.

"Eu estava pensando em voz alta..."

"Alguma coisa que eu possa saber?..."

"Foi uma *boutade*."

"Uma quê?..."

"Uma *boutade*, uma brincadeira; uma brincadeira à toa."

"As brincadeiras nunca são à toa, senhor."

"Não?"

"Veja: as pessoas hoje só pensam em trabalhar e ganhar dinheiro."

"É verdade."

"O senhor não acha que, se elas brincassem mais, elas seriam mais felizes?"

"É possível..."

O cara podia ser meio esquisito, mas bobo ele não era, não...

"Bom, mas então?", ele disse. "O senhor já ouviu falar no Disk-Peixe..."

"Não; devo confessar que não."

"Disk-Peixe, senhor..."

"Ramon."

"Disk-Peixe, Senhor Ramon, é uma rede de peixes."

"Rede de pescar?"

Ele deu uma risada.

"Gostei, gostei dessa... Vê-se que o senhor é uma pessoa espirituosa, uma pessoa bem-humorada..."

"Mas não bem-informada..."

"Ninguém é obrigado a saber de tudo, não é mesmo? Ainda mais hoje, com essa carga de informações que a internet despeja diariamente sobre nós..."

"É..."

"É informação demais, ninguém consegue acompanhar. Só se a pessoa não fizesse mais nada."

"Realmente", eu disse.

"Mas se a pessoa não fizesse mais nada, de que serviriam para ela as informações?..."

"É verdade."

"Bom, mas eu não vim aqui para discutir com o senhor problemas do mundo moderno, embora, tenho certeza, isso pudesse ser muito útil para mim."

"Para mim também, Ari", eu disse, retribuindo a gentileza.

"Eu vim aqui para falar do Disk-Peixe."

"Pois vamos a eles, aos peixes", eu disse.

"Vamos", ele concordou.

"Com a rede de pescar e com o Disk-Peixe com a letra k."

"Isso", ele disse. "Exatamente... Já percebi que o senhor tem boas vibrações cósmicas..."

"É?"

"O senhor está com Deus, Senhor Ramon."

"Pois eu não sabia..."

"O que é Deus?"

"Não sei; apesar de estar com ele..."

"Deus não é o que eles dizem por aí que ele é: Deus é isso, Deus é aquilo, Deus é não sei mais o quê... Deus não é nada disso."

"Não, né?"

"Aquele cara barbudo e cabeludo numa nuvem lá em cima: então Deus é isso? É preciso ser muito bobo para acreditar numa coisa dessas..."

"E o que Deus é, então?"

"Eu vou dizer para o senhor o que Deus é: Deus é a energia cósmica universal."

"É?"

"Deus é isso: a energia cósmica universal."

"Hum..."

"Deus governa o universo."

"Será que já não é tempo de nós fazermos uma nova eleição?..."

"Nós somos partes de Deus", ele continuou. "O senhor é parte, eu sou parte, todo o mundo é parte."
"Qual é a sua religião?", eu perguntei.
"Minha religião?", ele se mexeu na cadeira, um pouco incomodado. "Para ser sincero, eu não tenho uma religião: eu tenho várias."
"Várias..."
"Isso. Para mim, Senhor Ramon, toda religião é boa; mas eu fui reparando que nenhuma é completa, sabe? Sempre faltava alguma coisa. E aí o que eu fiz?"
"O que você fez?"
"Eu peguei o pedaço de uma, o pedaço de outra, fui costurando, e fiz a minha própria religião. Foi isso o que eu fiz. O senhor acha que eu estou certo ou errado?"
Eu ergui os ombros, sem responder.
"Uns dizem que eu estou certo. Outros dizem que eu estou errado, que religião é uma só: ou o sujeito tem aquela ou então não tem nenhuma. Por quê? Eu não concordo. Quem estabeleceu isso? Religião tem dono?"
"É..."
"Eu agora, por exemplo, entrei para a Academia de Treinamento Espiritual. Essa academia..."
Eu olhei para o relógio. Ele percebeu.
"Bom, mas isso fica para outra ocasião", ele disse. "Vamos falar do assunto que me trouxe até aqui..."
"Sim."
"Suponhamos que o senhor esteja em casa, num sábado, de manhã, de camiseta, bermuda e chinelos, no

seu justo descanso da faina periodística deste hebdomadário..."

"Diário."

"Diário; perdão. O senhor está lá, no recesso íntimo de seu lar, com a sua mulher e os seus filhos..."

"Não tenho", eu disse, "nem mulher, nem filhos."

"É uma suposição, Senhor Ramon; uma suposição. Eu não estou dizendo que o senhor tem, eu não ia dizer uma coisa dessas sem saber. É uma suposição."

"Entendi."

"Uma simples suposição; só para efeito de... digamos, raciocínio."

Eu sacudi a cabeça.

"O senhor está lá, com a mulher ou sem mulher, com os filhos ou sem filhos, mas — e é isso o que interessa — com o seu a-pe-ti-te. Certo ou errado?"

"Errado."

"Errado?...", ele admirou.

"Certo."

"Ah; certo. Então muito bem. O senhor está lá com o seu apetite, com a sua vontade de comer. Comer o quê?..."

"Não sei."

"O senhor não sabe, mas eu sei: comer um peixe. Certo ou errado?"

"Errado."

"Não, Senhor Ramon, não acredito que seja errado..."

"Mas é."

"Me diga: há coisa melhor que um peixe no almoço de sábado? Há?"

"Há", eu disse.

"O quê?"

"Uma feijoada."

"Feijoada? O senhor acha?"

"Acho."

"Bom, eu não vou questionar o seu gosto, Senhor Ramon, mesmo porque, como sabemos, gosto não se discute; além do mais, confesso que eu também sou fã de uma feijoada. Mas o senhor há de convir que feijoada é um prato... um prato meio pesado..."

"É..."

"É um prato... Como dizer? Não muito saudável, né? Principalmente em certas épocas do ano, épocas de muito calor."

Eu sacudi a cabeça, concordando.

"Agora, peixe, peixe não; peixe o senhor pode comer o ano inteiro e até todo dia, se quiser. Peixe só faz bem à saúde, e os médicos cada vez mais o recomendam — não sei se o senhor sabia disso..."

"Sabia", eu disse.

"Não é que eu esteja aqui tentando vender o meu peixe..."

Eu ri.

"Por falar nisso, eu pergunto ao senhor: qual é o representante de nossa fauna que está estampado na nossa nota de maior valor, a nota de cem?"

"Um peixe."

"Um peixe; a garoupa."

"Garoupa?"

"É; garoupa é o peixe que está lá."

"Hum..."

"Só por aí o senhor já vê a importância que tem o peixe."

"É..."

"Mas... Eu estava dizendo... Veja só: peixe tem vitamina A, D e vitaminas do complexo B. É rico em proteínas. Contém sais minerais como o ferro, o fósforo, cálcio, potássio, magnésio, manganês, iodo, sódio, flúor, selênio, cobalto..."

"Uau..."

"Isso tudo", ele disse. "Além disso, peixe ainda contém o ômega-3."

"Ômega-3?", eu perguntei.

"O senhor não ouviu falar no ômega-3?..."

"Não, não ouvi. Não ouvi falar nem no ômega-1 e no ômega-2, quanto mais no ômega-3..."

Ele riu.

"O que é o ômega-3?", eu perguntei. "É alguma nave espacial?..."

Ele tornou a rir.

"Ômega-3, Senhor Ramon, se o senhor não ouviu mesmo falar — do que não estou inteiramente convicto..."

"Não ouvi mesmo, não", eu disse. "Eu sou um ignorante, eu não sei nada."

"Não", ele disse, mexendo a cabeça, "ignorante eu sei que o senhor não é; o senhor sabe muita coisa, muito mais do que eu..."

"Mas o quê, afinal, é o ômega-3?", eu perguntei.

"Ômega-3, Senhor Ramon, ômega-3 é uma substância importantíssima para a nossa saúde."

"É?"

"Im-por-tan-tíssima."

"E eu que não sabia, hem?"

"Ômega-3 é um óleo que se encontra em alguns peixes, peixes mais gordurosos."

"Ah."

"Mas veja bem", ele advertiu: "nem todo peixe, por ser mais gorduroso, contém o ômega-3."

"E quais são esses peixes abençoados?", eu perguntei. "Os tais que contêm o ômega-3..."

"Abençoados: o senhor usou a palavra certa; abençoados. Eles são mesmo peixes abençoados pelo Criador do Universo."

"Quais são eles?"

"Eles são mais peixes de águas salgadas e frias. Os peixes são: atum, salmão, sardinha, arenque, anchova e cavalinha."

"Dá até samba."

"Dá, dá mesmo", ele disse, rindo, e então batucou na pasta e entoou: "Atum, salmão e sardinha; arenque, anchova e cavalinha."

Eu ri.

"Cavalinha: tem mesmo esse peixe?", eu perguntei.

"Tem; o senhor não sabia?"

"Ari", eu disse, "o meu conhecimento em matéria de peixe vai pouco além de lambaris e bagres, chegando, quando muito, a traíras."

"Tem também o peixe-cachorra", ele continuou. "O peixe-cachorra é um peixe muito apreciado..."

"Peixe-cachorra."

"Isso: peixe-cachorra. Peixe-cachorra é o *hidrolicus scomberoides*."

"Como?..."

"*Hidrolicus scomberoides*. É o nome científico dele."

"Até isso você sabe..."

"Senhor Ramon, não é por nada, não, mas de peixe eu entendo mesmo alguma coisa."

"E esse peixe, o cachorra, ele late feito cachorro?"

"Bom, eu não vou dizer para o senhor que não, porque eu nunca vi um ao vivo", ele respondeu, meio rindo. "Eu acho que não, que ele não late."

"Sei..."

"Mas o meu pai dizia: 'Meu filho, nunca diga 'isso não existe', pois tudo, tudo neste mundo pode existir.'"

"Está certo."

"'Tudo neste mundo pode existir.'"

"É isso mesmo..."

"Mas", ele continuou, "se o senhor quer saber, tem outros peixes também com nomes de outros bichos; não é só o peixe-cachorra. Tem o peixe-gato, o peixemacaco, o peixe-aranha, o peixe-boi... No peixe-boi o senhor já ouviu falar..."

"Já; claro."

"Agora, se o senhor me permite, uma pergunta: como se chama a fêmea do peixe-boi?"

"Só pode ser peixe-vaca."

"Só; mas não é."

"Não?"

"Sabe como é?"

"Não."

"Peixe-mulher."

"Peixe-mulher?. "

Ele balançou a cabeça.

"Não tem lógica", eu disse.

"Não, não tem. Mas, mais uma vez como dizia meu pai, 'não tem lógica, mas é verdade'. É o caso: não tem lógica, mas é verdade. O senhor pode ir ao dicionário ver. Eu fui. Está lá: peixe-boi; feminino, peixe-mulher."

"Hum... E quem sabe, nessa marcha, existe até um peixe-homem?"

"O senhor quer saber?"

"Existe."

"Existe: peixe-homem. Está lá também, no dicionário."

"E o feminino, peixe-vaca."

Ele riu.

"Aí eu não sei; se houvesse alguma lógica, seria, né? Mas isso eu não sei, o feminino de peixe-homem eu sou obrigado a dizer que não sei. Essa informação eu vou ficar devendo ao senhor."

"Não tem problema", eu disse.

"Olha, Senhor Ramon, eu vou dizer uma coisa: eu não sou jornalista nem nada, mas, se o senhor me permite expressar assim, eu diria que há tantos peixes nos rios e mares deste mundo quanto estrelas no céu."

Eu sacudi a cabeça.

"É uma quantidade infinita. Quantidade e variedade. E quase todo dia eles descobrem uma espécie nova. Quase todo dia talvez seja exagero, mas, se o senhor acompanhar os jornais, o senhor verá: volta e meia eles anunciam que pesquisadores lá na Oceania, ou no Mar das Antilhas, ou não sei onde, descobriram uma nova espécie de peixe."

Eu sacudi a cabeça.

"Mas...", ele disse, "voltando ao que eu estava dizendo..."

"À nave espacial..."

"À nave espacial... O que é o ômega-3? Vejamos: o ômega-3 é um óleo — uma gordura poli-insaturada — que possui a propriedade de proteger as artérias e veias do nosso organismo, atuando como redutor de plaquetas no sangue e tornando-o, assim, mais fluido."

"Hum..."

"Com isso, o ômega-3 evita a formação de coágulos e reduz o excesso de triglicérides e do colesterol — do mau colesterol, o LDL, porque há o colesterol bom, o HDL."

"É..."

"E são esses elementos", ele continuou, "são esses elementos que, como nós sabemos, causam a arteriosclerose e a hipertensão, podendo levar a um acidente vascular cerebral — um AVC — ou ao infarto do miocárdio, com consequências fatais; fa-tais."

"Mas isso são doenças de velho", eu disse.

"De velho? O senhor está muito enganado, Senhor Ramon; o senhor está muito enganado. As estatísticas mostram que..."

"Eu só acredito no que as estatísticas não mostram."

"As estatísticas mostram que hoje é muito comum a incidência de problemas coronários em pessoas mais jovens, na faixa etária dos 30 anos."

"Não é faixa etária", eu disse: "é faixa otária."

Ele riu.

"Na faixa etária dos 30 anos", prosseguiu, "e até mais novos, como o senhor e eu."

"Hum..."

"E o senhor ainda é tabagista."

"Pode me chamar de fumante mesmo."

"Eu não sou, tabagista. Mas, em compensação, aqui, ó...", e ele mostrou um ligeiro começo de barriga. "Eu sou um pré-obeso."

"Pré-obeso?..."

"Foi o que o médico me disse."

"Ah, esses médicos..."

"Portanto, eu tenho de me cuidar também."

"É..."

"Mas, enfim", disse ele, mexendo-se novamente na cadeira: "não acha o senhor que já é hora de incluir o ômega-3 em sua vida?"

"E aí a gente faz uma viagenzinha à Lua, por conta da Disk-Peixe?"

"E tem mais", ele disse, embalado: "não é só para o coração que o ômega-3 é bom; o ômega-3 tem vários outros benefícios para a saúde."

"Escuta", eu disse: "você está fazendo propaganda de um alimento ou de um remédio?"

"De um alimento, senhor; de um alimento que é delicioso e que é, ao mesmo tempo, um extraordinário remédio."

"Hum..."

"Continuando, o ômega-3 evita estados inflamatórios das articulações, como a artrose e a artrite reumatoide."

"Ótimo", eu disse. "Por enquanto eu não estou sofrendo de nenhuma delas; mas quem sabe um dia..."

"Finalmente, Senhor Ramon, e para concluir o assunto, o ômega-3 tem se mostrado um poderoso aliado no combate ao eczema e à psoríase."

"Maravilha."

"Ah", ele lembrou, "e sabe também para que ele é muito bom?"

"Para quê?"

"Para combater a depressão."

"Puxa, mas esse ômega-3, hem?"

"Eu não disse para o senhor? O ômega-3 é fantástico."

"Com o ômega-3, eu já estou sentindo em mim quase imortal a essência humana."

"E é por isso tudo, Senhor Ramon, é por isso tudo que a OMS — Organização Mundial da Saúde — recomenda a ingestão de peixe pelo menos três vezes por semana."

"Três vezes."

"É; pelo menos três vezes."

"Três, o número perfeito, segundo Virgílio."

"Mas", ele disse, mexendo-se de novo na cadeira, "voltemos ao sábado e ao senhor..."

"No recesso íntimo de meu lar."

"De camiseta, bermuda e chinelos..."

"Com o meu a-pe-ti-te."

"Com aquela vontade de comer um... Digamos: uma truta? Um robalo? Camarões? Frutos do mar?"

"A Disk-Peixe vende essas coisas também?", eu perguntei.

"Tudo, Senhor Ramon; tudo. Como diz o provérbio: caiu na rede é peixe. E se é peixe, a Disk-Peixe vende."

"Hum..."

"Bom, aí o senhor escolhe um deles; e aí o que o senhor faz?"

"Não faço nada, porque aqui não tem nada disso."

"Mas terá", ele disse, com um ar vitorioso. "Aí é que está: terá."

"Além do mais", completei, "além de não ter mulher e filhos, eu não tenho empregada."

"Muitos homens hoje cozinham."

"Eu sei, mas eu não."

"Às vezes cozinham até melhor do que as mulheres."

"Eu sei, mas eu... Eu, nem de fritar um ovo eu gosto."

"Bem, mas voltando — mais uma vez — às minhas suposições..."

"Voltando às suas suposições", eu o cortei: "eu estou lá em casa, num sábado, de manhã, no recesso íntimo de meu lar, no meu justo descanso da faina periodística deste..."

"Di-á-ri-o."

"Com aquele..."

"A-pe-ti-te."

"Estou lá e não estou com vontade de sair; nem eu, nem minha mulher, nem meus filhos, nem minha empregada, nem meu cachorro, nem meu gato, nem meu papagaio, nem minha tartaruguinha, nem minha pulga de estimação; e aí o que eu faço?"

"O que o senhor faz?"

"Eu pego o telefone..."

"Ah, então telefone o senhor tem!", ele disse, tirando uma casquinha.

"Telefone eu tenho."

"Pelo menos isso..."

"Eu pego o telefone e disco: 'Alô? É do Disk-Peixe?'"

"'Sim, meu senhor; Disk-Peixe, para servi-lo.'"

"'Eu quero que vocês me mandem um quilo de camarões fresquinhos, pescados agora.'"

"'O menino já está aí na porta.'"

"Por Júpiter! Vai ser rápido assim lá na China! Nem o Joãozinho Rápido!..."

"Ah, Senhor Ramon...", ele disse, com um sorriso, "o senhor é uma figura... Nunca li nada de sua lavra, mas imagino que o senhor seja um jornalista brilhante..."

"Mais do que eu, só a brilhantina."

Ele riu de novo.

"O senhor é uma simpatia..."

"Desse jeito, você vai acabar me cantando..."

"Não", ele riu, "isso, não. Quanto a isso, o senhor pode ficar tranquilo. O bicho com que eu trabalho não tem patas nem chifre."

"Não tem patas nem chifre."

"Não tem patas nem chifre", ele repetiu, gostando da própria frase.

"Mas tem de ser fresco."

"Tem, tem de ser fresco; senão... Epa! Agora o senhor me pegou."

Nós rimos, coniventes.

"Agora o senhor me pegou..."

"Pois é..."

"Mas, voltando — mais uma vez e agora espero que a última —, voltando ao nosso assunto, o senhor foi muito vivo e captou logo um dos principais quesitos do Disk-Peixe: a rapidez; a pronta-entrega — a delivery."

"Sim."

"Mas há outros, tão importantes quanto. Por exemplo: a higiene. Todos os nossos produtos sofrem rigorosa fiscalização."

"Isso é importante..."

"Outro quesito, mais importante ainda: a conservação. O senhor sabe — e quem não? — que, se peixe é o alimento saudável e delicioso que é, ele pode também, quando malconservado, matar. Isso mesmo: ma-tar."

"Eu concordo. E quem não?"

"E quem não? Matar. Por intoxicação. O senhor decerto já comprou peixe em alguma feira..."

"Já", eu disse, e pensei: o Leo está frito, o Leo está mais frito que um peixe frito...

"Eu não quero falar mal dessa gente", Ari disse; "eles também estão lutando pelo pão de cada dia. E, afinal, todo trabalho é digno. Ou, como dizia meu pai, o trabalho dignifica. Só que ele dizia isso, mas ele mesmo era o cara mais preguiçoso que eu já conheci..."

"Hum..."

"Era o português mais preguiçoso que eu já conheci. Uma preguiça do tamanho de Portugal. Agora, a bondade, a bondade dele, essa era do tamanho do Brasil..."

"Ele já morreu?", eu perguntei.

"Já, Senhor Ramon, ele já morreu... Ele já se foi..."

Abaixou a cabeça. Depois passou o dedo pelo olho, afastando uma lágrima.

"Me desculpe", disse, meio constrangido; "isso não fica bem para mim. Se o meu patrão me visse aqui agora, ele me punha na rua."

"É?"

"Não; nem tanto também, eu estou exagerando... Mas ele certamente não ia gostar... Acontece que não tem nem dois meses que o velho morreu; e foi assim, de repente. E eu não me acostumei ainda com isso..."

Eu sacudi a cabeça, solidário.

"É, meu amigo... Como vocês dizem aqui, em Minas: é um trem danado..."

Ele pegou o lenço e deu uma assoada forte. Depois, se recompondo, olhou as horas no relógio.

"Cacilda!", exclamou. "Quase cinco horas! E eu tenho de estar antes de cinco e meia em outro lugar!"

Ele se levantou, rápido:

"Quanto tempo eu lhe tomei, hem, Senhor Ramon?..."

"Não", eu disse, me levantando também, "eu não ia fazer mais nada mesmo, agora à tarde. Além disso, eu gostei do nosso papo."

"Gostou mesmo?"

"Claro. Você também é uma pessoa muito simpática, Ari."

"Verdade?", ele perguntou. "Isso é sincero de sua parte?"

"Sim. Eu não ia dizer isso se eu não achasse."

"Ainda bem", ele disse. "Eu estava com medo de sair daqui deixando no senhor a impressão de ser um chato."

"Não", eu disse, "de forma alguma."

"Bom, então..."

"Mas...", eu disse, "e o Disk-Peixe, afinal?..."

"Santa Mãe de Misericórdia!", ele exclamou, batendo a mão na testa. "Com esta, sim, com esta o meu patrão me punha no olho da rua — e com um bruto e merecido pontapé na bunda."

Eu ri.

"Imagine, Senhor Ramon, imagine: eu ia esquecendo o principal. É que dia 13 de setembro, uma segunda-feira, uma filial da Disk-Peixe abre suas portas nesta amável e acolhedora cidade, e eu, meu patrão, lá em São Paulo, e toda a nossa rede de funcionários ficaríamos muito gratos se este prestigioso diário — viu?..."

Eu ri.

"Se este prestigioso diário pudesse dar, com o possível destaque, a notícia; e que, Senhor Ramon, o proprietário do jornal e toda a equipe dele pudessem lá estar presentes. Certo?"

"Certo."

"Ótimo."

"Eu darei a notícia", eu disse; "e, na medida do possível, lá estaremos, na inauguração."

"Treze de setembro", ele tornou a dizer.

Abriu então a pasta, pegou um folheto colorido e me entregou.

"Aqui estão todas as informações sobre a rede: nomes, endereços, telefones; tudo, enfim, de que o senhor possa eventualmente precisar."

Eu peguei e agradeci.

"E lembre-se", ele disse, "no dia da inauguração já estaremos disponibilizando todos os nossos peixes para a freguesia: dourado, surubi, caranha, tucunaré, cação, curimba, corvina, cavalinha, barbado, mapará, piramutaba, mandi — o escambau."

"Escambau é o meu preferido", eu disse; "grelhado então, com molho de trufas..."

"Ah, Senhor Ramon..."

"Melhor que o escambau só o scomberoides."

Ele deu uma gargalhada.

"O senhor é impagável, Senhor Ramon; o senhor é impagável... Tão impagável que... Que eu não resisto a lhe fazer uma confissão..."

"Confissão?", eu perguntei.

"É", ele disse. "Mas, por favor, Senhor Ramon, pelo amor de Deus: não conte isso para ninguém, e muito menos publique no seu jornal."

"Pode ficar tranquilo, Ari."

"O senhor me promete?"

"De pés juntos."

"É que...", ele ainda hesitou; "é que... O senhor nunca iria imaginar uma coisa dessas..."

Empinou então o peito, tomou fôlego e disparou:

"É que eu detesto peixe!"

"Mesmo?..."

"Detesto, Senhor Ramon, eu detesto peixe!"

"Não diga..."

"É a única coisa que eu não como; a única. Acredita?"

"Olha só..."

"Eu não sei o que é, se é algum trauma de infância, ou o que é. O fato é que eu detesto peixe! Tenho horror!"

"Essa é ótima...", eu disse.

"O senhor não podia imaginar uma coisa dessas, podia?"

"Não", eu disse; "jamais..."

"Ninguém podia. Agora, imagine se eu conto isso para o senhor logo no começo da nossa conversa. O que o senhor ia pensar? Que o senhor tinha à frente um doido varrido — não é, não?"

Eu sacudi a cabeça, concordando.

"É isso o que o senhor ia pensar: um doido varrido."

"É..."

"Se bem que doidos, uns mais, outros menos, nós todos somos..."

"Sem dúvida..."

"Mas o senhor ainda pode perguntar: 'Se é assim, Ari, se você detesta peixe, então por que você escolheu para trabalhar logo uma firma que vende peixe?'"

"Está perguntado", eu disse.

"Só que não será respondido", ele disse; "agora, pelo menos, por causa de meu tempo."

Ele olhou novamente o relógio, com ar preocupado.

"Fica para depois de nossos comerciais", brincou. "Mas é uma história muito interessante essa, o senhor vai ver... Fica para quando eu voltar, na inauguração da filial."

"Combinado", eu disse.

"É uma história muito interessante, não há quem não ache..."

Eu balancei a cabeça.

"Bom", ele disse, "eu tenho de ir; estou..."

"Atra-sa-díssimo."

"Ah, Senhor Ramon", e ele deu um sorriso largo, "o senhor... o senhor..."

Estendeu-me a mão:

"Pode crer: foi um prazer imenso..."

"Digo o mesmo, Ariosvaldo Conceição dos Olivais Pereira."

"Ou simplesmente..."

"Ari."

No fim do mês tive de fazer uma viagem, a Belo Horizonte, a serviço do jornal: participar da Primeira Convenção Geral de Periódicos Mineiros do Hinterland. (Hinterland: chique, não?...)

Aproveitando, estendi a viagem por mais uma semana. Ao voltar, no primeiro dia que fui à feira, uma terça, ao chegar ao quarteirão já notei a novidade: a ausência da banca de Leo.

"Sabia?", me perguntou Mosquito.

Mosquito era vizinho de Leo na feira, vendedor de pimenta, um ano mais velho que Leo e um ano mais novo que eu: 26 anos. Preto, miúdo e cabeçudo: daí, claro, o apelido que lhe tinham posto.

Mosquito lembrava também, na aparência física, Rui Barbosa — um Rui Barbosa preto. E sua memória era tão prodigiosa quanto, segundo contam, a do tribuno baiano. Embora, ouvindo-o, não se pudesse às vezes ter certeza de onde terminava a memória e começava a imaginação, tão prodigiosa quanto aquela era esta.

"Sabia?", ele me perguntou.

"Sabia o quê?", eu, por minha vez, perguntei.

"O Leo se mandou."

"É?"

"Ele foi para o Rio; Rio de Janeiro."

"Hum...", eu disse, sem contar o que eu já sabia.

"Parece que ele invocou com uns crentes aí", continuou Mosquito. "Parece que os crentes fizeram a cabeça dele, e aí, de repente, ele zarpou."

"Sei..."

"Ele me disse: 'Tem sofrimento demais neste mundo, para a gente ficar aqui parado.' Mas quem está aqui parado? Você está?"

"No momento estou..."

"Ninguém está parado. Agora... O Leo acha que vai consertar o mundo. O que é o mundo?..."

"O mundo é um cão sem dono, magro e faminto, andando à noite, na chuva, com todas as luzes da rua apagadas e todas as portas das casas fechadas."

"O que é o mundo?", continuou Mosquito. "Alguém conserta o mundo? Conserta? Ninguém conserta o mundo. O mundo já nasceu errado, e o que nasceu errado, nem Deus conserta mais."

"É..."

"Só mesmo na outra encarnação."

"É..."

"Agora... Diz que, no fim dos tempos, a gente vai voltar transformado em barata, né?"

"É?"

"Quem me disse isso foi o Beiço."

"Beiço?", eu perguntei.

"O Beiço de Égua. Você não conhece?"

"Não, não tive o prazer..."

"É um feiticeiro."

"Feiticeiro?"

"Ele me disse que homem, mulher, velho, criança, tudo vai voltar transformado em barata."

"Que horror, hem?"

"Eu também acho. Ainda mais do jeito que barata fede. Imaginou a fedentina que vai ser?"

"Mas se todo o mundo vai virar barata", eu disse, "então não vai ter mais ninguém para sentir a fedentina."

"Uai, sô: é mesmo, hem? E eu que não tinha pensado nisso?"

"Está vendo?"

"Você está certo. Eu vou até dormir mais tranquilo hoje..."

"Então?"

"Mas o Beiço", Mosquito continuou, "ele disse que isso, a barataria, vai depender do Pai Eterno. Se o Pai Eterno quiser, vem mesmo, não tem choro. Agora, se o Pai Eterno não quiser, aí não vem. Ele é quem manda, o Pai Eterno."

"Hum..."

"Eu perguntei ao Beiço se as baratas vão ser só das rasteiras ou das voadoras também. Ele me disse que das duas. 'E as pequenas, aquelas pretinhas?', eu perguntei. Ele disse que as pequenas, só as crianças. 'Só as crianças pretas ou as crianças brancas também?', eu perguntei. Ele disse que todas as crianças: pretas e brancas."

"Hum..."

"Foi isso o que ele me disse. Eu queria perguntar mais coisas, sobre as baratas, mas o Beiço... Sabe? Eu tenho até medo..."

"Medo?", eu perguntei. "Por quê?"

"Você conhece o caso do Zé Beleza?"

"Não", eu disse.

"Senta aí", ele disse, apontando um dos tamboretes que estavam sempre ali, à sombra do flamboyant; "eu vou te contar essa história; vale a pena..."

Eu me sentei e acendi um cigarro. Mosquito continuou de pé, pronto para atender algum freguês que chegasse.

"Quem me contou isso foi o meu pai. O Zé... Diz que as pombas-de-bando estavam acabando com a lavoura de sorgo dele. Aí, um dia, está ele lá no boteco que é hoje o boteco do Chiclete, está ele lá com um amigo, quando entra o Beiço."

"Hum."

"O Zé não conhecia o Beiço. Aí, na hora que ele, o Zé, estava saindo — depois de ter tomado umas tantas e já estar meio trolado —, ele virou para o Beiço e falou assim: 'Ô tição, quanto que você quer pra ficar lá no meio da minha lavoura de sorgo? Você só tem de pôr um chapéu rasgado na cabeça e abrir os braços.'"

Eu ri.

"Ele falou assim", disse Mosquito. "E essa hora o amigo dele, o que estava com ele e eu não sei quem é, deu uma gargalhada."

"E o Beiço?", eu perguntei.

"O Beiço? O Beiço não disse nada. Não disse uma palavra. Ele ficou lá, quieto, mascando fumo, como se nem tivesse ouvido aquilo."

"Hum."

"Mas aí", disse Mosquito, "aí é que vem... Na noite daquele mesmo dia, o Beiço foi lá na fazenda do Zé. Ele andou três horas a pé. Três horas, já pensou? Três horas. E ele já não era tão novo assim."

"Preto quando pinta..."

"Tem 130... Pois é: o Beiço já tinha então quase uns 70... Mas aí ele foi lá, na fazenda, andou até o chiqueiro e deu uma cuspida no chão."

"Cuspida?", eu perguntei.

"É; ele deu uma cuspida lá no chão. Uma cuspida só."

"Hum."

"Você sabe o que é uma cuspida de feiticeiro?"

"Não, não sei", eu disse; "não sei nem pretendo saber..."

"Uma cuspida de feiticeiro... Mas deixa eu te contar o resto da história: o Beiço deu uma cuspida, e aí sabe o que aconteceu?"

"Não."

"Os porcos do Zé começaram a morrer."

"É?"

"Diz que era um porco atrás do outro, uma mortandade sem explicação. Diz que o bichinho lá vinha, todo catita, 'coin, coin', e aí, pumba, caía, e já caía estrebuchando, soltando sangue pelas ventas."

"Que coisa, hem?"

"Pois é..."

"Mas e o cachorro?", eu perguntei.

"Cachorro?", ele estranhou. "Que cachorro?"

"Toda fazenda tem um cachorro, não tem?"

"Tem. Às vezes até mais de um."

"E então? O cachorro não latiu com o feiticeiro?"

"Com o Beiço?"

"É?"

"Uai, você não sabe?"

"Não sabe o quê?"

"Que cachorro tem medo de feiticeiro."

"Tem?"

"Icha! Cachorro? Cachorro morre de medo de feiticeiro."

"Eu não sabia..."

"Morre de medo. E mais: diz que de longe eles já percebem um feiticeiro vindo."

"Hum..."

"Diz que, quando um feiticeiro vai chegando, o cachorro encolhe o rabo, vai saindo de fininho e se esconde no primeiro lugar que encontra."

"É assim?"

"É assim. Eles morrem de medo."

"Hum..."

"Eu falei no cuspe; mas e o olhar, o olhar de feiticeiro?"

"É brabo também?..."

"O olhar de feiticeiro? Pra você ter ideia: diz que, se o feiticeiro ficar olhando muito tempo para uma planta, a planta vai indo murcha, na frente da pessoa; vai murchando, murchando, até tombar e morrer."

"Puxa..."

"E feiticeiro que transforma cipó em cobra?"

"Existe?"

"Existe. Eu nunca vi, mas diz que existe."

"Hum..."

"Mas aí, voltando aos ronca-e-fuça, diz que os porcos do Zé Beleza foram morrendo todos; não ficou nenhum, nem um só pra contar a história."

"Porco também conta história?", eu perguntei, só de chato.

Mosquito ficou um instante calado, olhando para o chão. Então olhou para mim:

"Conhece o Crove?"

"O Clóvis lá da oficina?"

"É."

Eu disse que conhecia.

"E o porco do Crove?"

"Você está xingando o Clóvis ou o Clóvis tem um porco?"

"Ele tem um porco. Só que o porco dele é diferente."

"Você vai me dizer que o porco dele fala..."

"O porco, o Cuíca — ele se chama assim, Cuíca —, o porco não foi criado em chiqueiro, como qualquer porco. Ele foi criado em casa, feito cachorro; desde pequeno, desde porquinho ainda. Hoje ele não é grande; ele é desses porcos menores, porco caruncho."

"Sei..."

"Ele acompanha o Crove por toda parte, em casa; aonde o Crove vai, o Cuíca vai atrás. O Crove conversa com ele feito a gente conversa com cachorro."

"Hum."

"Bão: está lá o Crove um dia, no alpendre da casa dele, e aí, lá dentro, o telefone toca. O Crove levantou depressa para atender, e o Cuíca assustou e levantou também — e essa hora o Cuíca falou: 'Crove'. Falou o nome dele."

Eu ri.

"Você não acredita, né? Pois pergunta ao Idalécio e ao Bié: eles estavam lá na hora e ouviram também. 'Crove', falou o porco."

"Mal começa a falar e já está falando errado", eu disse. "Por isso é que o Brasil não vai pra frente."

"Ah, mas isso... Isso não é problema: mais tarde eles põem o porco na escola e aí o porco aprende a falar certo."

Eu ri.

"Às vezes ele até se forma", continuou Mosquito; "ele pode se formar para professor, jornalista..."

"É..."

"Às vezes ele chega até a ser Presidente da República..."

"Para isso ele não precisa ir para a escola, nem falar certo..."

Eu me levantei.

"Não, espera aí", disse Mosquito, "a história — sobre os porcos do Zé Beleza — ainda tem um resto..."

"Tá...", eu disse.

"Mas isso não foi o meu pai que me contou, foi outra pessoa. É que, depois que o porco morria, ia aparecendo devagar, na cacunda dele, um desenho parecido com uma caveira..."

"Hum..."

"Nisso eu não acreditei muito, mas... Sei que, depois do que eu te contei — a mortandade dos ronca-e-fuça —, todo porco que o Zé punha no chiqueiro, o porco morria. Já pensou? Imaginou o prejuízo? Não foi brincadeira. Só escaparam os cisca-e-pia, uns franguinhos que o Zé tinha lá. Decerto é porque o cuspe do Beiço foi mesmo só para matar os porcos."

"É..."

"Mas... Diz que o Zé foi despirocando com aquilo, e acabou ficando fraco da ideia. Até hoje ele é assim, meio zoró."

"Não era para menos, né?..."

"Eu fui uma vez só, lá no Beiço; uma vez só. Foi nesse dia que ele me falou nas baratas. Eu fui lá para ver se ele dava jeito num probleminha meu, um problema de saúde. Mas vou te contar: eu fui tremendo, tremendo e com as mãos frias."

Eu ri.

"E ainda tive de tomar antes uma branquinha, pra criar coragem — uma daquelas que descem rasgando."

"Hum..."

"Mas na hora de falar, na hora de falar, cadê que eu falo? Disparei a gaguejar, rapaz, disparei a gaguejar, que era um trem..."

Eu ri.

"Ele fica lá sozinho?", perguntei.

"Quem? O Beiço?"

"É."

"Fica. Quer dizer: fica ele e o Valdivino."

"Valdivino? Quem é o Valdivino?"

"O urubu."

"Urubu?"

"O urubu que o Beiço cria."

"Ele cria um urubu?..."

"Cria. Quer dizer: cria, mas não é desde pequeno, desde filhotinho, como o Cuíca, o porco do Crove. Esse urubu o Beiço... Você não ouviu falar na história?..."

"Não", eu disse, "eu não sabia nem do Beiço..."

"A história é a seguinte: uma tarde o Beiço vinha passando na rua, a caminho de casa; aí ele viu, num dos terrenos baldios que tem lá perto de onde ele mora, uns meninos chutando um urubu."

"Chutando?", eu perguntei.

"É, eles estavam lá chutando um urubu. O que tinha acontecido com o urubu eu não sei; não sei se ele estava doente ou machucado, ou se... Não sei o que tinha acontecido com ele que ele fora parar ali e os meninos encontraram. Sei que essa hora, quando o Beiço passou e viu, o coitado do bicho já mal se aguentava de pé, com os chutes dos meninos. Então o Beiço foi pra cima deles, e aí eles correram."

"Hum..."

"Bom, aí o Beiço pegou um saco de plástico que ele achou por lá, no lixo, pôs o urubu dentro e levou para casa. Lá, na casinha dele, ele deu água para o bicho, limpou as feridas, passou uns unguentos de plantas — feiticeiro tem de tudo em casa, né? —, arrumou um cantinho para o urubu lá fora, deu comida... Sei que o urubu se salvou, se recuperou, e, com poucos dias, já estava bom, já estava andando."

"Que bom..."

"Mas aí, uma manhã, quando o Beiço acorda e vai lá fora olhar, cadê o urubu? Batera as asas, voara; tinha ido embora...

"Hum..."

"Diz que o Beiço ficou na maior tristeza, pois ele já tinha tomado afeição pelo urubu. A gente toma afeição por tudo, né? Até por um urubu."

"É verdade", eu disse.

"E um conhecido meu, o Osmundo? O Osmundo tomou afeição por uma aranha..."

"Aranha?"

"Aranha; ele tomou afeição por uma aranha. O Osmundo disse que foi essa aranha que curou ele da depressão. Como, eu não sei bem te explicar; sei que o Osmundo ficava lá no quarto, deitado, sem querer fazer nada, desanimado da vida, olhando para a lâmpada no teto..."

"Hum..."

"Aí, tinha lá uma teia de aranha ao redor da lâmpada, e o Osmundo ficou observando a aranha a tecer os fios, pensando naquilo, naquele trabalho de tecer os fios... E aí, um dia, ele percebeu que já estava melhorando, e daí em diante ele foi só melhorando, até ficar bom de tudo.'

"E começou com a aranha..."

"Começou com a aranha; foi o que o Osmundo me disse. E teve uma coisa engraçada: entrou uma empregada nova lá aqueles dias, e aí, o dia que ela foi ao quarto do Osmundo fazer a limpeza, à hora que ela ia passar a vassoura no teto, o Osmundo gritou: 'Não! Aí, não! Aí não passa, não!' 'Tem uma aranha ali, ó', disse a empregada. 'É por causa dela mesmo', disse o Osmundo. A empregada não entendeu nada, né?"

Eu ri.

"Ainda mais que a mulher do Osmundo, a Zulma, havia falado para a empregada que o Osmundo andava meio doente. Ela não entendeu nada..."

"E aí a aranha ficou lá, tecendo os fios..."

"Ficou. Não sei se ela ainda está lá, faz tempo que eu não vejo o Osmundo... Mas ele podia também ter falado

— para a empregada — que tirar teia de aranha de casa dá azar, né?"

"Dá?"

"Azar?"

"É."

"Icha!", Mosquito disse. "O sujeito fica pobre da noite pro dia."

"Hum."

"Mas eu estava falando sobre o Beiço e o urubu, quando o urubu ficou bom... Então o Beiço, quando chegou lá fora, o dia clareando, e olhou, cadê o urubu? Ao mesmo tempo que ele ficou alegre por ver que ele tinha curado o urubu, ele ficou triste porque já tinha apanhado afeição por ele, né? Mas bicho é bicho, o Beiço deve ter pensado, e lugar de urubu é no céu, voando com os outros urubus e procurando carniça; não é mesmo?"

"É", eu disse.

"Mas aí... Continuando: está lá o Beiço, de tarde, na tarde desse dia; está ele lá, sozinho, jururu, no quintalzinho da casa dele, quando, de repente, chega um urubu voando e se empoleira na árvore que tem lá, uma árvore que eu não sei como se chama. O Beiço logo viu que era ele, o Valdivino."

"Por que esse nome?"

"Valdivino?"

"É."

"Não foi o Beiço que pôs. Se ele pôs algum nome no urubu, eu não sei. Ouvi dizer que ele até conversa com o urubu, numa língua lá que só os dois entendem. Mas o nome, esse nome de Valdivino, não foi o Beiço que pôs; foram os meninos lá da redondeza. Por quê? Porque o urubu é a cara do Valdivino, o dono do mercadinho que tem lá, na vila. É a cara. E aí os meninos puseram esse nome, e o nome pegou."

"E o Valdivino sabe disso?"

"Qual Valdivino?"

Nós rimos juntos.

"Bom, mas aí", Mosquito prosseguiu, "o Beiço conversou com o urubu e viu que era mesmo o Valdivino, e aí ficou na maior alegria. E aí ele pôs umas comidinhas lá no chão e o urubu acabou descendo da árvore e comendo; e então ficou por ali, como quem estava em casa e... Sei que, depois disso, o Valdivino não deixou mais o Beiço."

"Interessante..."

"Diz que toda manhã ele voa, some para longe, ninguém sabe para onde; e, quando chega o fim do dia, quando vai anoitecendo, ele volta. E aí ele janta lá com o Beiço, os dois lá no quintal, cada um com a sua vasilha de comida. E de noite o bicho fica lá, não sei se no chão, na área mesmo, ou se na árvore. Ele fica lá..."

"Sei..."

"Eu soube também que ele vigia a casa; se alguém chega perto dela, ele ataca feito um cachorro, um cachorro bravo. E diz que ele vai direto no olho da pessoa — é pra cegar mesmo."

"Hum."

"Há pouco tempo um rapaz foi levar um pacote de macarrão que mandaram para o Beiço, e aí — o rapaz não sabia nada sobre o urubu, né? —, aí o rapaz passou o maior susto. Ele chegou lá já escuro, e, à hora que ele ia bater na porta, veio de repente aquele troço na cabeça dele — ele achou que fosse 'coisa do demônio' —, veio e aí ele saiu correndo feito doido. Montou na bicicleta, e o urubu em cima, só mais na frente é que o urubu deixou ele. O rapaz não chegou a se machucar, mas ficou traumatizado; ele diz que nunca vai esquecer daquilo."

"Pudera..."

"Eu, de noite, lá no Beiço, eu não vou nem debaixo de metralhadora. Se para ir lá de dia já foi, como te contei, aquela tremedeira..."

Eu ri.

"Bom", eu disse, me despedindo, mas Mosquito de novo me deteve.

"Eu não te falei na rede...", disse ele.

"Rede?"

"A rede do Leo, a rede de pescar."

"O que tem essa rede?"

"Ele me deu."

"É?"

"Deu."

"Bom, né?"

"É... Só que depois eu pensei: o que eu vou fazer com essa rede? Eu não sou pescador. Vender, eu não vou, porque uma coisa que a gente ganha de presente a gente não vende, né? Além disso, quem ia querer comprar uma rede como essa, velha e cheia de remendos? De forma que essa rede, para mim, é seio de freira: não serve pra nada."

"Uma sinédoque."

"Como?"

"Pendura a rede na parede", eu disse.

"Na parede?"

"Como enfeite."

"Enfeite?", ele estranhou. "Um trem feio desses?..."

Eu ri.

"Só se for para espantar as visitas", ele disse. "Aí, sim, aí a gente não precisa mais jogar sal no fogo nem pôr vassoura detrás da porta. A visita nem senta: ela entra, vê aquilo na parede e sai correndo de medo."

Ele deu uma risada.

"Só se foi para isso que o Leo me deu a rede..."

Depois, sério, continuou:

"Eu vou pôr na parede é uma estampa de São Benedito, que eu comprei na banca de revistas. A estampa ou um pôster do Flamengo, que eu também comprei. Eu não decidi ainda."

"Não", disse Maria do Rosário, vendedora de frutas, cuja banca era vizinha, à esquerda, da de Mosquito (à direita ficava a de Leo); ela ouvira o final da conversa e se aproximou: "Você não vai pôr nada disso na parede, Almerindo."

"Não?", e Mosquito — Almerindo — abriu muito os olhos.

"Sabe o que você vai pôr na parede?"

"O quê?"

"Você vai pôr na parede, daqui a uns tempos, é um retrato do Leonardo."

"Do Leo?...", ele abriu mais ainda os olhos.

"Do Leo, meu filho; do Leonardo."

Ele balançou a cabeça, sem entender.

"O Leonardo foi escolhido por Deus para pregar a palavra dele. Não é qualquer um que Deus escolhe. Pensa na quantidade de moços que tem na nossa cidade; e Deus escolheu o Leonardo."

"É mesmo..."

"Escuta o que eu estou te dizendo: o Leonardo ainda vai ser o orgulho da nossa cidade."

Mosquito balançou de novo, com reverência, a cabeça. Aquilo o deixara, momentaneamente, quase mudo.

"Na noite passada eu tive um sonho", Maria contou. "Um sonho muito bonito: eu sonhei que um rapaz loiro, vestido de branco, ia por uma estrada, e com ele dois anjos, um de cada lado. Nas mãos, ele levava um livro grande, um livro de capa preta. E aí, quando eu acordei, eu disse: 'É o Leo! É o Leonardo!'"

"E era?", Mosquito perguntou.

"Quem podia ser?"

Mosquito balançou a cabeça.

"O Leo começou aqui", disse Sô Dodô, o marido de Maria do Rosário, falando para mim. "Fui eu quem arranjou lugar para ele aqui, na feira."

"Foi", secundou Maria, olhando também para mim. "Foi o Geraldo; o Geraldo é quem arranjou lugar para o Leo aqui, na feira. O Leo era quase um menino ainda — né, bem?"

"Era; ele era um frangote. Mas já era muito trabalhador, um exemplo de rapaz."

"Era mesmo", ela disse.

"Em pouco tempo ele conquistou a freguesia. Além de trabalhador, o Leo sabia cativar as pessoas."

"O Leonardo é um rapaz bonito, simpático", disse Maria.

"Mas agora ele foi para uma cidade grande", disse Sô Dodô; "ainda mais o Rio de Janeiro. Eu fico apreensivo; o Rio é uma cidade cheia de tentações e de perigos..."

"Babilônia", disse Mosquito; "o Rio é Babilônia."

"O Leonardo atendeu ao chamado de Deus", disse Maria do Rosário: "Deus vai ser ingrato com quem atendeu ao chamado dele? Vai?"

"Não", disse Sô Dodô, "não vai. Mas o Rio..."

"Deus é pai", disse Maria do Rosário; "e pai amantíssimo. Se ele escolheu o Leonardo para pregar a sua palavra é porque ele quer o bem do Leonardo e de todos nós."

E foi assim, foi assim que Leo deu aquele passo em sua vida. Um passo tão grande que podia ser, de certa forma, comparado à distância geográfica que havia entre nossa cidade, no interior de Minas, e a cidade do Rio de Janeiro.

Leo se mandou — como disse Mosquito. Se mandou com a mulher e a filha, e sua Kombi. Se mandou, ao que parecia, para não mais voltar, pois, segundo Mosquito, ele vendera até a casa.

"Sabia?"

"Não, Mosquito, eu não sabia de nada."

"Vendeu; ele vendeu até a casa. Ele não deixou nada para trás. Sinal de que ele não vai mais voltar, né?"

"Pode ser", eu disse.

"Eu acho; eu acho que o Leo nunca mais volta."

"Às vezes volta."

"Não, ele nunca mais vai voltar..."

Os olhos de Mosquito ficaram vermelhos.

"Também voltar para quê, né?", ele disse, com a voz engasgada. "Voltar para essa cidadezinha vagabunda, para ficar aqui na feira vendendo aqueles peixes fedidos?..."

"Bom", eu disse, "eu tenho de ir, Mosquito. Outra hora a gente conversa mais. Tiau."

Ele respondeu só com a cabeça.

"Quais são as novidades?", me perguntou Barroso.

Barroso — Carlos Barroso — era o meu patrão, que de vez em quando aparecia na redação...

Almirante, era assim que eu o chamava, por causa da nossa figura histórica, embora não houvesse entre os dois nenhuma relação. Então por que eu o chamava? Por nada; porque eu gostava de chamá-lo assim, e ele, ao que parecia, gostava de ser assim chamado.

"Novidades?"

Eu estava aquela hora pondo uma ordem na papelada em cima de minha mesa.

"Bom", eu disse, "o Leo fez as malas."

"Leo, seu amigo?"

"É."

"Para onde?"

"Rio."

"Rio? O que ele foi fazer lá? Pescar robalo?"

"Pescar homens."

"Ele virou pederasta?"

"Pastor."

"Pior ainda."

Eu ri.

Barroso sentou-se.

"O que deu na cabeça do rapaz?"

"É o que a gente se pergunta."

"Parecia que ele..."

"A coisa começou com uns crentes", eu contei; "uma nova igreja aí."

"Há uma porção de igrejas novas na praça", comentou Barroso, pegando um cigarro de palha na caixinha que sempre carregava com ele, Palheiros de Piracanjuba. "Eu estou até pensando em abrir uma..."

"Abre", eu disse.

"Igreja Universal da Sacanagem. O que você acha?"

"Gostei. Acho até que eu vou ser um de seus prosélitos..."

"Prosélitos? Não, essa sacanagem não vai ter lá, não."

Eu ri.

Ele acendeu o cigarro, dando umas baforadas e espalhando pela sala, sem que isso me desgostasse — fumante que eu também era, embora àquela hora não estivesse fumando —, o cheiro de fumo de rolo.

"Que será que dá mais dinheiro, hem? Abrir uma igreja ou um bordel?"

"Escrever livros de autoajuda", eu disse.

"É?"

"Isso é o que dá mais dinheiro."

"Mas livro... Eu não sou bom para escrever", ele disse. "Eu sou bom para falar. Por isso, eu acho que eu vou abrir é mesmo uma igreja. Na igreja eu posso pregar, exercer a minha oratória, que é, como você sabe, o que eu mais gosto de fazer, a minha tara..."

"Cada um com a sua", eu disse.

"Qual é mesmo a do Leo?", ele perguntou.

"A tara?"

"A igreja."

"É a mesma coisa."

Barroso riu.

"A igreja do Leo", eu disse, "é a Igreja Mundial do Senhor Jesus. Conhece?"

"Não, nunca ouvi falar."

"Mister Jones."

"Mister Jones?"

"Mister Jones é o chefe."

"Ele é parente do Buck?"

"De quem?", eu perguntei.

"Do Buck."

"Que Buck?"

"O Jones; Buck Jones."

"Quem sabe?"

"Se for..."

"Ele esteve aqui, na cidade", eu contei.

"O Mister?"

"É."

"Fazendo o quê?"

"*I don't know.*"

"Se fosse o Buck, eu até ia lá, pedir um autógrafo."

"Autógrafo?", eu me espantei, olhando para ele. "Mas o Buck Jones já não morreu há muito tempo?..."

"Imagino que sim; mas, para mim, ele não morrerá jamais."

"Hum."

"Buck Jones, Ramon, Buck Jones foi o primeiro cowboy que eu vi no cinema."

"Sei..."

"Foi num cineminha, um cinema que os padres tinham na minha escola."

"Sei..."

"Sabe que havia lá, no internato, umas figuras até interessantes?"

"É?"

"Tinha um padre lá, por exemplo, que vivia cantando."

"Música ou meninos?"

"Música, rapaz, música; música clássica. Ele estava sempre cantando alguma ária."

"Hum."

"Foi lá, no cineminha, que eu vi o Buck Jones. Lá estava ele, na tela, o mocinho intrépido, perseguindo o bandido, com aquele chapelão branco e a camisa preta; e o cavalo, branquinho... Como é mesmo que ele se chamava?"

"O cavalo?"

"É."

"Não sei", eu disse. "Eu sei é o do Zorro: o Silver. E também o do Roy Rogers: o Trigger."

"Não estou conseguindo lembrar o do Buck...", ele disse.

"Às vezes o cavalo não tinha nome", eu disse.

"O cavalo do Buck Jones não ter nome?..."

"Às vezes o cavalo não foi batizado."

"É", ele disse, "não consigo mesmo lembrar..."

Eu continuei arrumando os papéis, guardando alguns na gaveta.

"Outro cavalo branquinho", ele disse, "era o do Durango Kid, o Charles Starret."

"Charles Starret era o nome do cavalo?", eu perguntei.

"Ê, mas você...", ele disse, mexendo a cabeça. "Sua ignorância em matéria de cowboys é de dar pena..."

Eu ri.

"Charles Starret", ele disse, "era o nome do mocinho. Ao natural, digamos assim. E aí, quando ele aparecia de negro e de máscara, e no cavalo branco, seu nome passava a ser Durango Kid."

"Hum...", eu disse.

"Vou te dar mais uma chance", ele disse; "a última. O cavalo do Hopalong Cassidy."

"Hopalong Cassidy?", eu disse. "Eu nem sabia desse cara, quanto mais do cavalo dele..."

Ele tornou a mexer a cabeça, me lastimando profundamente...

"É...", disse, em outra baforada, olhando para o teto, "foram muitos cowboys..."

"Muitos cowboys e muitos cavalos", eu completei.

"Dava até uma matéria: 'Muitos cowboys e muitos cavalos'."

"Só que nesse passo, ou nesse trotar", eu disse, "vamos acabar chegando a Virgílio", e eu escandi, galopando os dedos na madeira da mesa: "'*Quadrupedante putrem sonitu quatit ungula campum.*'"

"Opa!", ele disse. "O que vem a ser isso?"

"Cavalos correndo no campo de batalha."

"Bacana. Não entendi nada, mas gostei."

"Os grandes escritores são assim: às vezes a gente não entende nada, mas gosta. É a música das palavras."

"Música das palavras: outro bom título."

"Um deles, aliás, um dos escritores, disse: '*De la musique avant toute chose.*'"

"Você está gastando hoje, hem, rapaz?..."

"É a sua presença, que me inspira..."

Barroso sorriu, feliz.

"Mas", disse ele, "voltando aos cowboys, esses dias eu estava pensando: que bom se a realidade fosse simples como um filme de cowboy... O mocinho, a mocinha, o bandido, o bobão... O mocinho é sempre mocinho, o bandido sempre bandido, a mocinha sempre mocinha, e o bobão sempre bobão..."

"É..."

"Só que, na realidade, a coisa é bem diferente. Na realidade o mocinho às vezes age como bandido, e o bandido como mocinho."

"É..."

"A mocinha...", prosseguiu Barroso, "bom, nós sabemos como são as mocinhas, principalmente as de hoje: tão castas, tão pudicas, tão recatadas..."

Eu ri.

"Quanto ao bobão, bobões existem aos montes, mas raramente com o charme dos bobões do cinema, e ninguém certamente os quer por companhia..."

"É verdade", eu disse.

"E o final da história? Nos filmes, o mocinho sempre triunfa, e o bandido é sempre derrotado. Já na realidade... Será preciso dizer?"

"Não", eu disse.

"Enfim: pensando bem, a única coisa que nos filmes de cowboys corresponde à realidade são os cavalos. Assim mesmo, para cada Silver e cada Trigger existe no mundo um milhão de pangarés."

"É..."

"Um milhão...", ele repetiu.

"É verdade."

"Mas eu estou preocupado", ele disse, "eu estou preocupado é com o cavalo do Buck Jones: será que ele não tinha mesmo nome? Você lançou uma dúvida atroz em meu espírito. Acho que eu não vou sossegar enquanto eu não souber isso."

"Liga para Hollywood", eu disse.

"É", ele disse, "talvez seja a única solução. O diabo é que eu não sei falar inglês. Também, se eu telefonasse perguntando isso, o mínimo que eles iam pensar é que 'esse cara é maluco'. No que, aliás, estariam cobertos de razão..."

"Realmente...", eu concordei.

Ele deu mais uma baforada, os olhos perdidos no ar.

"É...", disse, "posso desistir, não lembro mesmo o nome do cavalo..."

De repente olhou para mim, os olhos de novo acesos: "E o Tom Mix?"

"Tom Mix?", eu perguntei. "O que tem o Tom Mix?"

"O cavalo dele."

É, pensei, pelo jeito, aquela conversa — ou aquela cavalgada — ainda iria longe...

Barroso, filho único de um rico fazendeiro, dizia para as pessoas que, chegando aos 50 anos e pensando sobre a sua vida até então, concluiu que já cometera todos os tipos de loucura, menos uma: abrir um jornal no interior.

Aí resolveu cometer essa loucura também. Comprou — como já contei — as máquinas de um jornal que havia tempos fechara, trazendo com elas três gráficos. Depois alugou o prédio de uma velha escola desativada. Então contratou para redator um entediado professor de português no colégio — este, que ora escreve estas linhas —, para repórter; Nina, uma sobrinha que "gostava de escrever" — ganhara, por duas vezes, o prêmio de melhor redação na escola! — e para fotógrafo um rapaz, Tobias, seu protegido (segundo as más línguas, um de seus vários filhos, espalhados pela cidade), e nascia, assim, a *Tribuna do Povo*, nosso prestigioso hebdomadário. Epa!...

Dois dias depois daquela conversa, ele voltou à redação.

"Rapaz", disse, "sabe que eu não dormi aquela noite?"

"Que noite?", eu perguntei.

"A noite daquele dia em que nós conversamos sobre cowboys e cavalos..."

"Hum..."

"Fiquei lembrando de outros cowboys e de outros cavalos — e aí adeus sono..."

"É nisso que dá", eu disse.

"E aí sabe o que eu fiz de manhã?"

"O quê?"

"Eu escrevi um troço."

"É?", eu admirei.

Ele enfiou a mão no bolso da camisa e tirou um papel branco, dobrado. Desdobrou-o devagar.

"Quer ler?", perguntou.

"Claro", eu disse. "Como que eu iria me recusar a ler algo que o meu patrão escreveu?..."

O título: "Oração aos Cowboys".

"É", eu comentei, antes de ler, "do jeito que as coisas andam, é melhor rezar aos cowboys do que aos santos..."

Ele riu.

Eu li o texto — o "troço". Li e gostei. Então sugeri a ele que o publicasse no jornal. Ele recusou, mas diante da minha insistência, acabou cedendo e concordando em publicar — desde que fosse sob pseudônimo.

"Zé Faroeste", eu disse. "Que tal?"

"Ótimo", ele disse. "Zé Faroeste! É isso aí!"

Dois dias depois saía no jornal a "Oração aos Cowboys" — assinada por Zé Faroeste.

"Valei-me, Tom Mix, Buck Jones e Johnny McBrown dos cineminhas de minha infância; e você também, Ken Maynard, e ainda você, Hoot Gibson.

Do meu álbum de figurinhas saltai e comigo ficai Robert Livingston, Ray Crash Corrigan, Bob Steele e Tom Tyler.

Na hora do perigo, vinde, Zorro, em meu socorro, galopando no Silver e com o Tonto ao lado.

E você, Wild Bill Elliott, o Bibilote, com a sua valentia e a sua cara de tio enérgico da gente — e o Indinho, fazendo estrepolias com os bandidos.

E, claro, Roy Rogers, com o Trigger e o Gabby Hayes, o Ventania; e com seu violão, sua voz e seu sorriso.

Falando nisso, como não lembrar de você, Gene Autry?

Defendei-me, com seus punhos e colts, Hopalong Cassidy, Don Red Barry, Tim Holt, Rex Allen e Tex Ritter.

Ah, Durango Kid e suas súbitas aparições — mas não nos esqueçamos de Smiley e suas trapalhadas.

E Rocky Lane? Bonitão, o chapéu branco, a camisa listrada, e o soco tremendo.

Venham ainda e guardai-me, saídos das páginas em preto e branco ou coloridas do 'Gibi', 'Guri', 'Globo Juvenil' e tantas outras revistas em quadrinhos, Bufallo Bill, Bronco Piller, Monte Hale, Cisco Kid, Texas Kid e o Cavaleiro Negro.

Todos vocês, meus cowboys queridos, protegei-me diante do inimigo, agora e sempre. Amém."

Um dia, no entanto, um vulto viria, envolto num manto e num equino montado, trazendo na mão uma foice, e quando esse vulto viesse, não haveria cowboy que valesse, nem cavalo que salvasse.

Mas o vulto não tinha vindo ainda — e ali estava Barroso, vivo, conversando alegre e dando suas gostosas baforadas...

Pastor das almas

Uma tarde de dezembro, vésperas do Natal: estou no jornal, em minha sala, sentado à minha mesa, trabalhando, quando de repente a porta se abre e uma pessoa entra, me dando o maior susto.

"Leo!", eu digo.

"Pastor Pedro, por favor", o sujeito responde, sério, o dedo em riste — depois se desmancha todo num sorriso.

My God! O que havia acontecido? O que tinha em comum com Leonardo, o Leonardo que eu conhecera, aquele homem de terno e gravata (terno azul-marinho e gravata vermelho-clara, que eu já sabia serem os dos pastores daquela igreja), aquele homem guapo, de bigode e de cabelo empastado com gel? O que tinha em comum? Talvez nada, pois, como ele mesmo a seguir — enquanto eu ainda me refazia do susto — se encarregou de me explicar, Leo, "o pescador Leonardo", não existia mais.

"O que existe, Ramon, o que existe agora e está aqui, à sua frente, é o Pastor Pedro, da Igreja Mundial do Senhor Jesus."

"Pastor Pedro."

"Isso; Pastor Pedro, pastor das almas, a serviço do próximo..."

Apertamo-nos finalmente as mãos.

"Eu quase não te conheci...", eu disse, ainda meio espantado.

"É", ele disse, "eu mudei um pouco: o bigode, o cabelo..."

As mãos... Sim, as mãos, agora bem-cuidadas — tão bem-cuidadas quanto mãos de mulher e de bicha...

"Você engordou também...", eu disse.

"Engordei..."

"Já dá para te jogar lá no meio do lago."

"Dá", ele concordou, rindo; "só que eu não morri ainda, né? Não morri nem pretendo morrer tão cedo..."

Convidei-o a sentar-se.

"Dessa vez você não vai querer sentar na beirada da mesa, vai?"

Ele sorriu apenas, e sentou-se — na cadeira.

"Você não deu mais nenhuma notícia...", eu comentei.

"É...", ele disse; "muita coisa... Sabe como é..."

Pois é, eu pensei, acontece de tudo nesta vida. Ali estava o meu querido amigo Leo, ali estava o rapaz simples — "o rapaz dos peixes" — transformado naquela coisa... naquela coisa meio esquisita...

E o papo dele não ficou muito atrás: na verdade, Leo — ou o Pastor Pedro —, mais do que me fazer uma visita de amizade, fora ali, pareceu-me, para me falar de sua igreja. E, é claro, o principal: convidar-me para ser um associado, com a devida contribuição pecuniária, contribuição de valor não tão irrisório assim para os tempos atuais.

Mas o associado — ele se apressou em me explicar, enquanto ajeitava, com as mãos bem-cuidadas, o nó da gravata —, o associado tinha uma série de vantagens especiais. A saber: orações personalizadas no programa de rádio *Seara do Senhor Jesus*; um jornalzinho mensal, com os relatos das curas milagrosas recebidas pelos fiéis (abriu rápido a pasta preta, apoiada nas coxas, tirou um exemplar e me deu); exorcismos em caso de possessão diabólica...

"Esse eu quero", eu o interrompi; "exorcismo me interessa."

"Pra quem?", ele perguntou, com ar de admiração.

"Pra quem? Pra mim, uai."

Ele sorriu, meio amarelo.

"Não brinque com essas coisas, Ramon", disse então, em tom sério. "O Príncipe das Trevas é mais esperto do que a gente pensa; ninguém pode se considerar a salvo de seu domínio..."

"Mas eu não estou me considerando a salvo", eu disse; "ao contrário: eu estou confessando que eu já estou possuído pelo demo."

"Demo...", ele sorriu de novo.

"Não é, não?"

"A gente precisa acreditar em alguma coisa, Ramon; você não acredita em nada..."

"Acredito", eu disse; "acredito, sim. Quem disse que eu não acredito?"

"Então me diga: em que você acredita?"

"Eu acredito na mula sem cabeça."

Ele fez um gesto de lástima e reprovação.

"O quê?", eu disse. "Por acaso há alguma diferença entre acreditar em Deus e acreditar na mula sem cabeça?"

"Há", ele respondeu.

"Há mesmo", eu concordei; "você tem razão. Acreditar na mula sem cabeça é muito mais fácil..."

Ele repetiu o gesto — de lástima e reprovação.

"Está bem", eu disse. "Então eu vou te dizer uma coisa em que eu acredito. Aliás, uma coisa, não: duas, duas coisas. Três; três coisas."

Ele ficou em silêncio, esperando.

"A primeira: eu acredito que a humanidade só vai realmente progredir o dia em que o último deus for enforcado na tripa do último homem que nele crê."

Ele não disse nada.

"A segunda: esse dia nunca vai chegar."

"A terceira?", ele perguntou.

"A terceira? A terceira é que, mesmo que esse dia chegasse, a humanidade não progrediria nada; talvez até piorasse."

Ele me olhou por uns segundos, com um olhar vago, como se... como se eu não houvesse dito nada ou que o que eu havia dito não tivesse nenhuma importância.

"Bom", ele disse, "mas então você não aceita ser associado..."

"Não."

Precisava me perguntar?...

"Eu tenho também...", abriu novamente a pasta e dela retirou dois CDs: "eu tenho também estes dois cedês do Mister Jones: *Conversando com o Senhor* e *Palmilhando as sendas do bem*."

Eu ia dizer "me dá um distintivo com os baguinhos" — distintivo que, aliás, estava na sua lapela —, mas achei que ele poderia se ofender e, então, lembrando-me de uma promessa que eu fizera havia tempos à minha faxineira, eu disse:

"Bom, já que eu não vou mesmo ser exorcizado, e para você não dizer que eu não colaborei com você, com o Mister Jones e com a Igreja Mundial do Senhor Jesus, eu fico com um terço."

"Terço?", ele fez uma cara de espanto.

"Vocês não têm terço?"

"Não", ele disse, "terço, não; com esse artigo nós não trabalhamos."

"Por quê?"

"Porque nós, da Igreja Mundial do Senhor Jesus, não cultuamos Maria."

"Não?", foi a minha vez de espantar-me. "E por que vocês, da Igreja Mundial do Senhor Jesus, não cultuam Maria? Maria é tão boa moça..."

"Bem", ele disse, ajeitando novamente o nó da gravata — mero sestro, já que o nó estava ajeitado desde que ele entrara na sala: "Você sabe, né?"

"Sabe o quê?", eu perguntei. "Você está parecendo o Mosquito..."

Ele riu.

"Mosquito...", disse, balançando devagar a cabeça. "Ele está bem?"

"Creio que sim," eu respondi.

"É uma pobre criatura... Uma alma mergulhada nas trevas..."

"A alma eu não sei", eu disse, "mas o corpo..."

Argh!... Que Mosquito me perdoasse aquela, dita sem nenhuma maldade, apenas pelo gosto de brincar com as palavras, aquele gosto que eu tinha e que já me criara vários problemas com as pessoas...

"Os negros", continuou Leo, "os negros dificilmente alcançam a luz."

"Às vezes com uma escada", eu disse.

"Só se for a escada de Jacó...", ele retrucou.

"Será que o Jacó empresta?"

Leo riu.

"Bom", eu disse, "mas, voltando a Maria, o que a criatura fez?"

"Ela pecou", ele disse.

"Pecou?"

"Está lá, no Livro Santo; Mateus, capítulo primeiro, versículo 19: 'Então José, seu marido, como era justo e a não queria difamar, intentou deixá-la secretamente.'"

"Uai, mas e o Espírito Santo?", eu perguntei. "Não foi ele o pai da criança?"

"Pai da criança...", ele repetiu, meio rindo.

"Foi isso o que eu aprendi."

"E você acreditou nisso?", ele perguntou.

"Claro", eu respondi; "você não?"

"Veja", ele continuou, sem me levar a sério, "o Antigo Testamento começa com Eva traindo a confiança do Criador; e o Novo Testamento, com Maria traindo a confiança de José."

"Ê, muiezada, hem?..."

"A mulher carrega em si a semente do mal", ele disse.

"E o homem é o próprio mal", eu completei.

"Como?"

"Quer dizer que pastoras...", eu perguntei.

"Pastoras?"

"Na igreja de vocês..."

"Não...", ele disse, negando com a cabeça.

"Nada de pastoras..."

"Não... Só se fosse pra lavar as nossas cuecas, né?", ele disse e deu uma risada.

Eu também ri.

"Só se fosse pra isso, pra elas lavarem as nossas cuecas..."

"E a Gislaine?", eu perguntei.

"A Gislaine?"

"O que ela acha disso?..."

"Ela não acha nada.", ele disse. "A Gislaine agora, Ramon, a Gislaine agora só quer saber de praia e boutique. Só isso: praia e boutique."

"Cuecas então?..."

"Cuecas? Nem pensar; nem pensar. Já se foi o tempo em que ela lavava, cantando, as minhas cuecas. Hoje ela não lava nem as calcinhas dela, quanto mais as minhas cuecas. Ela manda tudo para a lavanderia."

"Está certo...", eu disse.

"Nem um lenço", ele continuou, "se brincar, nem um lenço ela lava mais. 'Não quero estragar minhas mãos', ela me disse. 'Não quer estragar suas mãos', eu disse, 'mas está estragando seu caráter.' 'Ah, então lavar roupa é ter caráter?', ela disse. 'Não, não é', eu disse, 'mas não lavar é falta de caráter: é preguiça.' 'Preguiça...', ela disse. 'Você não lavava antes?', eu perguntei. 'Lavava', ela respondeu, 'mas agora não lavo mais; pronto.'"

"É..."

"Não é só a roupa, Ramon; ela não faz mais nada. Você lembra dela aqui, né?"

"Claro."

"Agarradora, fazia de tudo; para ela não tinha tempo ruim. Agora? É como eu disse: praia e boutique. Só. Nunca vi comprar tanta roupa. Pra quê, hem?"

Ele se levantou.

"Pra que tanta roupa? Me diga. Ela nem tem como usar tudo o que compra."

"É..."

"Tem roupa que ela comprou e não usou nem uma vez; a roupa está lá, encostada, jogada num canto."

"Chato, né?..."

"É roupa e sapato. Por que mulher gosta tanto de sapato, hem?..."

"Mistérios da psique feminina...", eu disse.

"Roupa, sapato e bolsa", ele continuou, dobrando os dedos. "As três coisas: roupa, sapato e bolsa."

"É..."

"Será que ela acha que eu virei milionário?"

"Às vezes você virou, e a gente não está sabendo", eu brinquei.

"Só porque eu deixei de ser pescador, só por causa disso ela acha que eu virei milionário, que eu estou nadando em dinheiro... Ah, vai..."

Ele tornou a sentar-se.

"A última dela: ela entrou para uma academia de ginástica. Agora eu pergunto: academia pra quê, se ela não está gorda? Você lembra como era ela aqui?"

"Lembro, claro."

"Aliás, ela disse que gostaria de te ver, Ramon; que ela está com saudade de você..."

"É? Fico feliz com isso... Diga a ela que eu também estou com saudade dela. Às vezes a gente ainda se vê."

"Não sei...", ele disse. "O tempo aqui vai ser curto..."

Eu sacudi a cabeça.

"Mas eu estava dizendo: você lembra dela aqui, como ela estava..."

Respondi que sim, com a cabeça.

"Pois então? Ela está do mesmo jeito. Quando muito, uns dois ou três quilinhos a mais. Isso é ser gorda? Então pra que academia? Pra quê? Não é?"

"É..."

"É uma gastança sem fim, rapaz. Por que mulher gasta tanto assim? Você sabe me explicar?"

"Não."

"Me explica isso, por que mulher gasta tanto assim."

"Mulher é inexplicável."

"Ah, esqueci de falar no cabeleireiro", ele disse; "tem ainda o cabeleireiro."

"Hum."

"Toda semana ela vai ao cabeleireiro; toda semana. E, de cada vez que ela vai, ela volta com o cabelo diferente. Ora é o penteado, ora é a cor, ora é..."

Eu balancei a cabeça.

"Agora escuta essa: você já viu alguém com cabelo vermelho?"

"Vermelho?", eu perguntei.

"Vermelho; vermelho. Não vou dizer que é da cor de sangue, porque também não é assim. Mas é vermelho; vermelho."

"Deve ser lindo, hem?..."

"Não é nem alaranjado, nem esse que eles chamam aí de acaju: é vermelho mesmo."

"Hum..."

"Pois há poucos dias ela chegou em casa com um cabelo assim."

"Sei..."

"Depois de eu levar o maior susto, eu disse para ela: 'Não, isso aí, não; pelo amor de Deus! Com esse cabelo você não vai ficar, não. Você volta lá, ao cabeleireiro, amanhã mesmo, e muda a cor. Ou então eu nem ando mais com você.'"

"E aí?"

"'Então não anda', ela respondeu; 'não falta quem queira andar comigo.' 'Ah, é?', eu disse. 'Por acaso você está me chifrando?'"

Eu ri.

"Mulher é fogo, rapaz", ele disse.

"Mulher é uma máquina complicada demais para dar certo", eu disse.

"Mulher é fogo. Você é que fez bem em escapar dessa..."

"Pelo menos até agora...", eu disse.

"Eu vou te arrumar uma", ele disse; "você quer?"

"Se for uma que abra sempre as pernas, e nunca a boca, eu quero."

"As pernas eu garanto", ele disse; "agora, a boca, já é mais difícil..."

Nós rimos.

"Mas e aí?", eu perguntei. "O cabelo: ele ficou mesmo como estava, vermelho?"

"Você está é louco!"

"Não?"

"Você está é louco!"

"O que aconteceu?"

"Aconteceu que à hora que a Kelly chegou da escola e viu a mãe com aquele cabelo, ela disse: 'Mãe! O que é isso? Você está parecendo uma arara!'"

Eu ri.

"'Você está parecendo uma arara!'"

Tornei a rir.

"Foi a salvação. Louvado seja o Senhor, porque foi ele que falou pela boca daquela criança; foi ele que manifestou a sua contrariedade."

"É..."

"Ele não ia admitir que um de seus operários, um de seus pregadores, tivesse a sua esposa com um cabelo daqueles, o cabelo de... Vamos ser bem diretos: o cabelo de uma meretriz, o cabelo de uma prostituta. Porque só uma prostituta usaria um cabelo daqueles; você não acha?"

"Bom", eu disse, "o cabelo eu não vi, né?..."

"Cabelo de puta, rapaz — para ser mais direto ainda..."

"E aí ela mudou?..."

"Mudou. Mas pensa que foi logo? Não foi, não; ela ainda demorou. A Gislaine é teimosa. Teimosa e tinhosa. Você não há de ver que..."

"E a Kelly?", eu perguntei, cortando-o intencionalmente.

Há coisa mais tediosa do que escutar desavenças conjugais? Há, há, sim: escutar as gracinhas dos filhos, contadas pelos pais, gracinhas que a estes parecem ser as mais interessantes do mundo, mas que a nós, estranhos, só provocam risos forçados e comentários falsos. Mas eu já havia perguntado, e agora era escutar...

"A Kelly está uma belezinha, Ramon; ela está linda..."

"Que bom..."

"Ela cresceu... Nós pusemos ela numa escola de balé. A professora disse que ela tem muito talento, que, se ela continuar, poderá ser um dia uma grande bailarina — 'brilhar nos palcos do Rio', como disse a professora."

Como disse a professora e como certamente devia dizer a todos os pais dos alunos...

"Que pai não gostaria de ouvir uma coisa dessas, não é?"

"Claro", eu disse.

"Estou lembrando do Mister Jones, aquele dia no hotel, quando ele me perguntou se eu era pai, e eu falei na Kelly: 'Que Deus a abençoe e guarde, e que ela lhe dê muitas alegrias pela vida afora'..."

"E ele, por falar nisso?..."

"Ele?..."

"O Mister Jones."

"Mister Jones é um líder, Ramon. Mister Jones... O Mister Jones ainda vai ser ouvido no mundo inteiro, você vai ver..."

"Hum."

"Sabe por quê?"

"Não, não tenho a menor ideia."

"Porque a mensagem dele fala a todos os corações."

"Hum..."

"E... Você não quer mesmo ficar com um dos cedês dele?", tornou a me perguntar.

"Não", eu disse, "obrigado."

"São mensagens muito edificantes, mensagens que podem fazer de qualquer um de nós um gebê."

"Gebê?", eu perguntei.

"Gebê: G e B — Guerreiro do Bem."

"Hum..."

"É isso o que o Mister Jones quer: transformar nós todos em guerreiros do bem."

"Mas se nós todos nos transformarmos em guerreiros do bem, contra quem nós vamos lutar?"

"Bom", ele disse, dando uma tossida, "se isso acontecer, se, como você disse, nós todos nos transformarmos em guerreiros do bem, aí não haverá mais necessidade de luta, né? Aí... Aí será o Reino do Senhor aqui na Terra. Não é isso o que nós queremos?"

"Vocês", eu disse.

"'Venha a nós o vosso reino': não é isso o que nós pedimos todos os dias em nossas orações?"

"Vocês. Eu não rezo."

"Mas vai rezar...", ele disse, com um sorriso, um sorriso de pastor, "mas vai rezar, eu tenho certeza..."

"Hum..."

"O Senhor tudo pode; quem é mais forte que o Senhor?..."

"O Super-Homem."

"Ninguém é mais forte que o Senhor. Ele é o Rei dos Exércitos, contra ele ninguém pode, nem as forças do mal."

"Ah, Pastor Pedro...", eu disse, rindo.

Ele também riu. Depois se levantou:

"Eu já vou", disse. "Está armando muita chuva, e eu estou a pé..."

Despedimo-nos, com a promessa de nos vermos novamente.

Nem meia hora se passara, a chuva despencou — uma chuva forte, que durou quase uma hora e causou enxurradas na rua.

À noite, em casa, inspirado pela conversa da tarde e com base no credo que desde menino me haviam ensinado a rezar e que tantas vezes eu vira outros rezando, escrevi para mim mesmo um pequeno credo — ou, mais precisamente, um non-credo:

"Não creio em Deus nem que alguém criou o céu e a terra. Não creio que Jesus Cristo é filho de Deus. Não creio no Espírito Santo. Não creio, pois não sou doido nem idiota, que alguém nasceu de mulher virgem e depois de morto ressuscitou. Não creio no céu, nem no inferno, nem no purgatório. Não creio na Igreja Católica, nem em qualquer outra igreja. Não creio em santo, nem em pecado, nem na ressurreição da carne, nem na vida eterna. Amém."

Talvez — para o meu credo ficar completo — eu devesse acrescentar: "Só creio na mula sem cabeça."

O jornalzinho: no dia seguinte o peguei, no sofá, onde à noite o deixara, e ia rasgá-lo; mas, por uma curiosidade profissional, resolvi lê-lo antes.

A impressão era de muito boa qualidade gráfica: papel cuchê, várias cores... E fotos, uma dúzia de fotos, fotos de gente simples, do povo: funcionários públicos, motoristas, balconistas, domésticas... Fotos também de alguns pastores, com os seus indefectíveis ternos e gravatas, e não menos indefectíveis sorrisos. Alguns anúncios dos programas de rádio e televisão da igreja, dos produtos religiosos — entre eles, claro, os CDs de Mister Jones — e outros produtos não tão religiosos...

E, em vários boxes, os relatos das curas milagrosas:

"Meu marido bebia muito; eu já tentara de tudo para ele parar de beber e não conseguira. Então rezei com o Pastor Levi, no programa *Seara do Senhor Jesus*, e, a partir do dia seguinte, ele nunca mais pôs uma gota de álcool na boca."

"Eu tinha um tumor no cérebro e já estava desenganada pelos médicos. Então rezei, com toda a fé, com o Pastor Ephraim, na *Seara do Senhor Jesus* e amanheci totalmente curada, o que nem meus médicos souberam explicar."

"Minha sogra queixava-se seguidamente de dores provocadas por gases..."

"Fui despedida do emprego e cheguei a passar fome..."

"Meu filho era viciado em drogas..."

"Meu irmão caiu de uma escada..."

"Meu genro foi esfaqueado..."

Eu isso, eu aquilo, minha mãe isso, meu pai aquilo, meu filho aquilo outro, meu cunhado, minha nora, meu neto... Em suma: o infinito sofrimento humano e a sua variedade infinita.

Na última página, uma coisa que especialmente me impressionou: a foto da maquete da futura sede da igreja — "o maior templo religioso da América Latina".

Mais que um templo religioso, a construção parecia uma fortaleza militar. Era uma construção em que se misturavam, de maneira caótica, traços da arquitetura grega, romana, gótica e moderna... Lá estava ela, imponente, com torres (e, como era de se esperar, nenhuma cruz), numa escarpa, à beira de um lago. Um lago... um lago muito parecido com o nosso. Estaria eu vendo coisas, enxergando demais?...

Embaixo, ao pé da página, numa letra bem miúda, um detalhe me chamou também a atenção: um endereço em inglês — de Miami.

"Bom" — eu disse para mim mesmo, e rasguei o jornal, atirando depois os pedaços no cesto de lixo.

"Aquela tarde", ele disse, "aquela tarde eu fui ao jornal mais como o Pastor Pedro; agora eu vim aqui mais como o Leonardo, o Leo."

"Você disse que o Leo não existia mais...", eu o provoquei.

"Bom...", ele sorriu, meio sem-graça; "é um modo de dizer... É que... São Paulo fala no 'homem velho' e no 'homem novo'. Na epístola..."

"Não", eu o brequei: "nada de epístola, nada de São Paulo, nada de *Bíblia*. Você não acabou de dizer que veio aqui mais como o Leonardo, o Leo?"

Ele riu.

"Então?", eu disse.

"É...", ele concordou.

"Senta aí; senta aí e vamos conversar..."

Ele sentou-se no sofá.

"Mas está quente hoje!...", disse.

"Tire o paletó..."

Ele tirou-o e pendurou numa cadeira que estava na sala.

"Você toma alguma coisa?...", eu perguntei.

"Não", ele disse; "eu não bebo mais. Não bebo nem fumo. Os dois fazem mal à saúde; e, como diz o Mister Jones, os guerreiros do bem têm de ser fortes e belos."

"Fortes e belos..."

"Isso; fortes e belos."

Leo então contou-me que estava fazendo algumas visitas — umas como pastor, explicou, outras como amigo.

"Ah, Ramon", disse de repente, meio rindo: "sabe uma das visitas que eu fiz?"

"Qual?"

"À Luzia Cega."

"Você gostou, hem?"

"Não...", ele explicou. "Não foi isso... Dessa vez eu fui lá só para levar para ela uma garrafa de vinho e desejar feliz Natal."

"Hum."

"Pra ser sincero", e ele se mexeu no sofá, meio incomodado, "pra ser sincero, não foi bem para isso que eu fui lá: eu fui lá para mostrar a ela os sofrimentos que ela viu no meu futuro..."

"Hum."

"Pena que ela é cega, né? Senão ela ia ver muito mais...", e ele fez uma pose meio histriônica, como quem diz: "Olha aqui como eu estou bacana..."

Eu fiquei calado.

"E sabe o que a danada ainda me disse? Sabe?"

"O quê?"

"Ela disse: 'Ainda há tempo.' 'Tempo?', eu perguntei. 'Tempo de quê, Dona Luzia?' 'De você voltar.' 'Voltar?

Voltar para aqui? A senhora está brincando', eu disse, rindo, e olhei para a Toquinha, a anã; mas a Toquinha não deu um sorriso."

"Hum."

"Sabe? Eu acho que aquela criatura nunca sorriu na vida. Você já ouviu falar em alguém que nunca sorriu na vida?"

"Não."

"Eu também não. Mas eu acho que a Toquinha é essa criatura. Eu acho que ela nunca sorriu na vida."

"Hum."

"Mas também... Sorrir de quê, né? Uma anã... Quer coisa mais triste? Se ainda fosse homem..."

Eu não disse nada.

"Se fosse homem, podia trabalhar num circo; mas mulher... Eu nunca vi anã trabalhando em circo; você já?"

"Não."

"Eu nunca vi. E ela ainda usa sapatos de salto alto. Você pode com uma coisa dessas? Anã com sapatos de salto alto. Toc toc toc... Pode?..."

Eu ri.

"Sei que... Eu não gosto dessa raça. Além disso, eu ouvi dizer que todo anão é traiçoeiro."

"Traiçoeiro?", eu perguntei. "Por quê?"

"Sei lá por quê. Eu ouvi dizer. Todo anão é traiçoeiro. Decerto é porque eles não são bem gente, né? Quer dizer: anão é meio gente e meio alguma coisa que não é gente."

Eu mexi a cabeça, em desaprovação.

"É, Ramon, é assim; anão é assim."

Eu fiquei calado.

"Por falar nisso, você lembra do Pirulito?", ele me perguntou.

"Pirulito?"

"O Pirulito lá da zona, aquele anão..."

"Lembro, claro. Dizem que ele era o maior chupador de cacete..."

"E a Irmã Ju?"

"Irmã Ju? Ela também chupava cacete?"

"Não, rapaz; a Irmã Ju, a Irmã Ju lá da escola..."

"Eu sei", respondi. "O que tem ela?"

"Ela gostava de chupar pirulito."

"Eu lembro..."

"Aí um dia, né, um dia lá na sala de aula, ela disse: 'Eu gosto tanto de chupar pirulito...' Aí ficou todo o mundo olhando uns pros outros, com aquela cara de riso. 'De que vocês estão rindo?', ela perguntou. 'Vocês não gostam de chupar pirulito?' Aí ninguém aguentou mais, caiu todo o mundo na risada, e foi aquela risaiada geral."

"E ela?"

"Você lembra o tanto que ela era burra?"

"Lembro, claro. Burra e ignorante e mentirosa."

"Ela ficou lá, olhando para a gente, sem entender nada, e a turma rindo cada vez mais. Aí, no fim da aula, ela pôs todo o mundo de castigo, copiando linhas. Duzentas linhas. 'Não devo rir dos meus mestres. Não devo rir dos meus mestres. Não devo rir dos meus mestres.'...

Cada um que entregava, ela contava, linha por linha, para ver se tinha mesmo as duzentas, se não estava faltando nenhuma."

"Bastava multiplicar o número de linhas da página pela quantidade de páginas..."

"Irmã Ju, Irmã Juventina..."

"É, Irmã Juventina, Irmã Jumenta... 'Irmã Jumenta, quer chupar uma bala de menta? Não, Lilito, eu quero chupar pirulito.' 'Irmã Ju, quer tomar um sorvete Kalu? Não, Lulu, eu quero tomar no...'"

"E diz que ela tomou mesmo...", Leo disse.

"Sorvete?", eu perguntei.

"Não, sorvete, não... Você não ouviu falar no caso?"

"Ouvi", eu disse. "Ouvi, mas nessa ocasião eu já tinha saído da escola."

"Foi com o Tomé", ele contou.

"Eu sei."

"Tomé Bicho-de-Pé."

Nós rimos, lembrando do apelido.

"O Tomé contou que mostrou para ela, para a Irmã Ju, debaixo da carteira, a espada em posição de ataque."

Eu ri.

"Aquilo bagunçou a cabeça da irmã. E o do Tomé era anormal; era por isso que ele vivia mostrando."

"Criado na roça, no cabo da mansinha e tomando leite de curral todo dia..."

"Ele chamava o troço de 'impávido colosso'..."

Nós rimos.

"E um dia, lá no banheiro, na nossa frente, ele foi cantando e se masturbando: 'Gigante pela própria natureza, és belo, és forte, impávido colosso'..."

Nós rimos de novo.

"Mas aí, aí ele disse que prensou a irmã lá no canto da sala, de frente para a parede — essa hora já não tinha mais ninguém lá na escola — prensou e... Diz que a irmã gritava: 'Me mata! Me mata!'"

"Ele podia ter matado; faria um benefício à humanidade."

"No dia seguinte ela apareceu mancando. O Tomé: 'Matar, eu não matei, não; mas quase aleijei ela...'"

"Devia ter matado; devia ter aleijado e depois matado."

"Se tudo isso é verdade, eu não sei; mas, não demorou muito, a Irmã Ju foi embora e, pouco tempo depois, ela deixou a congregação."

"E aí", eu disse, "puseram o Tomé para copiar linhas: 'Não devo enrabar os meus mestres. Não devo enrabar os meus mestres. Não devo enrabar os meus mestres.'..."

"Ela acabou pirando, a Irmã Ju", Leo contou. "Ela acabou indo parar no manicômio."

"Dessa boa notícia eu não sabia", eu disse.

"Depois disso, eu não soube mais nada: não sei se ela continua lá, no manicômio, se ela ainda é viva ou se já morreu."

"Se já morreu, espero que esteja ardendo no fogo do inferno e que nele continue a arder por toda a eternidade."

"O Tomé teve melhor sorte: ele foi parar em São Paulo e virou... Sabe o quê?"

"Não, não faço a menor ideia..."

"Faz um cálculo."

"Não, não sei..."

"Ator de filme pornográfico."

"O Tomé?..."

"O Tomé Bicho-de-Pé."

"Essa não...", eu disse.

Ele sacudiu a cabeça, confirmando:

"O Tomé, o Tomé Bicho-de-Pé; ator de filme pornográfico..."

"Olha só..."

"Arranjaram até um nome para ele, em inglês."

"Qual é o nome?", perguntei. "Você sabe?"

"Sei."

"Qual é?"

"Big Thomas."

"Big Thomas!"

"É, Big Thomas."

"*My God!*... De Tomé Bicho-de-Pé a Big Thomas: isso é que é progresso, hem?..."

"E diz que ele ganha uma nota preta."

"Vendendo sorvete e pirulito..."

Leo riu. Depois ficou sério:

"Será que vale a pena?"

"Vale a pena o quê?", eu perguntei.

"Ganhar a vida assim."

"Existe jeito melhor?..."

"Ganhar a vida com o pecado, eu quero dizer."

"Cada um ganha a vida como pode."

"Está lá, no Livro Santo: 'Que adianta ao homem ganhar o mundo inteiro se vier a perder a sua alma?'"

"A maioria", eu disse, "a maioria não ganha nada e ainda perde a alma."

"É porque estão longe do Senhor Jesus."

"Hum..."

"E essa é a minha missão: trazer para o redil do Senhor Jesus as criaturas que estão longe dele."

"Boa sorte, *my friend*..."

Ele sorriu, sem dizer nada. Depois levantou-se para ir ao banheiro.

"Mas por que nós estávamos falando disso tudo?", ele disse, voltando. "Lembramos até do Pirulito, imagina..."

"Pirulito, Irmã Ju, Tomé Bicho-de-Pé, ou melhor, Big Thomas... Que filme essa turma daria..."

"E a Manuela Zarolha?"

"Quem?", eu perguntei.

"A Manuela Zarolha..."

"Ah, é", eu lembrei.

"A Manuela Zarolha, aquela bichona..."

Nós rimos.

"E o Forquinha?", ele continuou lembrando.

"O Forquinha, outra bicha, aquela pinta de galã de telenovela..."

"A Fé..."

"Fé?", eu perguntei.

"Aquela putinha..."

"Ah, é, a Fé. Aquela dava pra todo o mundo..."

"Era cada tipo, né?"

"É..."

"Ah", ele disse de repente: "a Luzia Cega; é dela que eu estava falando. Ela disse que ainda havia tempo para eu voltar. Aí eu disse: 'Eu estou muito feliz lá, Dona Luzia; eu e a minha família. Nós estamos muito felizes. Eu nunca estive tão bem assim na minha vida. Além disso, estamos com o Senhor Jesus, que é o melhor escudo, a melhor proteção contra os males desta vida. Por que eu voltaria para aqui?' Ela ficou algum tempo em silêncio e então disse: 'Depois não diga que eu não avisei.' Já viu? Mulher atrevida... É cega mas é atrevida, sô..."

Eu balancei a cabeça.

"E tem mais: sabe que ela nem me agradeceu o vinho? É verdade que o vinho não era lá essas coisas — um vinho Chapinha — mas... Será que ela viu isso?..."

"O gato."

"É mesmo", ele riu, "o gato..."

"O gato viu..."

"É... Aquele gato maldito... Ele lá, no colo dela, o tempo todo olhando para mim com aqueles olhos de gato de filme de terror. Ainda mais eu, que detesto esse bicho... Te contei a história da traíra?"

"Traíra?"

"A maior traíra que eu já peguei até hoje, que eu tinha pegado até aquele dia."

"Hum."

"Bom, a história é essa: eu cheguei em casa e deixei lá a traíra, na mesinha da cozinha. Aí fui tomar um chope no barzinho da esquina, pra comemorar..."

Eu sacudi a cabeça.

"Quando volto, quando eu entro em casa e vou à cozinha, o que eu vejo?"

"O quê?"

"A gata da vizinha, a filha da mãe se banqueteando com a minha traíra."

"É?"

"Traíra que, na feira, ia me dar uma boa grana..."

"E o que você fez?"

"O que eu fiz? Com a gata ou com a traíra?"

"Com a gata."

"Eu não fiz nada; não fiz nada porque a desgraçada não deu tempo: à hora que ela me viu, ela atravessou o vitrô da cozinha, por onde ela tinha entrado, e aí correu e pulou o muro."

"Hum..."

"Eu não fiz nada, mas, se eu pudesse, eu ia arrebentar a cabeça dela com um porrete que eu tinha lá em casa; ia esmigalhar aquela cabecinha branca."

"Quem mata gato tem sete anos de azar..."

"Pode ser até mil, dois mil, quantos anos forem."

"Por que você deixou a traíra em cima da mesa?", eu disse.

"Por quê? O que você tinha de me perguntar é: por que aquela gata foi lá comer a minha traíra? Você tinha de me perguntar é isso."

"Ela foi lá decerto porque ela sentiu o cheiro — e gato gosta de peixe, não gosta?"

"Mas a casa não era a dela."

"E ela sabia disso?"

"Sabia disso o quê?"

"Que a casa não era a dela."

"Sabia."

"Sabia?..."

"Sabia. Tanto é que, quando eu cheguei, ela saiu correndo, na mesma hora. Sinal de que ela sabia que estava fazendo alguma coisa errada, não é?"

Eu resolvi parar por ali.

"Gato é uma praga, rapaz", ele continuou, "gato é uma peste. Eu, depois disso, dessa gata, todo gato que eu vejo, se eu tiver condição, eu mato. Mato mesmo. Esse bicho não presta."

Eu mexi a cabeça, discordando.

"Além disso, gato transmite uma porção de doenças; você sabia disso?"

"Quem transmite uma porção de doenças é o rato; gato, não. O gato, aliás, come o rato; ele presta, portanto, um benefício às pessoas, não é?"

"Gato transmite asma, bronquite, ronqueira", ele prosseguiu, sem dar atenção ao que eu dissera.

"Isso é crendice, Leo."

"Crendice? Crendice nada."

"É, sim; crendice."

"Quer uma prova? Eu nunca tive gato lá em casa, e a Kelly nunca teve nenhuma dessas doenças."

"Mais transmite o homem doenças aos animais do que os animais ao homem", eu disse a ele.

"Vou nessa...", ele disse.

"É verdade."

"Sei..."

"São conclusões de estudiosos."

"Pois eu estou cagando e andando para os estudiosos."

"Isso é ignorância, Leo."

"Mas eu sou ignorante, Ramon."

"Não, você não é."

"Sou, sou sim."

Eu me calei.

"Eu sei que sou ignorante. Lá em casa todo o mundo era: meu pai era ignorante, minha mãe era ignorante, meu irmão é ignorante, minha irmã é ignorante; todo o mundo ignorante. Um bando de ignorantes."

"Eu não disse isso."

"Você não disse, mas eu estou dizendo."

Tornei a me calar.

"É assim", ele ainda prosseguiu, com sarcasmo, "tudo ignorante. Eu e todo o mundo. Não escapa um."

"Ignorância faz mal", eu retomei. "Mais mal faz a ignorância do que as trezentas e não sei quantas doenças transmitidas pelo rato."

Ele ficou me olhando por um momento.

"Aliás", continuei, "tem hora que eu fico pensando: será que rato transmite mesmo tanta doença assim? Será que isso não é invenção de algum fabricante de raticida?"

"Bom", ele disse: "se o advogado dos gatos me permite — dos gatos e, pelo jeito, daqui a uns tempos, dos ratos também..."

"De todos os animais, se eu pudesse."

"Se o doutor me permite, eu volto ao gato da Luzia Cega — àquele maldito gato, àquele gato lá, me olhando com aqueles olhos verdes..."

"Hum..."

"E sabe de uma coisa?"

"O quê?"

"Você não vai acreditar, eu sei, mas lá, no Rio, no lugar onde eu moro, uma noite em que cheguei tarde, na hora que eu ia entrando no prédio tinha um gato preto lá na calçada, perto da porta; um gato preto, de olhos verdes, que ficou lá, sentado, me olhando. Aí eu cheguei perto dele e 'chip, gato!' E aí ele correu."

"Hum."

"Na noite seguinte, a hora que eu chego..."

"Lá estava o gato."

"Lá estava o gato."

Eu balancei a cabeça.

"Você já sabe que gato era esse, né?"

"Claro", eu disse: "o gato da Luzia Cega."

"O gato da Luzia Cega. Ele foi até o Rio; ele foi até lá, para me vigiar e espiar."

Eu ri.

"Pode rir", ele disse, "pode rir; eu sei que você não acredita. Mas era ele, era, sim: o gato da Luzia Cega, aquele maldito gato."

Eu mexi a cabeça, rindo.

"Quando eu era menino", ele disse, "eu ouvi falar que gato se transforma em morcego. Eu não sei; se isso acontece mesmo, eu não sei. Mas que aquele gato era o gato da Luzia Cega, era."

"Hum."

"Esse gato não vai me abandonar nunca mais; onde eu estiver agora, ele estará também, por perto."

"Sabe? Eu estou achando que você vai acabar fazendo amizade com esse gato..."

"Vou, claro..."

Eu ri.

"Mas o pior", ele prosseguiu, "o pior ali, naquele quarto — voltando à minha visita —, o pior de tudo não era o gato; era sabe o quê?"

"O quê?"

"O cheiro de mijo."

"Mijo?"

"Mijo, rapaz; o cheiro de mijo. Não sei se mijo do gato, da Luzia Cega, ou da anã. Ou então de todos eles.

Uma coisa horrorosa. Eu, hem? Naquele quartinho eu te garanto que eu nunca mais ponho os pés. Por nada deste mundo. Além disso..."

Um barulhinho agudo interrompeu sua fala.

"É o meu relógio", ele me disse, mostrando o pulso, "um relógio digital. Ele apitou para me lembrar que já é hora de eu ir..."

"É cedo ainda", eu disse.

"Você precisa comprar um desses para você, Ramon, um desses relógios..."

"Pra quê?"

"Pra quê? Bom", ele riu, "ninguém mais usa relógio de dar corda..."

"Eu uso", eu disse. "E esse aqui foi do meu pai."

"Eu sei, você já me contou. Eu entendo. Mas ninguém usa mais, relógio de corda; virou coisa antiquada, peça de museu."

"Hum..."

"Esse aqui, ó, ele tem tudo o que você precisa: marca as horas, os dias da semana e do mês, a temperatura... Ele só falta falar."

"Mas vai falar, pode esperar. Uma noite em que você estiver dormindo, ele vai fazer esse barulhinho, te acordando, e aí uma voz vai dizer: 'Idiota; idiota.'"

"Não", ele disse, rindo meio sem-graça, "isso não vai acontecer... Nenhuma voz, seja de relógio ou de quem for, vai me dizer que eu sou idiota."

"Hum..."

"Se o meu relógio dissesse isso, sabe o que eu fazia com ele? Eu jogava ele no chão e pisava em cima, até ele virar pó."

"Tá..."

"Eu vou te dar um de presente, no seu aniversário", ele disse. "Eu vou te dar um relógio desses, digital. Você vai ver a diferença..."

Ficamos um instante em silêncio. Ele então se levantou para despedir-se. Pegou o paletó na cadeira e vestiu-o novamente.

Disse que, depois de fazer as visitas planejadas, voltaria para o Rio: não queria, por nada deste mundo, perder a queima de fogos de artifício, na virada do ano, na praia de Copacabana.

De repente seus olhos brilharam:

"Por que você não vai comigo?"

"Eu?"

"É... Você vai e fica lá, no meu apartamento."

Eu sorri, sem responder.

"Diz que é um espetáculo sem igual."

"Eu já vi, na televisão."

"Eu também, mas lá, a gente vendo pessoalmente, é outra coisa, não tem nem comparação."

"Eu sei; só estou dizendo que eu já vi, na televisão."

"Então?", ele perguntou, entusiasmado. "Você topa?"

"Não", eu respondi.

"Por quê?"

"Por nada."

"Ora, rapaz", ele disse, paternalmente, apertando o meu ombro: "você precisa sair um pouco... Sair desta cidade, desta vida..."

"Eu vou pensar nisso..."

"Você precisa deixar esses livros... Qualquer dia desses não tem nem mais jeito de você ficar aqui..."

"Sabe que isso não está longe de acontecer?...", eu disse.

"Eu vi um livro até lá no banheiro."

"É."

"Até lá no banheiro!"

"Pois é. É assim mesmo. Eles estão em toda parte. Eu até desconfio que os livros copulam e procriam enquanto eu durmo..."

"Um dia você vai querer sair e, ao chegar à porta, vai dar com uma pilha de livros na frente. Aí uma voz vai te dizer: 'Daqui você não sai mais, idiota.'"

Eu ri; um troco bem dado...

"É", ele disse, meio rindo também, "livro pode ser bom, não vou dizer que não é; mas livro demais faz mal para a saúde."

"Faz."

"Livro demais..."

"Quanto a isso, não há a menor dúvida", eu disse.

"Por que você não joga fora um pouco desses livros?", ele disse, mostrando as pilhas espalhadas pela sala. "Joga, joga fora. Joga tudo. Será uma libertação para você."

"Livre-se dos livros."

"Você chega ali, à janela, ó, você chega ali e joga os livros lá embaixo."

"Uma chuva de livros. Dava até uma reportagem."

"O único livro que você não deve jogar fora", ele continuou, "não deve e não pode, é o Livro Santo. Esse, não, esse você não pode jogar fora. Mas os outros... Você ainda tem ele?"

"Ele?..."

"O Livro Santo, a *Bíblia*."

"Tenho", eu disse, apontando para a estante: "ela está ali, na estante."

"Pois é. Fica com ela. O resto... Esse é o único livro que precisamos ter em casa, porque é o único que tem a palavra de Deus — e a palavra de Deus é a única que precisamos ouvir."

"Sim, senhor pastor."

"Aí", ele continuou, "aí você tranca esse apartamento — escuta o meu conselho, conselho de amigo, não é de pastor, não —, você tranca esse apartamento, tira férias no jornal, e sai por aí, vai viver um pouco. Você não vive!"

"É verdade", eu disse, "você tem razão. Eu tranquei minha vida; depois perdi a chave."

"A chave é o Senhor Jesus."

"É?"

"O Senhor Jesus abre todas as portas."

"Então ele devia entrar para uma quadrilha de ladrões."

"Mas ele já é um ladrão."

"É?"

"É, sim: o Senhor Jesus é um ladrão."

"A que ponto chegamos, hem? Até Jesus..."

"Só que ele não é um ladrão comum: ele é um ladrão de corações."

"Ah...", eu disse.

"Para o Senhor Jesus não interessa o nosso dinheiro, as nossas joias, os nossos carros; nada disso interessa para ele. A única coisa que interessa para ele é o nosso coração."

"Ainda bem..."

"'O homem vê o que está diante dele, mas o Senhor vê o seu coração.' Samuel."

"Hum..."

"Por isso, dizemos: o Senhor é amor."

"*Lord is love.*"

"Isso...", ele riu. "Você lembrou, hem?"

"Lembrei. Eu lembro de tudo; eu não esqueço de nada."

"Isso é um dom."

"Dom? Dom ou maldição?"

"Não, é um dom; um dom que o Senhor Jesus te deu. Agradeça a ele."

"*Thank you very much, my Lord!*", eu disse, unindo as mãos e erguendo-as para o alto.

Ele riu.

"Bom, mas...", ele disse, caminhando até a janela.

Ficou olhando para baixo, para a rua; depois, por mais tempo, ficou olhando para longe, na direção do lago.

"Pensando no lago?...", eu perguntei.

"É...", ele disse, achando graça por eu ter adivinhado. "Exatamente... Eu estava olhando para lá e pensando nele, no lago..."

"Saudade?"

"Não, não, não é saudade. Eu estava aqui pensando: pobre laguinho... Eu achava que ele era grande, que aquilo era um mundão de água... Coitado... Ele agora ficou tão pequeno, tão insignificante..."

Voltou-se para mim:

"Lá no Rio, Ramon, lá eu abro a janela e tenho à frente todo o oceano... Já pensou?"

"Dá pra dar uma nadadinha, né? Mas como você não sabe nadar..."

"Todo o oceano! Eu tenho o mundo!"

"O mundo."

"O mundo; é só eu atravessar o oceano. E eu vou atravessar. Não sei como nem quando, mas eu vou; anote aí."

"Está anotado."

"Então anote mais. A minha próxima parada: as estrelas."

"Você vai virar astronauta?"

"As estrelas, minha próxima parada. Meu ponto de chegada, o infinito. Depois disso, as paragens do Senhor."

"Mais uma vez, boa sorte."

"Sorte é o que não me falta, Ramon. Sorte... Eu nasci para vencer. Tem gente que nasceu para fracassar. Eu nasci para vencer."

"Não seja tão confiante..."

"Por que não? Eu confio em mim; além disso, eu tenho comigo o Senhor Jesus. O que me pode acontecer?"

"Tudo pode acontecer a qualquer um a qualquer hora e em qualquer lugar."

"Mas comigo não vai; comigo não vai acontecer nada."

"Lembre-se: prudência e caldo de galinha..."

"Não fazem mal a ninguém; não é isso?"

"É, é isso."

"Pois uma vez eu comi um caldo de galinha e quase fui parar no hospital."

"Está vendo? Está vendo como não se pode confiar inteiramente na sorte?"

"Isso foi um azar."

"Então?", eu disse. "É exatamente o que eu estou te dizendo."

"Agora...", ele prosseguiu, sem ligar muito para a minha observação, "quanto à prudência, a única coisa de que eu me lembro quando alguém fala em prudência é da minha tia, a Tia Prudenciana."

"Hum."

"Uma mulher ruim, rapaz. Quando eu era menino, ela vivia me dando cascudo; principalmente quando eu matava as aulas de catecismo que ela dava."

"É?"

"Eu tinha verdadeiro pavor dela. Sabe, uma vez ela me deu um cascudo tão forte, que eu fiquei zonzo o resto do dia."

"Ela já morreu?", eu perguntei.

"Felizmente já. Não faz muito tempo. Uma hora dessas ela deve estar lá, debaixo da terra, dando cascudo nos vermes."

Eu ri.

"Provérbio, Ramon, provérbio é bom sabe para quem?"

"Para quem?"

"Para quem é cheio de dedos e medos."

"Como eu..."

"Eu não sou assim. Eu posso até me arrebentar, entendeu? Eu posso até me arrebentar. Mas se eu me arrebentar, será como um foguete no céu, brilhando na escuridão, e não como uma minhoca no chão, esmagada pelos pés."

"Bravo!", eu disse, batendo palmas.

Ele riu.

"Você pode me gozar; você pode me gozar, mas é assim..."

Olhou de novo as horas. Apontou para o relógio e riu:

"Vai ser um presente de aniversário. Às vezes até já inventaram um relógio que fala. Se já, espero que ele não te chame de idiota..."

"Se ele me chamar, eu jogo ele no chão e piso em cima, até ele virar pó."

Leo riu.

Abri a porta e fui com ele até o elevador. Enquanto o elevador chegava, ele disse que, se desse tempo, ainda voltaria ao meu apartamento para a gente conversar mais um pouco.

"E quem sabe", disse, "até lá você não muda de ideia e vai comigo para ver a queima de fogos?"

"É", eu disse; "quem sabe?"

"É um espetáculo sensacional, vem gente do mundo inteiro para ver."

"Eu sei; eu já sei disso."

"Ou então... Vamos fazer o seguinte: se você não puder mesmo agora, já fica combinado que no ano que vem você vai. No ano que vem vai ser a passagem do século. Já pensou?"

"É..."

"Vai ser um espetáculo fenomenal."

"Imagino..."

"Fica combinado assim?", ele perguntou.

"Fica", eu respondi.

"Se você não for agora, no ano que vem você vai."

"Isso."

O elevador chegara. Ele estendeu-me a mão:

"Boa-noite. Durma com o Senhor Jesus."

"Você não tem alguém mais interessante?", eu perguntei.

Ele riu.

"Às vezes a Virgem Maria...", eu disse. "Aliás... Já está passando da hora, né?..."

"Ah, Ramon, você... Você não tem mesmo jeito..."

A volta de Leo, como Pastor Pedro, à feira, no sábado, um dia depois do Natal, foi, pelo que me contaram, o ponto alto de sua vinda à cidade.

Quando lá chegou, ele passou entre os feirantes, com suas bancas de frutas e verduras, como um rei por entre os seus súditos. De terno e gravata (sol de rachar e temperatura de 30 graus à sombra...), o carro (novo) estacionado perto, *Bíblia* debaixo do braço, e sem a mulher, lá foi ele, de uma esquina à outra do quarteirão fechado da feira, distribuindo sorrisos e abraços — e bênçãos. Sim, e bênçãos...

"O rapaz só faltou benzer a própria sombra", me contou depois, zombeteiro, João dos Queijos (que, aliás, não se chamava João nem vendia queijos, chamava-se Hermenegildo e vendia moranguinhos...). "Acho que até um cachorrinho vira-lata — um cachorrinho que estava aqui na hora —, acho que até esse cachorrinho ele benzeu..."

Eu ri.

"Começou com a Manquinha", ele disse; "a Manquinha viu o Leo e veio lá da outra esquina, trocando os cambitos. Eu nem sei como que aquela criatura ainda consegue andar... E ela anda depressa, não é devagar, não; ela anda mais depressa que muita gente que tem as pernas perfeitas."

Eu ri, achando graça.

"Mas aí, aí a Manquinha ajoelhou na frente do Leo e pediu para ele dar uma bênção. O rapaz não se fez de rogado: abriu a *Bíblia*, leu uns trecos lá e sapecou uma bênção na coitada. Ah, pra quê... Foi a conta: logo vieram outras pessoas, cada qual querendo também a sua bencinha. Sabe como é: de graça, né? De graça, como diz o outro, até injeção na testa..."

"Eu mesmo fui um que pedi", me disse Mosquito alguns metros adiante e alguns minutos depois, quando mencionei a conversa com João. "Se os outros pediram, por que eu também não podia pedir? Só porque eu sou amigo dele?"

"Claro", eu disse.

"A única dificuldade era... O meu problema, entende? Mas o Leo já sabia dele."

"Qual é o seu problema?"

"Uma pereba, rapaz; uma pereba no saco..."

"Dói?"

"Dói, não; não dói. Mas é uma coceira... Uma coceira dos diabos. Já passei tudo quanto é pomada, já tomei tudo quanto é garrafada, já fui a benzedeira, a pai de santo, a... Nada adiantou. E então, na hora, eu pensei: por que eu não peço uma bênção ao Leo? Ao Pastor Pedro, que é como o Leo agora se chama, né?..."

"É..."

"Eu perguntei a ele se não tinha problema. Ele disse que não, e me deu a bênção, numa boa."

"E aí?"

"Uai, sô: pois não há de ver que a coceira de uns dias pra cá já melhorou?..."

"É?"

"Te juro. Tem hora que eu até esqueço dela... A bênção do Leo, do Pastor Pedro, foi batuta: foi pau na moleira."

"Então está bom..."

"Eu estou até pensando em mandar a cura para o jornalzinho dele; o Leo me deu um de presente. Eu já combinei com o Zezinho Fotógrafo para ele tirar uma foto minha — uma foto bem caprichada."

Eu ri.

"Meu drama", ele prosseguiu, "é que eu não posso falar direito do meu problema. O que eu vou dizer? Que eu tenho uma pereba no saco?"

"Fala pereba no escroto."

"Escroto? Pô, cara, escroto é mais barra ainda..."

"Partes pudendas."

"Isso aí já parece gozação..."

"Aparelho genital."

"Genital? Mas genital não é coisa de mulher ou de revista de sacanagem?"

"Então região íntima: erupção na região íntima."

"Erupção na região íntima...", ele repetiu.

Ficou um instante pensativo, depois disse:

"Erupção parece coisa de vulcão, né? Erupção..."
"Então já sei", eu disse. "Vai ser em latim: *scrotum perebus*."
"Desse eu gostei", ele disse; "esse eu achei bacana."
"Ficou bonito, né? *Scrotum perebus*."
"Eu vou até anotar..."
Pegou uma tirinha de papel e um toco de lápis, e pediu para eu repetir.
"Isso também", explicou, coçando o *scrotum*, "isso também é para dar uma forcinha para o Leo, entendeu? Aumentar o cacife dele — quanto mais curas, né?..."
"É..."
"Quanto mais curas... Amigo é amigo, não importa a distância."
"Claro."
"Falando nisso, eu perguntei ao Leo se ele não descolava um empreguinho lá para mim, na igreja dele; um emprego tipo assim... sacristão."
"E o que ele disse?"
"O que ele disse? Escuta só: ele disse que a igreja dele não tem sacristão."
"É?"
"Já viu uma coisa dessas? Igreja sem sacristão? Igreja sem sacristão não é igreja, né?"
"É..."
"Quem então, eu perguntei, quem então toca o sino, quem acende as velas, quem... Esses babados todos... Sabe o que o Leo me respondeu?"

"O quê?"

"Que a igreja dele não tem também sino nem vela — que essas coisas são antiquadas e tristes, que elas lembram a morte e que a igreja dele..."

"Hum..."

"Não tem sacristão, não tem sino, não tem vela. Que igreja é essa? Daqui a pouco ele vai me dizer que a igreja não tem também Deus. Aí acabou, né? Uma igreja sem Deus. Aí acabou. Aí não é mais igreja. Aí não tem mais nada..."

"É..."

"Bom, mas aí... aí eu disse que qualquer emprego servia; até o de carregador de *Bíblia*."

"Carregador de *Bíblia*?", eu perguntei.

"É, cara. Os crentes não vivem carregando a *Bíblia* debaixo do braço pra baixo e pra cima? Então? Eu carregava para eles, a troco de uns carvãozinhos..."

Eu ri.

"Agora...", e ele abaixou a voz, olhando temeroso para os lados: "onde será que esse pessoal arranja tanta grana, hem?..."

"O dízimo."

"Dízimo? Só o dízimo?"

Eu fiz um gesto de que não sabia.

"O Cabo Cruz", continuou Mosquito, "o Cabo Cruz... Você conhece, né?"

"Conheço..."

O Cabo Cruz — ou, na voz do povo, Cabo Cruz-Credo — tinha sido transferido de uma cidade de Goiás para a nossa cidade. Segundo se dizia, para ver se ele "parava um pouco de matar"...

"O Cabo é meu freguês", contou Mosquito. "Freguês é um modo de dizer... Ele... A primeira vez que ele veio aqui — fazia pouco tempo que ele tinha vindo para a cidade —, ele me contou que sofria de hemorroida e que falaram para ele que pimenta-malagueta era um santo remédio. 'É, sim', eu disse; 'foi ela que curou o meu pai.'"

"Foi?", eu perguntei.

Mosquito ficou calado, olhando para o chão. Quando ficava assim, eu sabia que ele ia dizer que não. E foi o que ele disse.

"Pra ser sincero, não; meu pai nunca teve hemorroida. Meu pai... Eu vou te contar: rapaz, o velho, até algum tempo atrás, era um cara alegre, risonho, aqueles dentões brancos aparecendo na boca por qualquer coisa — um sujeito de bem com a vida, como se diz."

"Sei..."

"Aí, um dia, uma pessoa, conversando com ele sobre doenças, perguntou se ele já tinha feito exame de não sei o que lá. Ele disse que não, que não precisava fazer exame, que ele era muito sadio. Aí essa pessoa disse que não, que ele tinha de fazer, que na idade dele qualquer um tem de fazer, senão podia acontecer isso e aquilo — encheu de minhoca a cabeça do velho. Ele ficou apavorado. Parece que tem gente que gosta de apavorar os outros, né? Parece que tem gente que sente prazer em fazer isso..."

"É..."

"Aí o velho foi, né? Ele foi fazer o tal exame. Chegou lá, o médico pediu outros exames: exame disso, exame daquilo e de não sei mais o que lá... E aí... Aí, meu filho, aí o velho acabou, entendeu? Acabou. Ele, que era uma pessoa sadia, virou uma pessoa doente. Ele nunca mais foi o mesmo. Murchou a alegria, morreu o sorriso dele, acabaram as risadas. Agora ele só fala em doença e médico e remédio e não sei que mais..."

"Chato..."

"Pois é... Esses dias mesmo, eu fui lá, na casa dele, e aí, eu mal chego lá, ele: 'Meu cocô hoje está diferente...' Eu: 'Ele está mais cheiroso?' O velho ficou bravo: 'Eu estou falando de uma coisa séria, e você vem com brincadeira.' Eu ainda curti: 'Cocô é coisa séria, Pai?'..."

Eu ri.

"Tá doido, sô... Cuidado demais com a saúde é doença; não é, não?..."

"É..."

"Mas, falando em cocô... Eu estava falando de hemorroida... Meu pai nunca teve, né? Mas a gente tem de dizer essas coisas, compreende? Hoje, no comércio — ou em tudo na vida —, quem não mente fica pra trás. É assim."

"Hum."

"Eu aprendi isso com as lojas de roupas. Um dia eu fui comprar uma camisa e estava meio na dúvida de qual levava. Aí a moça: 'Esta aqui veste muito bem em você; meu irmão levou uma dela esses dias.' Aí eu comprei a tal camisa. No mesmo dia eu fui a outra loja comprar umas cuecas, e outra vez fiquei na dúvida de qual comprava — eu sempre tenho essas dúvidas, é um trem —, e aí a moça que estava me atendendo disse: 'Esta aqui é de ótima qualidade; meu pai só usa desta marca.' Aí eu levei. Mas depois, lá em casa, eu pensei: mentira, tudo mentira..."

"Hum..."

"É feito velho quando vai ao médico; o médico examina e sempre diz que o coração dele está igual ao de um jovem de 18 anos — e aí o velhinho sai todo feliz do consultório, dizendo que o médico é bonzinho e achando que dá conta até de jogar uma partida de futebol. Tudo mentira. É mentira para todo lado. Nunca vi. A gente só ouve mentira. Parece que ninguém mais diz a verdade..."

"É", eu disse, "é assim..."

"Mas, continuando com o Cabo: eles disseram para ele que a malagueta da legítima ele só ia encontrar numa banca: 'a banca do Mosquito'. 'É só na sua', ele me disse. 'Obrigado', eu disse, e então contei para ele que era assim mesmo e que eu tinha lá em casa uma plantaçãozinha da pimenta. O maior problema eram as pragas e a produção pequena, o que acabava tornando mais caro o produto e não compensando plantar. Mas eu não estava pensando só em dinheiro, eu disse; eu queria agradar à freguesia. 'Além do mais', eu disse, 'aqui é o único lugar onde o camarada encontra todo tipo de pimenta', e mostrei para ele a minha plaquinha aí: Império das Pimentas. 'Aqui você tem pimenta-malagueta, pimenta-bode, cumari, dedo-de-moça...', eu fui mostrando para ele. 'Você está de parabéns', o Cabo então disse."

"Hum..."

"Aí ele perguntou: 'Você tem algum problema aqui?' 'Problema?', eu perguntei. Achei aquela pergunta esquisita. 'Problema?', eu perguntei. 'Aqui, na feira?' 'É', o Cabo disse. 'Não', eu disse, 'eu não tenho problema nenhum aqui, graças a Deus. Aqui todo o mundo é meu amigo e eu sou amigo de todo o mundo.' 'Mas pode ter algum dia', ele disse. 'Posso', eu disse, concordando; 'quem não, né? Quem pode dizer que nunca vai ter problema?' Eu falei assim. Aí o Cabo: 'Se você tiver, se você tiver qualquer problema, aqui ou mesmo lá na sua casa, é só me dar um alô, entendeu?' 'Certo', eu disse. 'Um alozinho só, e eu tomo as providências.' 'Certo', eu disse. A conversa foi essa. Aí ele pegou um vidrinho da pimenta e disse: 'Eu vou levar esse; quanto que é mesmo?...'"

"Hum..."

"O que você acha que eu respondi?"

"Que não era nada, claro..."

"Não", Mosquito disse, "eu não sou bobo, eu não ia responder uma coisa dessas..."

"Hum."

"Sabe o que eu respondi?"

"O quê?"

"Eu respondi: 'Leva dois: leva dois vidros. Um, eu não estou te cobrando nada, é o que o senhor ia levar; o outro é um presente meu.' Foi isso o que eu respondi."

Eu ri.

"Está vendo? Eu não sou bobo, não, cara: eu sou é burro; burro mesmo; burro de carteirinha. Eu nem sei como eu não bati continência pra ele..."

Eu dei uma risada.

"Eu nem sei como eu não fiz isso..."

"E ele?", eu perguntei.

"Ele? Ah, ele saiu todo agradecido, todo cheio de salamaleques; disse que eu era uma pessoa muito gentil, de bom coração e não sei mais o quê... Me chamou até de Sô Mosquito."

Eu ri de novo.

"É, meu filho, me chamou até de Sô Mosquito, o que é que há?"

"Ah, Mosquito..."

"Isso foi em fevereiro do ano passado, esse dia que ele veio aqui. Já tem mais de ano. Pois sabe que até hoje eu estou tratando da hemorroida do Cabo?"

Eu dei outra risada.

"Até hoje; até hoje eu estou tratando da hemorroida do Cabo Cruz. Todo mês ele vem aqui, todo mês ele vem aqui e descola um vidrinho de malagueta. Ele já ficou tão sem-vergonha que ele nem fala mais nada. Ele só diz: 'Tudo na santa paz?' Quer dizer, ele dizia. Depois passou para: 'Tudo na santa?' Agora é só: 'Na santa?' E aí ele pega o vidrinho — 'meu remedinho', como ele diz — e dá uma risadinha, e eu ainda tenho de rir também com ele. Isso é o que eu acho o pior de tudo: ter de rir com ele — quando a minha vontade era mandar ele pra puta que pariu."

"É..."

"Você acha que ele está com hemorroida até hoje?"

Eu fiz um gesto de dúvida.

"Aqui, ó", e Mosquito deu uma banana para o ar. "Hemorroida uma ova! O fedasunha... Mas o que eu vou dizer para ele? O que eu vou dizer? Eu vou mexer com um cara que dizem que mata pra ver o tombo? Dizem que por um nada, por dá cá aquela palha, o bicho já fica brabo e vai botando a mão no berro. Eu vou mexer com um cara desses? Pra amanhecer com a boca cheia de formiga?"

"É..."

"Quando eu era molecote", continuou Mosquito, "quando eu era molecote — a gente nem se conhecia ainda —, um soldado, o Sansão, me deu uma coça. Ele me levou lá para dentro da delegacia e me estapeou. A troco de nada, rapaz; só porque eu tinha tomado uns mé e estava meio alegre, e aí eu fiz uma brincadeira boba com ele lá, falando em Dalila — eu tinha visto o filme *Sansão e Dalila*. Só por isso."

"Hum..."

"'Por que você me bateu?', eu ainda tive a coragem de perguntar depois, na hora que ele me soltou. 'Por que você me bateu? Eu cometi algum crime?' 'Eu te bati porque você é preto', ele disse. 'Ser preto é crime?', eu perguntei. 'É muito pior', ele disse. 'Eu também sou filho de Deus', eu disse. Ele deu uma risada. 'Você, crioulo? Você filho de Deus? Você é filho é do demônio, isto sim. E agora suma das minhas vistas — ou você quer levar outra coça?' Eu virei as costas e fui saindo. 'E mais uma coisa!', ele ainda gritou, lá da mesa dele: 'Não vai cagar aí na saída, não, hem?'"

Eu ri.

"É, ele ainda disse isso: 'Não vai cagar aí na saída, não.' De forma, meu caro, de forma que... Você sabe: cachorro que foi mordido por cobra, até de linguiça tem medo."

Eu tornei a rir.

"E o Sansão", Mosquito prosseguiu, "o Sansão... O Sansão era barra; pesadíssima. Diz que, quando ele prendia algum bandido, ele ia lá, na sala do delegado — o delegado, essa época, era o Doutor Tibério —, ele ia lá e perguntava: 'É só pra bater ou é pra jogar no meio do lago?'"

"Do lago?", eu perguntei.

"Do lago. 'É só pra bater ou é pra jogar no meio do lago?' Aí, se o Doutor Tibério virasse o polegar para cima, era só pra bater; agora, se ele virasse o polegar para baixo, era pra jogar no meio do lago."

"E o Sansão jogava mesmo?"

"Jogava. Diz que jogava. Diz que ele levava o sujeito lá para o lago, ele com mais dois soldados; lá, eles amarravam os braços e as pernas do camarada, davam uma pinga para ele, e aí iam de canoa para o meio do lago e jogavam. Já pensou?"

"Eu não sabia disso...", contei.

"Muita coisa já aconteceu naquele lago, rapaz..."

"Muita invenção também", eu disse.

"Sabe como meu avô, o Vô Bené, chamava o lago? Panela do Diabo. Era assim que no tempo dele, nos tempos mais antigos, eles chamavam o lago; Panela do Diabo. E dizem que lá tem umas locas tão fundas que, se o cara entrar numa delas, ele vai parar no inferno."

"Ah, Mosquito..."

"Isso é o que eles dizem, né? Eu não digo nada; nem que sim, nem que não. Eu não digo nada."

Ele parou um pouco.

"Mas de que mesmo que eu estava falando?..."

"Do Cabo Cruz", eu o lembrei.

"Mas por que eu estava falando no Cabo?... Conversa é assim", ele disse, "a gente passa pra uma coisa, depois pra outra, e, quando vê... Ah, agora eu lembrei: o dinheiro dos crentes; é disso que a gente estava falando."

"É...", eu concordei.

"Pois é; sabe o que o Cabo me disse?"

"O quê?"

"A gente estava falando um pouco sobre isso, na última vez que ele esteve aqui, quando ele veio buscar o 'remedinho'..."

Eu ri.

"O Cabo me disse que isso é lavagem de dólar; que a coisa vem lá dos States."

"Hum..."

"Você acha que pode ser?"

"Não sei", eu disse.

"O Cabo deve saber, né? Ele é da polícia, a polícia sabe tudo..."

"É..."

"Agora... Esse negócio de religião é feito time de futebol: cada um torce para o seu e fala mal do time do outro. Não é assim?"

"É..."

"O Cabo é espírita, kardecista; ele frequenta um centro lá perto de casa, o Centro Luz Divina."

"Sei..."

"Agora", Mosquito abaixou a voz, "como que eles, lá no centro, aceitam um sujeito como o Cabo, hem?..."

"Deve ser porque ele já despachou muita gente para o Plano Espiritual...", eu disse.

Mosquito riu.

"Aí", eu continuei, "baixa um Irmão da Luz: 'Você me deu três tiros...' O Cabo: 'Desculpe; eu ia dar só um, mas...'"

"Eu, hem?..."

"Pois é..."

"Além do mais, o Cabo...", Mosquito olhou para os lados, temeroso: "Você sabe, né?"

"Sabe o quê, Mosquito?"

"Da rede..."

"Rede? Que rede? Rede de pescar?"

"Não, cara; a rede... Rede de prostituição..."

"Prostituição? E o que tem essa rede?"

"O que tem?", e Mosquito tornou a olhar para os lados: "Diz que o Cabo é o chefe..."

"É?"

"É a creche."

"Creche? Você não disse que é prostituição?"

"É o nome da rede: Creche Chapeuzinho Vermelho. É que lá só tem menina, entendeu? Só franguinha. Garotas de 13 a 15 anos... Mas diz que tem até de menos; diz que tem até de 10. Assim ouvi dizer."

"Hum..."

"Diz que 18 lá já é coroa, já vai para o descarte. Vinte? Nem pensar. Vinte já é titia, vovó..."

"E o Cabo é o chefe..."

"O chefe. Diz que quem cuida das meninas é uma tal de Gorete. Mas o chefe é o Cabo. A estreia é dele, ele é que ranca o cabaço. Testada e aprovada a mercadoria, ele coloca à disposição dos fregueses."

"Hum."

"E sabe quem são os fregueses?"

"Não, não tenho a menor ideia."

"Gente fina, cara; gente graúda... É advogado, médico, essa gente... E mais: diz que não é só homem, não, tá? Não é só homem, não; tem mulher também no pedaço. Sapata, entendeu? Diz que a mulher de um juiz aí é a maior freguesa; ela traça todas..."

"E onde fica esse paraíso?"

"Você quer ir lá?"

"Quem sabe?"

"Pois vai querendo, pega o pé e vai roendo...", ele disse, rindo.

"Por quê?"

"Porque o lugar não existe."

"Não existe?..."

"Você acha que esse pessoal é bobo? Acha que eles iam marcar bobeira? Eles fazem a coisa direitinho, cara; é tudo muito bem-feito. Eles não dão mancada, não. É tudo na base de código, de senha; tudo com celular."

"Hum..."

"Pensando bem, o Cabo podia ajeitar uma dessas ninhas para mim. Eu não ia querer muita coisa, não; só dar umas lambidinhas. Só umas lambidinhas já estava bom, eu já me dava por satisfeito e pago pelos vidrinhos de malagueta que ele me levou."

Eu ri.

"Hemorroida... Eu já estou é cheio dessa hemorroida do Cabo... Da hemorroida e do Cabo, ele com aquele risinho cínico dele... Quem trouxe essa peça para aqui, hem? Por que eles não mandam ele de volta? Esse cara não presta."

"É...", eu disse.

"Esse cara não presta..."

Parecia que o nosso alcaide — nosso maravilhoso alcaide, do qual oportunamente virei a falar mais — pensava diferente, já que, não muito tempo depois dessa conversa, ele quis, e foi por unanimidade apoiado pela Câmara dos Vereadores, dar ao Cabo Cruz o título de Cidadão Honorário: "Cabo Cruz é uma espécie de anjo da guarda de Flor do Campo", disse o alcaide em sua saudação, quando da entrega do título. É, anjo da guarda...

Uma senhora veio se aproximando da banca, e Mosquito mudou de assunto.

"Vamos ver...", disse, voltando a Leo: "o Leo disse que ia dar uma estudada lá sobre o emprego... Qualquer coisa, ele me escreve."

"Tomara que dê certo", eu disse, me despedindo.

"Vai dar", ele disse, confiante e alegre. "Eu vou até te mandar um postal do Pão de Açúcar — você quer?"

"Claro."

"Eu mando lá para o jornal, falou?"

"Falou, Mosquito..."

Se a chegada de Leo — do Pastor Pedro — à feira foi, segundo alguns me contaram, triunfal, a despedida não o foi menos. Por iniciativa não sei de quem, puxaram uma banca para o meio da rua, empilharam sobre ela alguns caixotes, fazendo um palanque, e pediram a Leo que nele subisse — o que ele, mesmo de terno e com a *Bíblia* na mão, fez, com a sua costumeira agilidade.

Lá em cima, cercado pela pequena multidão que foi se formando com os feirantes e com os populares que àquela hora se achavam na feira, o Pastor Pedro, depois de fazer uma alocução sobre a data da véspera, o nascimento de Jesus, abençoou a todos.

"Ele não parecia um homem", me disse Maria do Rosário; "ele parecia um deus, e parecia que de repente ele ia se desgarrar e subir para o céu."

Eu sacudi a cabeça.

E ela concluía:

"Eu chorei tanto, de emoção, que minha blusa ficou molhada. Eu nunca vou esquecer aquela cena maravilhosa."

Joãozico, o irmão de Leo: João Bataglia. Baixo, atarracado, cabelos crespos, nariz grande, sobrancelhas cerradas — alguns o chamavam, com razão, de Turco. Joãozico tinha uma pequena loja de confecções.

Apesar de minha convivência com Leo, eu nunca tivera com Joãozico maior contato. Em menino, umas poucas vezes, ele foi também ao lago com Leo e eu. Mais velho que nós, já adolescente, ia para ajudar o pai no serviço, o que fazia resmungando e refugando. Até que o pai decidiu não levá-lo mais — para alegria minha e de Leo, que não tínhamos com ele muita empatia. E para alegria dele também, certamente, já que, além de não gostar de ajudar o pai, Joãozico não parecia muito chegado à natureza. Tempos depois, numa rodinha, eu o ouviria dizer, de modo revelador: "Lugar de gente é na cidade; quem gosta de mato é bicho." Menos mal, entretanto, que a pérola com que um outro, que também estava na roda, a seguir nos brindou: "Mato é pra queimar, e bicho é pra matar."

Aquele dia nos encontramos no banco, no começo da tarde. Eu tinha ido fazer um pagamento. Ele — que chegou logo em seguida e ficou atrás de mim, na fila —, fazer uma retirada na poupança.

"Vou retirar tudo", me disse; "só vou deixar uns centavos, para não fechar a conta."

Eu fiz uma cara compadecida, mas não quis perguntar por quê.

"O que eu posso fazer?", ele disse. "Este ano eu vou ter quatro meninos na escola; quatro!"

"É?"

"Quatro bambinos!"

"Sei..."

"Daqui a alguns dias já começam as aulas. Você viu o preço do material escolar?"

"Não", eu respondi.

"Eles não anunciam no jornal?"

"Nem sempre."

"Pensei que anunciavam."

"Não; às vezes anunciam, mas não é sempre. Este ano eles não anunciaram."

"Por falta de dinheiro é que não deve ser..."

Eu ergui os ombros.

A fila andou um pouco.

"Está um absurdo", ele disse.

"O quê?", eu perguntei.

"O preço do material escolar."

"Ah", eu disse.

"Um absurdo, uma exploração!"

Eu sacudi a cabeça.

"Ainda juntou o problema da minha mulher..."

Eu sacudi a cabeça.

"O problema da minha mulher você sabe, né?"

"Acho que sim", eu disse.

Eu sabia mais ou menos, por intermédio de Leo. Um problema na perna — uma úlcera varicosa —, problema que, sem querer fazer um trocadilho de mau gosto, vinha havia anos se arrastando, sem que, dos vários médicos consultados, nenhum conseguisse resolver.

"Há feridas que nunca cicatrizam", ele disse.

"Principalmente as da alma", eu disse.

"Agora, pelo jeito", ele continuou, "ela vai ter mesmo de operar. Se não operar, o médico disse, se ela não operar, está sujeito a abrir uma ferida maior ainda; e aí, se isso acontecer, só com muito tempo para curar."

Eu balancei a cabeça.

"Se curar, o médico disse; se curar... Porque pode também dar uma gangrena, ele explicou. E aí, se der uma gangrena, você já viu, né?..."

"O quê?"

"Aí é ó...", ele fez o gesto de cortar.

"Amputar?", perguntei.

"Amputar", ele disse, sacudindo a cabeça de modo sombrio; "amputar..."

"Ah, mas isso não vai acontecer, não", eu disse, para animá-lo.

"Não sei...", ele disse, "eu não sei... Tudo pode acontecer... E ela, ainda por cima, não faz regime; ela está uma bola."

"Você não pode dizer...", eu brinquei.

"De fato", ele riu, se descontraindo. "Eu estou com uma barriguinha respeitável..."

A fila andou.

"Mas e você?", ele perguntou.

"Eu? Eu vim fazer um pagamento."

"Não", ele disse; "estou perguntando é... Está tudo bem?"

"Está; tudo bem..."

"E o Leonardo?"

Ele só falava assim: Leonardo. Eu nunca o vira falar Leo, como os outros.

"O que tem o Leo?", eu perguntei.

"Alguma notícia?"

"Eu?"

"É."

"Não", eu disse; "faz tempo que eu não tenho notícia. Aliás, desde que ele voltou para o Rio."

"Eu também", ele disse. "Nós também, lá em casa."

A fila andou mais.

"A gente está preocupado", ele disse.

"Preocupado?"

"Com o Leonardo."

"Ele deve estar bem", eu disse. "Como dizem os franceses: 'Pas de nouvelles, bonnes nouvelles.' Ou seja, quando não há notícias..."

"Não", ele me cortou, "não é isso."

"É o quê?"

"O rumo."

"Rumo?", eu perguntei.

"O rumo que as coisas estão tomando, a igreja dele, a religião — se é que a gente pode chamar isso de religião..."

Eu fiquei calado.

"Ninguém se conforma", ele disse.

Eu balancei a cabeça.

"Ninguém pode aceitar uma coisa dessas."

A fila andou.

"Nossa família é de católicos", ele disse.

"Eu sei."

"Todos nós, desde os nossos avós, somos católicos — somos e sempre fomos. Não teve nenhum até hoje que se extraviasse, que tomasse o caminho do erro. E aí vem o Leonardo e..."

Eu balancei a cabeça.

"Minha avó tem um retrato com o papa", ele disse.

"Eu fiquei sabendo."

"Com o papa, meu amigo; com o papa. Minha avó criança ainda, lá na escola dela, com as coleguinhas, na cidade onde ela nasceu, na Itália."

Eu balancei a cabeça.

"Você sabia que minha avó nasceu na Itália?"

"Sabia...", eu disse.

"Pois é; ela está lá, na foto, o papa com a mão na cabeça dela, abençoando."

"Hum..."

"Não é um padre, não", ele continuou, "não é um padrezinho qualquer, não; nem padre, nem bispo, nem cardeal: é o papa, é Sua Santidade em pessoa."

"Que papa?", eu perguntei, só por perguntar, pois eu já sabia.

"Pio XII", ele disse.

"Pio XII foi um papa importante."

"Importantíssimo; um dos papas mais importantes da história da Igreja."

"Eu sei", eu disse.

"Um dos mais importantes."

"Eu sei."

"Pois é: e lá está ele, lá está o Pio XII, na foto, abençoando minha avó."

Eu sacudi a cabeça.

"Essa foto está comigo", ele contou; "eu guardo essa foto como se fosse uma relíquia."

Eu sacudi a cabeça.

A fila andou mais um pouco.

"Eu estou até pensando em mandar ampliar — ampliar a foto — e fazer um pôster dela. O que você acha?"

"É..."

"Não fica bacana?"

"Fica..."

"Aí eu ponho ela lá na sala, eu ponho lá para todo o mundo ver: 'Aí, gente: aí minha avó; minha avó com o papa, o Pio XII.'"

Eu sacudi a cabeça.

"E então", ele prosseguiu, "como eu estava dizendo, uma família assim, uma família que... uma família que foi abençoada pelo papa — eu acho que eu posso falar assim, não posso?"

Eu sacudi a cabeça.

"Se minha avó foi abençoada pelo papa, eu acho que..."

Eu sacudi a cabeça.

"E então eu te pergunto: uma família assim, uma família de católicos, uma família que foi abençoada pelo papa, uma família assim pode tolerar que um de seus membros tome o caminho do erro?"

Eu não respondi nada.

"Pode?", ele insistiu, querendo uma resposta.

"Não sei, Joãozico; essas coisas de família..."

"Mas não é coisa de família, é coisa de religião."

Pior ainda, ia eu dizer; mas preferi calar-me.

Olhei na direção do caixa, que parecia emperrado com um cliente.

"Essas religiões", ele continuou, em seu tom inflamado, "essas religiões — se, como eu disse, se pode chamar a elas de religião..."

"Seitas", eu disse, para dizer alguma coisa.

"Seitas!", ele repetiu, falando mais alto e chamando a atenção das pessoas que estavam perto, na fila. "Seitas, é essa a palavra que eu estava procurando: seitas! Mas há uma outra, uma outra palavra, que vem junto..."

"Espúrias", eu disse.

"Espúrias!", ele repetiu alto e, agora, com uma expressão de gratitude a mim. "Isso mesmo: seitas espúrias. Foi essa a expressão que o Padre Átila usou um dia desses, numa conversa comigo."

Padre Átila era o vigário.

"Aliás, ele, o Padre Átila, também está preocupado com o Leonardo — o mau exemplo, entende? O mau exemplo que ele pode dar à juventude."

Eu fiz um gesto de dúvida.

"Você não acredita?"

"Não acredita em quê?", eu perguntei.

"No mau exemplo."

Eu repeti o gesto de dúvida.

"Pois olha", ele continuou, "esses dias mesmo foi um rapaz lá em casa, um rapaz que viu o Leonardo lá na feira, quando ele esteve aqui. Ele queria o endereço dele, no Rio."

"Você deu?", eu perguntei.

"O quê?"

"O endereço."

"Eu não!", ele disse. "Eu ia encaminhar uma pessoa para o mau caminho?"

"E o que você disse?"

"Eu disse que não tinha."

"Mas você tem..."

"O endereço? Tenho, eu tenho. Mas, se eu desse, eu estaria contribuindo com o mal — não é, não?"

"Mentir também é contribuir com o mal", eu disse.

"Ah, mas eu menti com boa intenção", ele se defendeu; "eu menti para evitar o mal e, portanto, eu fiz um bem para essa pessoa."

A fila andou.

"Mas, como eu disse, o Padre Átila também está preocupado. Preocupado com o Leonardo e com o avanço dessas seitas. 'Não', o Padre Átila disse, 'nós não podemos assistir a isso de braços cruzados. Nós, os católicos, temos de reagir; nós temos de fazer alguma coisa para deter o avanço dessas seitas espúrias.' Foi essa hora que ele disse isso, 'seitas espúrias'."

"Hum."

"Ele acha, o Padre Átila, ele acha que, se alguma coisa não for feita, essas seitas dominarão o mundo."

"E daí?", eu disse, já meio cansado daquele papo.

"Daí?", ele reagiu, me olhando com uma cara de espanto: "Você acha isso certo?"

"Eu acho certo cada um pensar o que quiser e dizer o que quiser; o que é, aliás, um direito de todos nós, brasileiros, garantido pela Constituição."

"O que é mais importante? A Constituição ou a salvação da alma?"

Eu ia responder: "A Constituição." Mas, de novo, preferi calar-me.

"O que é mais importante?", ele continuou. "A lei dos homens ou a lei de Deus?"

Eu não respondi.

A fila andou mais um pouco.

"Quer dizer que você defende essas seitas...", ele disse.

"Não", respondi; "não defendo. Mas também não condeno."

"É uma coisa ou outra."

"Não, não é."

"Essas seitas são uma praga", ele disse, voltando à carga. "Essas seitas... Essas seitas são como ervas daninhas."

"'Fui como erva daninha e não me arrancaram.'"

"Como?..."

"Coisa à toa", eu disse.

"Eu acho que nós temos de acabar com elas, nós temos de exterminá-las como se fossem baratas."

Só das rasteiras ou das voadoras também?, eu quase perguntei, correndo seriamente o risco de ser também exterminado...

"Nós temos de acabar é com o atraso, Joãozico", eu disse. "Nós temos de acabar é com o atraso; todas as formas de atraso. É com isso que nós temos de acabar."

"E com as seitas, não..."

Eu ergui os ombros. Ele ficou uns minutos calado.

"Sabe?", ele disse. "É uma vergonha."

"Vergonha?", eu perguntei.

"O Leonardo; é uma vergonha para nós, para toda a família."

"Hum..."

"Eu me sinto mal só de pensar."

"Pois não pense", eu disse.

"Só de pensar eu já me sinto mal", ele tornou a dizer. "Ainda bem que os nossos pais já morreram, para não terem o desgosto de ver o que aconteceu com o filho. Logo o filho caçula, logo o que deveria seguir o exemplo dos irmãos mais velhos..."

"Hum."

"Mas o Leonardo... Você conhece ele bem — acho que conhece até melhor do que eu —, você conhece ele bem e sabe: ele sempre foi um... um cabeça-oca."

"Cabeça-oca?"

"Ele sempre foi um cabeça-oca. E ainda junta com outra cabeça-oca..."

"Gislaine?"

"É, a Gislaine..."

"Hum."

"Ela é minha cunhada", ele disse, "e eu não devia estar falando assim, mas... ela é muito leviana..."

"É, né?"

Se ela era leviana, eu não sabia; mas sabia de algumas coisas interessantes que Leo me havia contado. Por exemplo: que Joãozico por duas vezes a cantara. A primeira, na festinha de noivado de Leo, ele meio de fogo: "Você vai dar mesmo pro meu irmão, o que custa dar uma vez pra mim, o cunhado?" A resposta: "Eu só dou pra homem bonito." A outra vez, ela já casada, ele sóbrio, e as palavras — bem, as palavras, tanto de um quanto de outro, impublicáveis...

"Eu tenho dó da menina, a Kelly", ele prosseguiu. "Que formação essa está criatura recebendo?"

Eu não disse nada.

"Os meus, os meus meninos, é ali, ó: no cabresto. Se não obedece, couro. E se chorar, é outro couro; tem de apanhar calado."

Eu sacudi a cabeça.

"E a formação é cristã; eu sigo rigorosamente os ensinamentos de nossos pais, os ensinamentos da religião católica."

"Sei..."

"A Lourdes é até mais rigorosa do que eu; ela não dá moleza. Mas também... Você não conhece os meus filhos, né?"

"Não", eu disse, "só o mais velho."

"O João Filho."

"É."

"O João Filho é o mais velho. Depois vem o Joanyr — Joanyr com ípsilon —, os gêmeos, Joanésio e Joanísio, e, finalmente, a caçula, a Joana, a Joaninha."

"Cinco filhos..."

"É, cinco filhos. E não é por serem meus filhos, não, mas, se você conhecesse eles — um dia você ainda vai conhecer —, se você conhecesse eles, você..."

Eu sorri.

"Agora os gêmeos, o Joanésio e o Joanísio, vão também para a escola, inteirando quatro meninos. Quatro!...", ele disse.

Voltávamos, assim, ao começo daquele papo — e, felizmente, ao final daquela fila.

Fui atendido, fiz o que precisava e, então, virei-me: disse tiau para Joãozico e saí — mas, antes, ainda o ouvi, bronqueando com o caixa:

"Mais de meia hora que eu estou aqui!"

Que me perdoem os patriotas de quatro costados, mas detesto feriados e, entre eles, especialmente o de 7 de Setembro. Talvez um trauma de infância, quando eu era obrigado a desfilar pela minha escola — coisa de que eu não gostava nem um pouco.

Na minha condição de jornalista, porém, acabei saindo naquela manhã de terça-feira, Dia da Pátria, para dar uma olhada no desfile e na multidão.

Eu ia indo devagar pela calçada, apinhada de gente — quase todo o mundo, naturalmente, voltado para a rua —, quando, surpreso, vi, caminhando em sentido contrário ao meu, Gislaine.

"Você por aqui?...", eu disse.

Ela deu um sorriso vago.

"Vieram passar aqui o feriadão?", perguntei.

"Não", ela respondeu.

"Você não está mais no Rio?"

"Não."

"Quer dizer que o Leo está aqui?..."

"Não."

"Não estou entendendo...", resolvi dizer, depois de tanto "não".

Em vez de me explicar, ela disparou:

"Aquele cafajeste!"

"O Leo?", perguntei, admirado.

"Quem poderia ser?", ela respondeu. "O Leo, o Leonardo — o canalha do Pastor Pedro."

As últimas palavras — "o canalha do Pastor Pedro" — ela pronunciou como se estivesse mordendo cada letra, com o mais profundo ódio.

"Mas... o que houve?", eu quis saber, ainda admirado.

"Pergunte a ele", ela respondeu. "Ele não é seu amigo?"

"Pelo menos era", eu disse.

"Então? Pergunte a ele. Quem sabe ele te diz? Quem sabe ele te conta as patifarias que ele fez?"

Eu não perguntei, claro. Nem se eu quisesse, eu tinha como, pois Leo estava longe, no Rio. Mas fiquei pensando naquilo, pensando que alguma coisa mais séria, bem mais séria, devia ter acontecido entre os dois.

Ao estar com Mosquito, na feira, falei a ele de meu encontro com Gislaine.

Ele comia uma banana — "mandando um potassiozinho" — e só sacudiu a cabeça. Depois disse:

"Ela voltou do Rio; ela e a menina, a Kelly."

"Isso eu já sei; eu quero saber é por que ela voltou."

Como era de seu estilo, ele me respondeu com circunlóquios:

"Você viu o Leo quando ele esteve aqui..."

"Vi, claro", eu respondi.

"Você viu a fachada do bicho."

"Vi."

"O carrão."

"Vi; vi tudo."

"O Leo estava parecendo artista de cinema."

"É."

"De cinema, porque de televisão ele já é. Você viu ele na televisão, né?"

"Não."

"Não?', Mosquito admirou. "Você não viu?"

"Não."

"Rapaz... O Leo — quer dizer, o Pastor Pedro, né?, porque o Leo agora não é mais o Leo, é o Pastor Pedro —, o Pastor Pedro lá no palanque, naquele estádio cheio de gente, e ele pregando e uns caras tendo sapituca, outros revirando os olhos, outros soltando espuma pela boca..."

"Quanto pra cada um?"

"Santa Mãe de Deus!", disse Mosquito, sem me escutar, prosseguindo, aceso, em sua narrativa: "Eu não acreditava; eu não acreditava no que estava vendo... 'Mas é o Leo mesmo?', eu pensava. 'É o Leo, meu amigo, meu colega de feira?' Pois era. Era o próprio. Era o Leo em pessoa, o nosso amigo Leo..."

"Bom", eu, já impaciente, perguntei: "mas e a mulher?"

"Mulher?", ele respondeu. "Que mulher?"

"A Gislaine, poxa..."

"Ah, a Gislaine...", ele disse. "Ela está um morenaço, né?"

"Não é isso, Mosquito."

"Não é isso o quê?", ele perguntou, olhando para mim. "Eu não disse nada. Eu só disse que ela está um morenaço — e não está?"

"Está."

"Então?", ele disse. "Eu só disse isso. Agora... Praia, sol... Ela aproveitou bem o Rio... Parece que ela voltou até mais peituda... Será que ela fez plástica?"

"Não sei."

"Eu reparei isso aqui, que ela está mais peituda; e o peito está duro, não fica mexendo na blusa. Pra mim, a coisa mais bonita que existe é um peito de mulher balançando e dando aquelas tremidinhas; não tem nada mais bonito."

"Hum."

Ele pegou outra banana numa sacolinha de plástico.

"Quer?...", me ofereceu.

"Não; obrigado."

"Eu tenho mais aqui, eu peguei ali com o Sô Dodô..."

"Não", eu disse; "obrigado."

"Estou comendo duas por dia", contou. "Diz que é bom pro rarte."

"É."

"A melhor é a nanica — sabia?"

"Sabia."

"Diz que ela é muito boa também pro movimento perestático."

Eu ri, sem querer.

"O quê?", ele perguntou.

"Nada...", eu disse.

"Está duvidando da minha ignorância?"

"Não, de modo algum..."

"Eu li isso numa revista científica, rapaz! Eu li isso numa revista científica, enquanto eu estava esperando lá no consultório médico."

"Hum."

"Lá diz isso: que banana nanica é bom pro movimento perestático."

"Sei."

"Esse pessoal, por exemplo: eles ficam aí tomando laxante; será que eles não sabem que laxante pode furar o intestino?"

"Você leu isso lá também, na tal revista?"

"Não; isso eu li em outro lugar, acho que foi... Agora eu não lembro onde. Mas eu li. Laxante pode furar o intestino."

"Hum..."

"Por que eles não comem banana-nanica? Ou então mamão; mamão também é muito bom, por causa da papaína. Além disso, mamão tem caroteno, que é antioxidante."

"Você está bem informado, hem, Mosquito?"

"Uai, meu filho, o que é que há? Hoje, no mundo moderno, o sujeito que não se informa..."

"Quanto que o Sô Dodô te deu de comissão para você fazer essa propaganda toda das frutas?", eu perguntei.

"Sô Dodô!", Mosquito gritou, rindo, para Sô Dodô lá em sua barraca. "O Ramon está dizendo que eu estou fazendo propaganda de suas frutas!"

Sô Dodô — que na hora atendia um freguês — riu também e fez um gesto qualquer.

"Vê se fala bem aí das minhas pimentas!", gritou Mosquito. "Elas curam: hemorroida, pressão alta, gripe — pimenta vermelha tem muito mais vitamina C que limão! —, reumatismo, anemia, câncer, o diabo!..."

Voltou-se de novo para mim:

"Sem falar que pimenta é bom também pra levantar o moral, né?...", e ele fez um gesto sacana.

Eu ri.

"Por falar nisso", ele disse, "eu não te contei..."

"O quê?"

"Eu tive um sonho."

"Sonho?"

"O sonho mais esquisito que eu já tive na minha vida."

"Hum."

"Escuta só... Eu estava assim, na rua, né? Aí, de repente, passou por cima de mim uma coisa que parecia um pássaro, mas eu vi que não era um pássaro. O que era então? Aí veio outra coisa e ela também passou, e aí eu disse: 'Gente! É uma xota!' E era mesmo, era uma xota, uma perseguida. E aí veio outra, e passou rápido, depois deu um balãozinho no ar, voltou e ficou ali, na minha frente, abrindo e fechando, abrindo e fechando. Aí eu mandei a mão para pegar, e a xota voou. Aí veio outra, outra e mais outra, e elas iam e voltavam e davam uma paradinha no ar, abrindo e fechando, me deixando louco com aquilo. Eu ia pegar, e elas zás!, voavam para o alto. E aí, de repente, estava aquele mundo de xotas voando pra lá e pra cá, pra lá e pra cá, feito um enxame de não sei o quê. E aí elas estavam todas lá, no alto, feito uma nuvem de andorinhas, cobrindo o céu. Então houve uma revoada, e as xotas sumiram. E aí já não havia mais nada: o céu estava limpo de novo. E aí eu acordei."

"É..."

Que sonho, rapaz...", e ele balançou a cabeça: "Eu nunca vi tanta xota assim na minha vida!..."

Eu ri.

"Mas... Bom, voltando às minhas pimentas: sem querer fazer propaganda — e sem falar nas virtudes curativas delas, as virtudes de que eu já falei —, eu te pergunto: um franguinho ensopado; faz um sem pimenta nenhuma e outro com uma pimenta-bode, verde. Dá pra comparar? Dá?..."

"Não", eu disse.

"Só o cheirinho..."

"É..."

"Só o cheirinho já vale... Agora... Tem gente que me pergunta por que eu não vendo da pimenta-biquinho. Sabe qual? Aquela que apareceu de uns tempos para cá: aquela que não arde."

"Eu sei."

"Diz que ela é muito gostosa. Eu vou vender também; eu vou. Eu plantei umas mudinhas lá em casa. A gente tem que atender à demanda; a gente não pode desagradar ao freguês. Agora, se fosse pelo meu gosto... Pimenta que não arde... Pimenta que não arde é pimenta? É a mesma coisa de você namorar e não fazer o fuque-fuque — que graça tem?"

"É", eu disse.

"As coisas andam todas atrapalhadas. Esses dias teve um camarada aqui, na feira, procurando rapadura — mas ele queria daquela 'molinha'. Ora, se é molinha, como que pode ser rapadura? Então não é rapadura: é 'rapamole'. Eu não disse que está tudo atrapalhado? Parece que todo o mundo anda meio zureta..."

"Bom", eu disse, "você voltou às pimentas; agora volto eu ao meu assunto: a Gislaine; a Gislaine e a Kelly. Por que elas voltaram para cá?"

Ele me olhou admirado:

"Uai, mas isso eu já respondi."

"Respondeu?", eu estranhei. "Respondeu como?"

"Respondi", ele tornou a dizer.

"Como?"

"Você viu o Leo, não viu?"

"Vi."

"A fachada do bicho."

"É."

"O carrão."

"Isso."

"Pois é."

"Pois é o quê, Mosquito?"

"Você já imaginou?"

"Já imaginou o quê?"

"A quantidade de mina que está chovendo no pedaço dele."

"Hum..."

"O Leo pode ser tudo, meu filho; o Leo pode ser tudo, mas bobo ele não é, não..."

Naquele fim de tarde, já começava a escurecer, e, como de costume, só restava eu no jornal, quando bateram à porta de minha sala.

Fui abrir. Era Gislaine.

Mandei-a entrar. Ela entrou e sentou-se: sapatos de salto alto, decote, saia curtíssima (se é que aquilo ainda podia ser chamado de saia), batom, brincos de argola grande (ah, brincos de argola grande, rninha perdição!, será que ela sabia disso? será que ela sabia?).

"Eu vim pedir desculpas", ela disse.

"Desculpas?", eu perguntei.

"Daquele dia, na rua...", ela me lembrou.

"Ah", eu disse, e fiz um gesto de que aquilo não tinha importância, de que aquilo...

"Eu estava muito descontrolada", ela disse.

Eu balancei a cabeça.

"Eu estou passando por muitos problemas, Ramon."

Tornei a balançar a cabeça — mas achei melhor não perguntar nada sobre Leo; gato escaldado...

"Minha vida virou de pernas pro ar."

Você também podia virar, eu pensei; uma frase besta mas, como se verá, profética — ou quase profética...

Ela se calou um momento. Circunvagou os olhos, examinando a sala e se detendo, por fim, num quadro — reprodução de um quadro — que eu havia colocado na parede: "A Luta entre o Carnaval e a Quaresma", de Brueghel.

Não resistiu à curiosidade, e então levantou-se e foi até o quadro. Ficou olhando-o, as mãos na cintura, de costas para mim. Um morenaço, realmente...

"Que gente esquisita...", ela disse.

"Essa gente esquisita somos nós", eu disse.

"Nós?...", ela riu. "Eu, não; eu não sou assim, não. Deus me livre..."

Examinou mais um pouco.

"Você gosta desse quadro?...", me perguntou.

"Gosto", respondi.

"Claro, né?", ela disse. "Se você não gostasse, você não tinha posto ele aqui..."

"Isso..."

Ela voltou a sentar-se.

"Eu também gosto de pintura", contou; "mas de outro tipo, entende?"

Eu sacudi a cabeça.

"Você já viu os quadros que aquela mulher vende lá na praça?", perguntou.

"Já", respondi.

"Daqueles quadros eu gosto; aqueles eu acho bonitos."

"Sei..."

"Tem um lá, um vaso com girassóis: é uma maravilha."

"Mas não é do Van Gogh..."

"De quem?..."

"Do Van Gogh."

"Não, acho que não; os quadros são da mulher mesmo. Ela compra de um sujeito lá em São Paulo. Agora, se o sujeito é esse que você disse aí, eu não sei."

"Não deve ser, não...", eu disse.

"Eu acho que não..."

Ficamos um instante em silêncio.

"Tem também o quadro de um pato", ela retomou; "um pato em cima de uma mesa. Ou é de uma pia? Acho que é de uma pia. Sei que é um pato, um pato morto."

"Natureza-morta", eu disse.

"Como?"

"Natureza-morta."

"Não, natureza, não; é só o pato. A natureza não aparece. É só o pato, o pato morto."

"Hum."

"A natureza aparece mas em outros quadros: o de um carro de bois, por exemplo, o carro de bois passando numa estradinha, as árvores ao lado, as montanhas ao longe..."

"Sei...", eu disse.

"Mas o quadro de que eu mais gostei é... sabe qual?"

"Não."

"O de um preto-velho, um preto com a cabeça branquinha."

"Pai João."

"É incrível: a gente olha e... Sabe? Parece que o preto vai falar, parece que ele vai abrir a boca e dizer: 'Oi.'"

"Que maravilha, hem?"

"Maravilha mesmo", ela disse. "Você já viu esse quadro lá na praça?"

"Não."

Eu já tinha visto, sim; esse, o dos girassóis, o do pato e outros mais da mesma estirpe. Mas, para evitar palavras inúteis, preferi dizer que não vira.

"Vai lá uma hora", ela recomendou; "você vai ver que espetáculo é esse quadro."

"Uma hora eu vou", eu disse.

"Eu acho que a mulher está lá quase todo fim de semana."

"Uma hora eu vou lá..."

"Eu admiro muito quem tem talento para fazer um quadro assim", ela disse. "É um dom de Deus, não é?"

Eu balancei a cabeça.

"Eu acho que é um dom de Deus. A pessoa já nasce com aquele dom."

Eu balancei a cabeça.

"Eu queria ter um dom assim..."

"Você tem outros...", eu disse.

"Eu queria saber pintar ou cantar...", ela prosseguiu, sem me escutar. "Alguma coisa assim..."

"Sei..."

"Agora...", e ela olhou de novo para a parede, com uma cara novamente de riso, "esse seu quadro... Francamente... São umas figuras muito esquisitas..."

Eu ri.

"Às vezes o sujeito não sabia pintar", ela disse.

"É..."

"Ele já morreu?"

"Já."

"Faz tempo, né?"

"Faz."

"Quanto tempo?"

"Alguns séculos."

"Séculos?...", ela admirou.

Eu sacudi a cabeça.

"Então às vezes é por isso", ela disse.

"Por isso?..."

"Que ele não sabia pintar."

"Ah."

"Às vezes naquele tempo a pintura ainda estava muito atrasada."

"É..."

"Mas... Não, eu estou lembrando, nos meus livros de escola havia umas pinturas antigas, e elas não eram feias; eram até bem bonitinhas..."

"É?..."

"Eram; bem bonitinhas."

Ela fez então um breve silêncio, olhando ao redor. Eu, eu fazendo um esforço descomunal para não bocejar.

"Mas, de qualquer jeito", ela disse, "eu continuo preferindo os quadros da mulher lá da praça."

"Sei."

"Você então vai lá uma hora?"

"À praça?"

"É."

"Vou; uma hora eu vou lá..."

"Quem sabe você até se anima e compra um quadro?"

"É, quem sabe?"

"Qualquer um ficaria bonito aqui, na sua sala; qualquer um faria vista."

Eu balancei a cabeça.

"Aí você tira esse quadro esquisito da parede e dá para alguém. Não sei é se você vai achar alguém que queira..."

Eu ri.

"Outro que tem lá", ela prosseguiu, "outro quadro — nesse eu esqueci de falar..."

"Hum..."

"É um quadro com três gatinhos numa cesta de vime. Os gatinhos são lindos; lindos, lindos... Lindos de morrer..."

"Desse também você gosta..."

"Posso te dizer?"

"Pode."

"Não gosto."

"Não? Por quê?"

"Não sei; eu mesma não sei por quê."

"Hum."
"Eu devia gostar, não devia?"
"Devia."
"Mas não gosto."
"E não sabe por quê."
"Não é que eu não sei; eu sei, entende?"
"Não."
Ela riu.
"Eu vou te explicar", ela disse.
"Não", eu disse, "não precisa."
"Você disse que não entendeu..."
"Disse, mas..."
"Eu vou te explicar", ela insistiu. "É simples: saber, eu sei; só que eu não tenho certeza. Entendeu agora?"
"Entendi: você sabe, mas você não tem certeza."
"Isso. Não é simples?"
"Simplíssimo."
"Pois é, eu é que compliquei. Mas eu sou assim, eu sempre complico as coisas."
Eu sorri.
"Eu acho que isso — eu não gostar do quadro, não é a minha complicação, não —, eu acho que isso é porque o quadro me faz recordar de um gatinho que eu tive quando eu era criança, um gatinho que morreu."
"Sei..."
"Você também acha que pode ser isso? Você é muito inteligente..."
"Não sei se sou, mas agradeço o elogio..."

"Você também já teve algum gatinho quando era criança?"
"Já."
"Quem não teve, né?"
"É verdade."
"Quem não teve um gatinho..."
"É..."
"E o seu também morreu?"
"Morreu."
"Claro, né? Já faz tempo..."
"Pois é..."
"Ele morreu de quê?"
"O gato?"
"É."
"Ele morreu de tédio."
"Tédio?..."
"É."
"Gato sente isso?"
"Sente. Você não sabia?"
"Não..."
"Você não reparou que eles vivem bocejando?"
"Não."
"Vivem; gato vive bocejando."
"É de tédio..."
"É, de tédio."
"Pois eu não sabia..."
"Eles bocejam tanto, que a boca pode até acabar se rasgando, e aí eles morrem."

"Com o seu gato foi assim?...", ela disse, meio rindo.
"Foi."
"A boca dele rasgou..."
"Rasgou..."
"E aí ele morreu..."
"Morreu..."
"E você escreveu um artigo."
"Artigo? Eu era criança, esqueceu?"
"Pois então escreve agora", ela disse.
"É..."
"Escreve assim: 'O gatinho que eu tinha'."
Eu ri.
"'O gatinho que eu tinha era muito bonitinho, mas aí ele morreu com a boca rasgadinha.'"
Tornei a rir.
"Que tal?", ela perguntou.
"Ótimo", eu disse. "Você dá para jornalista..."
"Não dou, não", ela disse, rindo; "mas gostaria de dar..."
"É?..."
"Gostaria..."
"Às vezes você ainda dará..."
"Quem sabe?...", ela disse, ainda rindo.
Percorreu de novo, com os olhos, a sala.
"Você fica sozinho aqui essa hora?"
"Fico; essa hora geralmente eu fico."
"Você não tem medo?"
"Medo?", eu perguntei. "Medo de quê?"

"Não sei; alguma pessoa entrar aqui e..."
"Quem, por exemplo?"
"Algum ladrão."
"Ladrão?"
"Ou então alguma mulher; alguma mulher entrar aqui e te agarrar..."
"Será que tem alguma mulher querendo me agarrar?..."
"Quem sabe?..."
Eu ri e simulei então procurar um objeto na gaveta — um objeto que eu não estava conseguindo encontrar...
"Mas que calor!", ela disse, se abanando com as mãos. "Dá vontade de... vontade de tirar a roupa..."
A isca era perfeita: era só morder. Eu diria: "Por que você não tira?" E ela: "Você quer?" E eu. E ela. E nós...
Mas, em vez de dizer isso (negócio bom não bate à porta, dizia meu pai), eu disse que precisava dar aquela hora um telefonema que eu havia prometido dar.
"Eu espero", ela disse; "pode telefonar."
Fui para o outro telefone, que ficava atrás, mais longe, no canto.
Era um telefonema sobre uma reportagem, um assunto complicado, cheio de vaivéns, e eu, irritado, tive até de subir a voz:
"Você não entende, rapaz? Será que eu vou ter de explicar tudo de novo? Será que eu vou ter de voltar àquela nossa conversa?..."
Gislaine cruzava e descruzava as pernas, olhando para mim, para os objetos na sala, para... Depois levou a

mão à boca e — horror dos horrores — começou a roer as unhas. Por fim, e meio de repente, se levantou e acenou que já ia.

Eu deixei um minuto o telefone e então disse a ela que sentia muito, mas que, infelizmente, e que isso e que aquilo e que...

"Outra hora eu volto", ela me cortou secamente, com uma cara nada boa e, por certo, pensando que daquele mato não sairia coelho.

Muito pior, entretanto, seria sua cara se ela soubesse que eu tinha discado para um telefone inexistente e que aquela hora, do outro lado da linha, não havia simplesmente ninguém.

Eu a tinha feito de boba; mas quando a vi indo embora pelo longo corredor do jornal, requebrando com fúria aquele traseirão, não deixei de pensar que bobo, bobo mesmo, se houvera um ali, tinha sido eu...

Engana-se, porém — e fui, é claro, o primeiro a me enganar — quem pensou que aquela história terminava ali. Pensar isso seria não conhecer as mulheres. (Mas será que há alguém que as conheça?...)

No dia seguinte, à noite, estava eu posto em sossego no meu apartamento, quando o telefone tocou.

"Ramon?"

"Sim."

"É a Gislaine."

"Gislaine?", eu disse, meu coração batendo mais forte.

"Tudo bem?", ela perguntou, num tom pra lá de doce.

"Tudo bem", eu disse, no mesmo tom e decidindo: essa eu não vou deixar passar; pombas, eu não era santo nem de ferro.

"Resolvi te ligar...", ela disse.

"Espero que você não tenha ficado chateada comigo...", eu disse.

"Chateada?"

"Ontem", eu disse, "aquela conversa, o telefone..."

"Não", ela disse, num tom agora pra lá de compreensivo, "eu não fiquei, não..."

"Não mesmo?"

"Não. Eu sei como são essas coisas..."

"Ainda bem", eu disse, alegre.

"Namorado é assim mesmo..."

"Como?...", eu perguntei.

"Eu disse: namorado é assim mesmo."

"Namorado?...", eu estranhei. "Namorado como?..."

"Não é com ele que você estava falando?"

"Ele?..."

"Seu namorado."

"Você ficou maluca, menina?", eu perguntei.

"Eu não", ela disse, "só se você ficou."

"De onde você tirou isso?"

"Ah, Ramon, você acha que eu não sei?"

"Não sabe o quê?"

"Eu sei de tudo, tá?"

"Então me conta, que eu não sei de nada."

"Mas não precisa se preocupar", ela disse; "eu não vou contar para os outros..."

"Não, né?"

"Os únicos que sabem disso é você, eu e o Leo — aquele tal de Pastor Pedro."

"Hum."

"Pastor...", e ela deu um risinho. "Só se for pastor de piranhas... É, pastor de piranhas dá mais certo; ele não era pescador?"

"Hum."

"O pastor de piranhas é que me contou."

"É, né?"

"Desde os tempos em que vocês iam juntos ao lago."
"Sei..."
"Ele disse que vocês mandavam ver..."
"É?"
"Ele disse que...", e ela deu outro risinho, "disse que vocês nadavam pelados, os dois peladinhos, depois iam para a sombra das árvores e aí... sai de baixo..."
"Não, não é sai de baixo: é fica debaixo."
"Diz que era uma loucura."
"Era..."
"Sei até como ele te chamava..."
"Sabe?"
"Hum-hum..."
"Roman?"
"Isso."
"Roman Polanski?"
"O do cinema?", ela perguntou.
"É; porque víramos juntos, no cinema, um filme dele", eu contei, "e, por causa disso, ele me chamava de Roman, trocando as letras."
"Não", ela disse, "não é isso; é romã, a fruta, a fruta que a gente come..."
Meu Deus, aquela mulher era maluca; aquela mulher era maluca...
"Isso foi a coisa de que eu mais gostei", ela continuou: "Romã..."
"Tem muito mais coisa, boba", eu disse, resolvendo entrar na dela (epa!).

"Tem?"
"Ih, muito mais…"
"Imagino…"
"Você não gostaria de saber?…"
"Eu adoraria…"
"Pois então vem pra cá, para o meu apartamento."
"Eu? Ir aí? Você está é louco! O que eu vou fazer aí, no seu apartamento? Além disso, eu gosto é de homem."
"Então?"
"Eu gosto é de macho."
"Então? Vem pra cá. *Here's the place.*"
"Entendeu, Romanzinha?"
"Sim, putinha."
"Putinha é tua mãe, ouviu? Tua mãe!", e ela desligou.

Santa Mãe de Deus… Lá estava eu, posto em sossego, e vem aquela baixaria toda, aquela baixaria absurda para cima de mim… Eu devia dar agora uma estrondosa gargalhada e afastar de minha mente tudo aquilo. Mas não foi o que eu fiz: nem dei a estrondosa gargalhada nem afastei de minha mente tudo aquilo.

"Ah", eu disse, finalmente, para mim mesmo, "vai pentear macaco!"

E fui cuidar de minhas coisas.

Já tínhamos o drama — se como drama considerarmos a separação do casal e a consequente desagregação familiar —, quando veio então a tragédia.

Uma tarde em que Kelly chegava em casa, o dia já escurecendo, um carro, que vinha em alta velocidade, ao desviar-se de um gato que de repente atravessou a rua, atingiu-a, jogando-a longe.

"Um gato preto", Leo foi logo afirmando, ao chegar.

Não, disse a pessoa que o informara do acidente; o gato não era preto: era um gato amarelo — o gato do vizinho.

Quanto ao motorista, não dera para ver: ele sumira na hora, sem prestar socorro. Tudo indicava, porém, que fosse um forasteiro.

Socorrida por populares e levada ao hospital, logo se constatou que a coluna vertebral da menina fora lesada de uma forma que parecia irreversível. Resultado: Kelly estava — e provavelmente assim ficaria para o resto da vida — paraplégica.

O fato, por uma ironia do destino — para usar esse terrível lugar-comum, em mais de um aspecto terrível —, o fato ocorreu no dia 12 de outubro, Dia da Criança, e a menina vinha de uma festinha na escola, onde se exibira como bailarina.

Leo, não sei por quê, não veio logo do Rio. Quando veio, Kelly estava ainda no hospital. E ocorreu então a cena que várias pessoas testemunharam e que, a meu ver, deflagrou a outra e maior tragédia que algum tempo depois viria, confirmando o dito popular de que uma desgraça nunca vem só — ou desgraça pouca é bobagem.

Leo chegou e foi direto para o quarto. O que se passou nesse momento, abstenho-me de contar, deixando-o à imaginação de cada um. Mas vou contar — ou tentar contar, reproduzindo o que me contaram — o momento seguinte.

Depois de choros, abraços e beijos — em suma, de muita alegria e muita dor misturadas —, a menina diz:

"Papai, eu quero levantar: me cura!"

Leo passa a mão no rosto dela, olha para os lados, para as pessoas, Gislaine principalmente.

A menina, me disseram, já tinha visto pela televisão as "curas" do pai, do Pastor Pedro.

"Eu quero dançar de novo, Papai: me cura!"

Leo então — sempre segundo o que me contaram — se afasta da cama, fecha os olhos, fica um instante em silêncio, e com ele todos os que se encontravam no quarto aquela hora. Depois respira fundo, ergue as mãos para o alto, olha para a menina e diz:

"Pelos poderes da fé e em nome do Senhor Jesus, eu te ordeno: Kelly, levanta-te e anda!"

Preciso contar o resto? Sim, preciso. Kelly, é claro, não andou: não moveu, literalmente, um dedo.

Leo olhou-a, olhou-a, e, no meio daquele silêncio horrendo, ouve só uma frase, tênue, balbuciada pela menina:

"Eu não dei conta, Papai; eu não dei conta de levantar..."

Leo então, sem dizer nada, saiu de repente do quarto — "feito um touro enlouquecido", me disse a mesma pessoa que me narrou o episódio.

Saiu e sumiu. E ninguém, depois disso, soube mais dele. Nem mesmo Mosquito, que parecia sempre saber de tudo e de todos.

Um dia, aliás, eu disse a ele:

"Mosquito, em vez de você estar aqui, na feira, você devia estar é lá no jornal, comigo, trabalhando de repórter."

Ele:

"Que é isso, ô meu. Se não fosse a escolinha da Dona Margarida, eu hoje seria um analfa completo..."

Bem: as semanas e os meses se passaram, quando, um dia, vou indo pela rua e encontro o Professor Teófilo.

"Você não sabe quem eu vi lá, no Rio", me disse ele.

O Professor Teófilo tinha sido o meu professor de português na escola e fora ele quem, quando me formei, me arranjara a colocação de professor no colégio.

Professor meu e também do Leo, a resposta foi fácil:

"O Leo", eu disse.

"O Leo, o Leonardo, meu ex-pupilo e seu colega, seu dileto amigo. Só que..."

"O quê?"

"Você não imagina..."

"Não imagina o quê, professor?"

"Santo Deus..."

"Aconteceu alguma coisa com ele?", perguntei apreensivo.

"Eu vou te contar", ele disse, "eu vou te contar..."

Ele contou. Contou que, aproveitando a folga do Carnaval, tinha ido ao Rio para visitar um casal de tios já velhos.

"Olha, professor...", eu disse.

"O quê?", ele perguntou.

"Vamos dizer a verdade... O senhor foi ao Rio não foi para isso... O senhor foi ao Rio foi para ver as beldades no desfile das escolas de samba..."

"Não, não", ele negou, de modo enfático. "Eu não fui ao Rio para ver as pulcritudes: eu fui ao Rio para ver as senectudes. Que é, aliás, o que se espera de uma pessoa como eu, também já em idade provecta..."

"Provecta nada professor; o senhor está muito enxuto ainda..."

Dizia-se — mas o que não se diz de um solteirão? —, dizia-se, à boca pequena, que seria o Professor Teófilo, quando jovem, o autor dos cartões da *Moçalinda*. A afirmação baseava-se principalmente no fato de ser o professor, a par de grande conhecedor da língua portuguesa, um exímio desenhista: na época do Natal, fazia ele, para vender, sob o nome artístico de Amicus Dei, cartões com motivos religiosos, o que lhe dava um dinheirinho extra para as despesas, ele que vivia apertadamente da aposentadoria e de algumas raras aulas particulares de português. Pessoas mais atentas, ao comparar os cartões, os pornográficos e os natalinos — ou, dito de outro modo, os profanos e os sacros —, haviam notado entre eles fortes semelhanças: o traço, o uso das cores, alguns detalhes técnicos... Seria mesmo? Seria o professor o autor dos famosos cartões? E havia mais ainda: havia a secretíssima *Série Satânica*, com forte mistura de satanismo e sexo, também atribuída a ele. Um dos cartões

— só para dar uma ideia da série — mostrava Jeová sendo sodomizado à força nada menos do que pelo próprio Satã..."

"Mas", disse o professor, "retomando o curso de meu périplo carioca..."

Ele então contou: o casal de tios morava em Madureira; ele foi lá, num final de tarde; quando voltava para o hotel em que se hospedara, no Centro, já de noite, ao virar numa esquina, quem ele vê? Ou, nas palavras dele: "Quem eu lobriguei?"

"O Leo", eu disse.

"O Leo, o Leonardo. Só que eu não acreditei."

"Por quê, professor?"

"Pelo estado dele."

"É?"

"Ele parecia um mendigo, parecia um vagabundo: sujo, maltrapilho, barbudo..."

"Mesmo?", eu perguntei.

"Mesmo", o professor disse. "Eu não estou te contando?"

"Hum..."

"Eu fiquei chocado, assaz chocado. Mais chocado até, confesso, do que condoído."

"E ele?", eu perguntei.

"Ele?"

"Quando ele viu o senhor."

"Quando ele me viu, ele fugiu; fugiu na hora. Quando, de inopinado, eu parei e olhei para ele", e o professor encenou o momento, "quando eu nele fixei assim os meus olhos, ele zás!, se escafedeu num átimo."

"Que coisa...", eu disse.

"Estou até hoje transido", o professor disse. "Eu queria te encontrar para te contar isso."

"Puxa...", eu disse.

"O que ele fez para chegar a isso?", o professor me perguntou, perplexo. "O que ele fez para virar esse rebotalho?"

"Não sei..."

"Eu tenho a minha explicação", disse o professor, "e acho que ela não é de todo descabida. A minha explicação é que foi a infanta."

"Quem?"

"A filha, a menina; o acidente..."

"O senhor acha?"

"Acho", ele disse. "Acho, sim. Aquilo foi demais para ele; ele perdeu as luzes. Porque... Eu vou te dizer: quem eu vi aquela noite era o retrato acabado de um louco, de um demente."

"Mas", eu disse, sem poder acreditar, "será que era ele mesmo, professor? O senhor tem certeza?..."

"Você está pondo em dúvida as minhas faculdades cognitivas?", ele disse, meio bravo.

"Não", eu disse, "em absoluto. É que... Sei lá, às vezes outra pessoa, às vezes alguém parecido com o Leo..."

"Antes fosse, meu jovem", disse o professor, em profundo tom de lamento, "antes fosse outra pessoa, e não o meu ex-pupilo Leonardo..."

Nem bem mais uma semana se passara, Lulu — uma cabeleireira que anunciava no nosso jornal os serviços de seu salão de beleza — vinha também me falar de Leo.

"Você está sabendo?...", ela me perguntou.

"Estou", eu disse, pegando uma latinha de cerveja na prateleira do supermercado, onde nos encontráramos; "o Professor Teófilo me contou."

"O Professor Teófilo?", ela admirou.

"É", eu disse, e contei para ela da viagem do professor e o que ele presenciara.

"Ele ficou muito chocado", eu disse. "Eu também fiquei. Quem não ficaria? O professor acha que o Leo ficou louco."

Lulu me escutou em silêncio. Depois disse:

"Ramon, você já reparou nos óculos do Professor Teófilo?"

"Quem não?", eu respondi, como diria o Ari.

"E a idade dele?", continuou Lulu.

"A idade eu não sei, mas calculo que ele já deve ter uns 70 e lá vai pedrada."

Ela sacudiu a cabeça, concordando.

"Agora", eu acrescentei, "eu ouvi dizer que ele não conta a idade para ninguém..."

"Eu também já ouvi dizer; mas deve ser mesmo mais de 70."

"É por aí...", eu disse.

"Pois é", Lulu disse: "um homem com mais de 70 anos, com uns óculos daqueles, num bairro do Rio, à noite... Você acha que dá para confiar no que ele viu?..."

"Eu também levantei essa dúvida", contei.

"Dá para confiar?..."

"É..."

"Louco...", Lulu disse, rindo. "O Leo está é muito bem, meu filho. O Leo está ótimo. O Leo está em Cabo Frio."

"Cabo Frio?..."

"Já começa por aí: Cabo Frio, e não Madureira..."

"Mas... E a igreja dele?...", eu perguntei.

"A igreja dele? Sabe qual é agora a igreja dele?"

"Não."

"A igreja do Leo agora é uma casa com piscina e tudo o mais de bom que você possa imaginar..."

"É?"

"Piscina, uisquinho ao lado... E não é essas porcarias aí, não", ela disse, apontando para as garrafas de uísque na prateleira. "É coisa fina, meu filho, coisa de primeira, uísque importado..."

Se há quem fala pelos cotovelos, pode-se dizer também que há quem escuta pelos cotovelos. Lulu seria uma dessas pessoas. Portanto era preciso ter cuidado com o que ela dizia, e não ir embarcando logo...

"E como que o Leo deu esse salto?", eu perguntei.

"Como? Bem, segundo as más línguas — ou será que a gente deveria dizer boas línguas? —, ele está de caso com uma atriz da Globo. Qual é a atriz eu não sei te dizer, mas diz que é uma das mais bonitas..."

"Hum..."

"Você sabe: o Leo tem boa estampa, a conversa fácil... Ainda mais depois que ele foi pastor. Porque se há uma coisa que esses crentes sabem é engabelar a gente; eles sabem levar a gente na conversa..."

Eu ri.

"Qualquer dia desses nós estamos vendo o Leo numa dessas revistas de fofocas de artistas..."

"É..."

"E se brincar, se brincar, não demora, ele está numa das novelas da Globo; você vai ver... Escreve aí o que eu estou te dizendo..."

"Eu estou sem lápis e papel...", eu disse.

"Você vai ver...", disse Lulu.

"Quer dizer que o Professor Teófilo..."

"Coitadinho...", disse Lulu. "O Professor Teófilo é um amor de pessoa, mas, com aquela vidraça, ele não deve estar enxergando nem um palmo adiante do nariz..."

Menos de um mês depois, um motorista de caminhão, meu conhecido, Boiadeiro, ao trazer uma encomenda para o jornal, deu comigo no corredor e, depois de um breve papo, disse:

"E o Leo, hem?..."

"O Leo?"

"Quem diria, né?..."

"Ele morreu?"

"Que é isso, rapaz?"

"Pelo seu tom..."

"Não, o Leo está vivo, vivíssimo", Boiadeiro disse. "Ele foi para longe, mas nem tanto..."

"Para onde que ele foi?"

"Você não está sabendo?"

"Bom", eu disse, "a última notícia que eu tive é que ele estava na Itália, num orfanato, cuidando de crianças abandonadas."

Boiadeiro deu uma risada.

"O Leo cuidando de crianças?..."

"Foi o que eu ouvi", eu disse.

"Como diziam os antigos: vai contar essa pro Papudo...", e ele tornou a rir.

"Onde então está o Leo?", eu perguntei.

"Sabe onde?"

"Onde?"

"O Leo está aqui, ó", e Boiadeiro bateu com força o pé no chão.

Eu não entendi.

"No Japão, rapaz!"

"No Japão?"

"O Japão não está aqui embaixo?"

"É."

"Foi isso o que eu aprendi na escola."

Eu sacudi a cabeça, concordando.

"Pois então: o Leo está no Japão."

"O que ele foi fazer lá?", eu perguntei, admirado.

"O quê?"

"É."

"Ele foi pescar tubarão."

"Tubarão?..."

Boiadeiro sacudiu a cabeça:

"Tubarão..."

"Olha só..."

"Você não estava mesmo sabendo?", ele me perguntou.

"Não", eu disse; "juro que eu não estava."

"Pois é, o Leo está lá, no Japão; pescando tubarão. Mas deixa eu te explicar melhor", Boiadeiro disse; "uma coisa é você pescar traíra, ou um peixe qualquer desse tipo; outra é você pescar tubarão."

Eu sacudi a cabeça.

"Traíra você pesca sozinho; entendeu?"

"Eu sei; eu já pesquei."

"Tubarão, não", ele prosseguiu. "Tubarão você pesca em navio, com outras pessoas."

"Quer dizer que o Leo..."

"Isso: o Leo está num navio, um navio-pesqueiro — um navio japonês."

"E como que ele faz para se comunicar?"

"Se comunicar? Ah, mas isso nunca foi problema para ninguém", disse Boiadeiro. "Só se o sujeito for muito burro, o que não é o caso do Leo."

"Hum..."

"Você quer ver?", ele disse, me pondo a mão no ombro: "Eu conheci, há pouco tempo, lá no Amazonas, um índio que não falava uma palavra de português.

E eu, por minha vez, não falava uma palavra da língua dele — nhengatugatu tucurucutu, aquele trem. Pois você não há de ver que meia hora depois nós dois já estávamos abraçados como velhos amigos e dando gargalhadas?"

"Só mesmo você, Boiadeiro..."

Ele riu.

"Só mesmo você..."

"Mas o Leo...", ele disse. "Imagina, sô: pescar tubarão no Japão. É preciso ser muito doido, né? Ou então... Sei lá..."

Lembrei-me daquela noite em meu apartamento, Leo dizendo que ainda atravessaria o oceano...

"Como que você ficou sabendo?", eu perguntei.

"Do Leo?"

"É."

"O Ziza; foi o Ziza que me contou."

"Ziza?", eu perguntei.

"Ziza é um amigo meu, lá do cais do porto, no Rio. Ele é que me contou. E tem mais...", disse Boiadeiro, me puxando para perto: "O Ziza disse que o Leo se engraçou com uma japonesinha..."

"É?"

Ele sacudiu a cabeça, com um sorriso alegre nos lábios.

"E outra", disse: "a garota já está esperando um bebê..."

"Ê, Leo...", eu disse.

"Agora", Boiadeiro lembrou, "agora nós vamos ficar sabendo direito — se o Leo voltar, né?, se o Leo voltar do

Japão... —, nós vamos ficar sabendo como que é mesmo a coisa, se é atravessada ou não."

E ele deu uma risada.

"Diz que tem um teste", ele continuou; "diz que tem um teste: você joga a japonesa, sem calcinha, escada abaixo, uma escada de madeira: se fizer blá-blá-blá é porque a coisa é mesmo atravessada."

Nós rimos.

"Mas quem me contou isso — da japonesinha — foi também o Ziza, só que ele disse que foi outra pessoa que contou para ele, e, por isso, ele não podia jurar que é verdade. Mas você sabe, né? Onde há fumaça, há fogo."

"É."

"Agora, a história do navio-pesqueiro diz que é verdade mesmo. Não sei se o Ziza conheceu o Leo pessoalmente; mas tudo o que acontece ali, no cais do porto, o Ziza fica sabendo."

"Hum.'

"Às vezes eu acho que ele aumenta um pouco as coisas; às vezes eu acho. Mas quem não aumenta, né? Todo o mundo é assim. Tem até aquele provérbio — hoje eu estou bom de provérbio... —, tem aquele provérbio, quem conta um conto aumenta um ponto."

"É."

"Mas o Ziza, ele me disse até o nome do lugar onde o navio do Leo está pescando: Ilhas Fuji. Ou é Fiji... Você, que é jornalista..."

"Fiji. Fuji é a marca dos filmes de fotografia."

"Então é Fiji mesmo. Ihas Fiji. Pois é lá que eles estão pescando. E o tubarão que eles pescam é o branco."

"O branco?"

"O branco. O tubarão-branco é o mais feroz de todos. Diz que se o cara cair na boca de um, depois de alguns minutos só resta o esqueleto. Mas diz que há uns tubarões que comem também até o esqueleto — comem tudo, não sobra nada."

"Que horror, hem?"

"É. Diz que é assim."

"Que horror."

"Tubarão-branco é o daquele filme — você viu..."

"Vi", confirmei; "o filme eu vi."

"Pois é; tubarão-branco é daqueles. O bicho é uma fera, um monstro. Tomara que não aconteça nada com o Leo", e Boiadeiro fez um rápido sinal da cruz. "Tomara..."

"É...", eu disse.

"Bom", disse Boiadeiro, "deixa eu ir andando..."

Despediu-se de mim e se foi pelo corredor. Mas de repente virou-se, deu um sorriso e disse alto:

"Arigatô!"

Eu ri.

Ninguém

Tese, antítese e síntese — dizia o velho Hegel. Sem querer ser cruel (mas que jornalista não tem sempre lá, num cantinho de seu cérebro, um pouco de crueldade?), Leonardo, o Leo, era a tese; o Pastor Pedro, a antítese; e a síntese, a síntese foi aquela triste figura que naquela fria noite de sexta-feira, em maio, de maneira novamente inesperada, bateu à porta de meu apartamento.

Se daquela primeira vez, no jornal, não era mais o Leo, como ele próprio fizera questão de me dizer, agora, sem que ele dissesse, e nem precisava, não era mais o Pastor Pedro: não era um nem outro. Quem estava ali, à minha frente, era quase um estranho: um sujeito magro, cabeça rapada, olhos vermelhos e, eu notaria depois, uma ligeira tremura nas mãos — não mais as calejadas mãos do pescador nem as bem-cuidadas mãos do pastor.

"Leo!", eu disse. "Que surpresa!"

"Eu voltei", ele disse.

"Do Japão?", perguntei.

"Japão?...", ele arregalou os olhos.

"Você não estava lá?"

"Lá onde?"

"No Japão", eu disse.

"Você ficou maluco?"

"Foi o que eles disseram aí."

"O que eu ia fazer lá no Japão?..."

"Pescar tubarão."

"Pescar tubarão?...", ele arregalou mais ainda os olhos. "Esse pessoal está maluco. De onde que eles tiraram isso?"

"Eles disseram aí."

Ele mexeu a cabeça várias vezes.

"Quer dizer que a atriz da Globo...", eu disse.

"Atriz?..."

"Bom", eu disse, "deixa pra lá e me fale de você."

Convidei-o a sentar-se. Ele sentou-se no sofá.

"Mas então...", eu comecei.

"Pois é", ele disse, "eu voltei."

"E a igreja?", eu perguntei.

"A igreja? Eu mandei tudo à merda", ele disse.

"É?"

"Eu mandei tudo à merda."

"Hum..."

"Eu cansei de mentir: mentir aos outros, mentir a mim mesmo, mentir a Deus."

"E os pastores?", eu perguntei.

"Os pastores?"

Ele olhou para mim e, com um resto ainda da postura do Pastor Pedro e empostando a voz, disse:

"'Eles são fonte sem água, nuvens agitadas por turbilhões, aos quais está reservada a obscuridade das trevas.'"

Palavras aquelas — ele a seguir me informou — de um outro pastor e de um outro Pedro.

"Mas esse", acrescentou, "esse era Pedro de verdade e pastor de verdade. Não era uma fraude, como eu e os outros."

"E o Mister Jones?", eu segui perguntando.

"Mister Jones?..."

"Pelo menos a Senhora Jones foi gentil, mandando a cadeira de rodas para a sua filha", eu disse. "Segundo eu soube."

"É...", ele disse, num tom meio reticente.

"Soube que ela mandou até uma cartinha simpática."

"É...", ele disse, no mesmo tom.

"Não houve isso?...", eu perguntei.

"Houve", ele disse, "houve isso: a cadeira, a carta..."

"E então?"

"O que não houve nem há é a Senhora Jones."

"Como?", eu perguntei, sem entender.

"Não há nenhuma Senhora Jones, Ramon."

"Mas então quem é a Senhora Jones?", eu perguntei.

"A Senhora Jones é o Mister Jones mesmo."

"É?..."

Ele balançou a cabeça devagar.

"Essa é boa...", eu disse.

"Pois é...", ele disse.

"Mas... E o Mister Jones?", eu perguntei.

"O quê?"

"Quem é, afinal, o Mister Jones?"

"Ninguém sabe", ele respondeu.

"Não?"

"Ninguém sabe."

"Alguém deve saber."

"Não, não sabe. Ninguém sabe quem é o Mister Jones."

"Hum..."

Leo olhou para mim:

"Você sabe quem é você?"

"Bom", eu disse, "eu tenho cá algumas conjecturas..."

"Pois eu acho que nem o Mister Jones sabe quem é o Mister Jones."

"Isso é trágico", eu disse.

"Trágico? Mas tudo é trágico."

"Nem tanto também, né?..."

"É, sim. Tudo é trágico. Nascer não é trágico? Viver não é trágico? Morrer não é trágico? Então tudo é trágico."

"Pois eu às vezes acho que tudo é cômico, irresistivelmente cômico."

"Não; tudo é trágico."

"Bom", eu disse, "não vamos discutir sobre isso, ou nós vamos acabar numa tragédia — ou então, mais provavelmente, numa comédia..."

Perguntei onde que ele estava hospedado.

"Na pensão de Dona Nenzinha", disse.

A pensão de Dona Nenzinha era uma pensão aonde Leo, quando adolescente, muitas vezes fora — algumas, comigo de companhia — vender os seus peixes, no tempo em que ainda os vendia de porta em porta, antes de ter sua banca na feira.

Gislaine — ele acrescentou, num tom constrangido e, pareceu-me, triste também — não queria vê-lo mais, e com ela, certamente influenciada pela mãe, a filha.

Ele disse que precisava arranjar um emprego, alguma coisa que desse para ele sobreviver. Lembrou, então, a frase — o salmo — dita pelo pastor aquele primeiro dia, à beira do lago: "O Senhor é meu pastor, nada me há de faltar."

"Nada me faltou mesmo, Ramon, nada: dinheiro, carro, mulheres..."

"Pastor assim vale a pena...", eu brinquei.

"Agora me falta tudo: dinheiro, carro, mulheres... E também emprego, saúde, família, comida..."

"Hum...", eu disse.

"Até o porcaria daquele relógio — lembra? — até o porcaria daquele relógio eu perdi."

Eu balancei a cabeça.

"Eu perdi tudo. E agora sabe quem eu sou? Ninguém."

"Não, não é assim", eu disse.

"É", ele disse, "é assim. Eu agora sou ninguém."

"Por que você não volta a pescar?", eu perguntei, sem muita esperança — ainda mais depois do Disk-Peixe, instalado na cidade havia quase um ano já, e funcionando com muito sucesso.

(A propósito, como Ari não veio à inauguração — por um problema lá qualquer, segundo um funcionário —, eu acabei ficando sem conhecer a sua história, a história de alguém que detesta peixe e vai trabalhar numa firma que vende peixe...)

Leo ficou um instante em silêncio, depois respondeu:

"Eu não tenho coragem, Ramon..."

"Lance o seu anzol e pegue o seu peixe!", eu disse.

Ele riu.

"Você pode, aos poucos", eu continuei, "você pode, aos poucos, ir reconquistando a sua freguesia..."

"Não, não é isso."

"O que é, então?"

Ele ficou de novo em silêncio. E aí disse:

"É que eu não tenho coragem de voltar ao lago."

"Por quê?"

"Não sei; eu não tenho coragem. Além disso... Tudo já deve ter mudado: o lago, as pessoas..."

Eu não disse nada.

"As pessoas já não são mais as mesmas", ele continuou. "Eu também já não sou mais o mesmo."

"Ninguém é mais o mesmo", eu disse.

"Eu mudei, Ramon", ele disse; "eu mudei muito. Eu sou hoje um estranho: um estranho para os outros e um estranho para mim mesmo."

"Hum."

"Às vezes, sabe, às vezes eu olho no espelho e penso: quem é esse sujeito aí? Pior: às vezes eu faço coisas que normalmente eu não faria. É como se eu fosse um outro, entende? Um outro agindo em meu lugar. Mas que outro é esse? Se ele não é eu, então quem é ele?"

"Isso passa", eu disse, em tom de brincadeira, "isso passa... E o lago, penso, seria muito bom para você. Voltar a pescar nem que seja..."

Nem que seja por divertimento, ia eu dizer, mas ele subitamente se ausentara da conversa, mergulhado em seus pensamentos.

De repente sorriu:

"Será que lá ainda tem água?"

"Se não beberam...", eu respondi.

Foi, naquela noite, um dos raros momentos de descontração.

"Aposto que você até hoje não foi pescar os bagres...", ele ainda disse.

"Não", eu disse, "não fui; mas, também, sem meu companheiro..."

"Sem a besta de seu companheiro..."

"Aquele dia você parecia decidido a não aceitar o convite de Mister Jones...", eu lembrei.

"Aquele dia?..."

Ele ficou um instante rememorando.

"Não sei", disse; "não estou me lembrando muito bem do que eu disse aquele dia... Minha memória não anda muito boa, Ramon; não sei o que é..."

"Bom, mas isso também não tem importância", eu disse. "Isso já ficou para trás."

"Às vezes o que ficou para trás é o que está pela frente", ele disse. "E às vezes o que está pela frente é o que ficou para trás."

"É...", eu concordei, sem entender o que ele queria dizer com aquilo.

"Às vezes também", ele prosseguiu, "às vezes o que está embaixo é o que está em cima; e o que está em cima, o que está embaixo."

Eu balancei a cabeça.

"Às vezes o começo é o fim, e o fim, o começo."

"Bom", eu disse, "mas, voltando ao lago: você não acha que, nem que seja por divertimento, você..."

"O lago não deve ter mais peixe, Ramon", ele me cortou.

"Por quê?"

"Porque tudo o que é bom um dia acaba."

"O que é mau também acaba."

"Mas o que é mau dura muito mais, já reparou?"

"Não sei..."

"Claro; é só reparar. E sabe por quê?"

"Por quê?"

"Porque quem manda no mundo é o diabo."

"Hum."

"Quem manda no mundo é o diabo. Tem gente que acha que quem manda no mundo é Deus, mas não é: é o diabo. Deus pode mandar lá em cima, nas esferas celestes, mas aqui embaixo, aqui na Terra, quem manda é o diabo — é Lúcifer. Ele é o dono, o chefe, o rei, a majestade suprema. E é por isso que as coisas boas acabam logo e que as ruins duram muito mais, ou duram para sempre."

"Bom", eu disse, já um pouco cansado daquela conversa, "espero que pelo menos a sua falta de emprego não dure para sempre..."

Ele riu, se descontraindo.

"De minha parte", continuei, "vou fazer o possível para arranjar alguma coisa para você. Mas, até que isso aconteça, eu vou te arranjar é uma blusa de frio."

"Eu não estou com frio", ele disse, candidamente.

"Está, sim", afirmei, convicto, depois de tê-lo visto várias vezes tremer.

Deixei-o na sala, ele repetindo que não estava com frio, e fui ao meu quarto buscar uma blusa de lã.

"Toma", eu disse, entregando a blusa a ele.

"Obrigado", ele disse. "Depois eu te devolvo."

"Não", eu disse, "não tem devolução: é um presente."

E lembrei:

"Quem tem duas túnicas, que dê uma ao que não tem."

Ele tornou a me agradecer, comovido.

"Você é um dos raros amigos que eu ainda tenho aqui, Ramon..."

"Deixa de bobagem", eu disse; "todos os seus amigos continuam seus amigos. Por que não?"

"Não, não é assim", ele disse. "São poucos; os amigos são poucos. É você, o Mosquito, e um ou dois mais."

Eu me calei, sem mais o que dizer.

"Eu já vou", ele disse então, se levantando meio de repente.

"Não sinta frio, mas fique frio", eu brinquei. "No fim vai dar tudo certo — você vai ver..."

Ele sorriu, me agradeceu de novo a blusa — que, talvez, por um pouco de vergonha, deixou para vestir lá fora — e se foi.

Sozinho no apartamento, depois da saída de Leo, debrucei-me sobre a janela do nono andar, onde moro, e fiquei olhando para a cidade.

"Ao norte o lago, ao sul a serra, a leste o brejo, a oeste a terra." Eu sempre me lembrava dessa quadrinha, anônima, uma espécie de retrato três por quatro de Flor do Campo.

Lembrava-me também, então, da origem do nome da cidade. Segundo a tradição, a mulher de um dos primeiros administradores, durante um passeio a cavalo que o casal fez à serra, ao contemplar lá do alto as primeiras casas, disse: "Esse arraial é uma flor." Ao que o marido completou: "Uma flor do campo." Banal assim... Mas o que não é banal? Tudo é banal: as coisas, as pessoas, a vida... Tudo é banal...

Eu gostava de ficar ali, assim, sozinho, à janela, olhando para aquela paisagem noturna e pensando naquelas pequenas coisas — até que me cansava e voltava ao interior do apartamento e aos gestos mecânicos de mais um fim de noite.

Naquela noite, insone e com preguiça de ligar a televisão para ver as bobagens de sempre, ou colocar um filme no vídeo, deitei-me no sofá e fiquei pensando em Leo e tudo o que acontecera. Peguei então a Bíblia, na estante ao lado, e procurei, por mera curiosidade, a citação que ele fizera, de São Pedro.

A citação está na Segunda Epístola, capítulo 2, sobre os "falsos mestres". E um pouco antes, no mesmo capítulo, vem: "E também houve, entre o povo, falsos profetas, como entre vós haverá, também, falsos doutores, que introduzirão encobertamente heresias de perdição, e negarão o Senhor que os resgatou, trazendo sobre si mesmos repentina perdição. E muitos seguirão as suas dissoluções, pelos quais será blasfemado o caminho da verdade. E por avareza, farão de vós negócio, com palavras fingidas; e sobre os quais já de largo tempo não será tardia a sentença, e a sua perdição não dormita."

Eu estava lendo, e de repente dormitei — de repente dormi. Dormi e sonhei que estava num longo corredor (o do jornal?), tendo à minha frente, de costas, uma mulher (Gislaine?), o vestido com um buraco em forma de coração, mostrando o traseiro nu. Eu a seguia, mas ela cada vez mais se distanciava de mim. Então corri e finalmente a alcancei, segurando com força os seus ombros. Ela então voltou-se, mas o rosto não era o de uma mulher: era o de um homem, um homem gordo e branco, os lábios com batom vermelho e brincos de argolas grandes nas orelhas. Ele sorriu e abriu os braços para mim. "Mister Jones!", eu disse, e acordei, com o coração batendo forte, a luz acesa e a Bíblia aberta sobre o meu peito.

De manhã, na feira, encontrei-me com Mosquito.

"Mosquito", eu disse, "eu tenho uma boa notícia para te dar."

"O que é?", ele perguntou, sem olhar para mim, conferindo, atentamente, um maço de notas de dinheiro.

"Em homenagem à data de hoje, 13 de maio, eu resolvi te comprar para ser meu escravo", eu disse. "O que você acha?"

Ele sorriu. Guardou, com cuidado, o dinheiro no bolso e, então, finalmente, olhou para mim, com um ar preocupado:

"É, cara, a coisa tá ruça... Muito beija-flor, pouca arara e nenhuma onça... Peixe? Nem pensar... Se continuar assim, não sei como vai ser..."

"Mais um motivo para você aceitar a minha proposta."

Ele sorriu de novo.

"Hoje é aniversário da Vó Áurea", contou. "Eu vou levar um franguinho caipira — para ela, pra gente comer no almoço amanhã. Frango com quiabo."

"Frango com quiabo, angu leva os diabos..."

"É..."

"Frango com quiabo é ótimo..."

"Hoje devem aparecer lá os meus tios, e também uns netos da Vó", disse. "Tem uma neta que mora a três quarteirões da casa dela e só vai lá uma vez por ano, que é hoje, dia do aniversário. Outros dois netos nem neste dia vão — como se a avó deles não existisse mais, já tivesse morrido..."

"Hum..."

"Meus tios... Esses... Esses nem é bom dizer... Eles não ajudam em nada, tudo é minha mãe que faz, e quando eles se encontram é para falar mal dela — pelas costas, né? Pelas costas."

Eu balancei a cabeça.

"Parente é assim; parente é serpente; parente morde a gente."

"É..."

"Minha mãe diz que não liga, que ela cumpre com amor o dever dela, de filha. A única coisa que ela queria, ela diz, a única coisa é ouvir da boca deles uma palavra que ela nunca ouviu: 'Obrigado.' Só isso, ela diz; mais nada."

Eu sacudi a cabeça.

"Agora, você quer ver os meus tios aparecerem? A Vó tem um terreninho aí. De vez em quando as coisas apertam, e ela fala em vender. Aí meus tios aparecem, na mesma hora. É que nem porco no chiqueiro quando você bate na lata de lavagem: 'Coxe, coxe, coxe!' — vem tudo correndo, não fica um porco pra trás."

"Hum..."

"Meus tios, é a mesma coisa. Mas aí a Vó muda de ideia e resolve não vender mais; eles ficam chateados. Não sei — Deus que me perdoe se estou fazendo mau juízo — mas acho que eles até pensam: 'Por que a mãe não morre logo?' Aí eles botam a mão no terreno..."

"Hum..."

"E outra: nenhum está em situação muito ruim, todos eles podem um pouco. Mas dinheiro, né, meu filho? Dinheiro... Falou em dinheiro, vem tudo correndo, feito porco com a lavagem."

"É..."

"Agora, amor?... Isso não existe, cara. Existe, quando muito, um amor burocrático: o filho vai lá, 'tá boa, mãe?', conversa dez minutos, vai embora, e pronto — missão cumprida."

Eu sacudi a cabeça.

"É assim", ele disse. "Amor, amor mesmo, amor de verdade, aquele que mora lá no fundo do coração e é maior que tudo?..."

"Hum."

"Ou então", Mosquito continuou, "telefone: o filho telefona, 'oi, mãe, tudo bem?', isso e aquilo, o olho no relógio, e três minutos depois desliga e pronto — missão cumprida, agora só daqui a mais uns dias."

Eu balancei a cabeça.

"Ah, mas deixa isso pra lá, sabe?", Mosquito disse. "Eu vou cuidar de minha vida, e que cada um cuide da sua."

"É...", eu disse, concordando.

"Mas, e aí?", ele perguntou, olhando para mim. "Tudo certo?"

"Tudo certo", eu respondi.

Contei para ele da visita do Leo.

"Transmimento de pensação", ele disse; "eu ia perguntar se você tinha encontrado com ele..."

Falei por alto de nossa conversa. Mosquito escutou calado. Então disse:

"Sabe quando o cara monta no cavalo errado?"

"Mas não é o Silver, nem o Trigger", eu disse; "nem o cavalo do Buck Jones..."

"Sabe?", ele tornou a perguntar.

"Sei", eu disse.

"E aí o cavalo leva a pessoa para onde ela não queria ir?"

"Sei."

Ele ficou um instante pensativo. Depois disse:

"Mas acho que isso eu queria dizer é para outra pessoa, uma pessoa que passou aqui mais cedo; só que agora é que me veio à cabeça..."

"Certo", eu disse.

Ele pensou mais um pouco, olhou de novo para mim e, fugindo à sua maneira peculiar de falar, cheia de rodeios e negaceios, disse:

"Cara, o Leo se ferrou. É isso: o Leo se ferrou."

"Ele me disse", eu contei. "Ele me disse que, para ele, todo aquele negócio da igreja era mentira. Mas ele está arrependido."

Mosquito balançou a cabeça, me olhando em silêncio.

"Você está por fora...", ele disse.

"Eu? Por quê?"

Olhou então, receoso, para os lados, depois olhou de novo para mim e simulou uma picada no braço.

"Droga?", eu perguntei.

"Droga, cara; droga... Você não sabia?"

"Não, não sabia; eu não sabia de nada."

"Pois é..."

Muita coisa — ou, pelo menos, alguma coisa — se fez clara de repente para mim, a começar do aspecto físico de Leo.

"Foi ele que te contou isso?", eu perguntei.

"Não, não foi ele", Mosquito respondeu. "Eu fiquei sabendo. O que acontece na cidade que a gente não fica sabendo aqui na feira? Tudo a gente fica sabendo: quem está dando, quem quebrou, quem está com aids..."

"Hum..."

"O Leo chegou até a ser preso", continuou Mosquito; "ele chegou até a comer uma cana..."

"Aqui?"

"Não, aqui, não; lá, no Rio, na Cidade Maravilhosa..."

Mosquito riu, com ironia.

"Cidade Maravilhosa... Parece que para o Leo ela não foi muito, não... Ela foi mais é cidade pavorosa..."

Ele fez sinal de que estavam chegando uns fregueses — um casal de velhos.

"Segunda eu vou lá, no jornal, e te conto o resto da história", disse.

"Tá", eu respondi.

"Mas eu queria te contar agora outra coisa", ele disse e se voltou para o casal: "Podem escolher à vontade... Aqui tem tudo quanto é tipo de pimenta..."

"O que é?", eu perguntei.

"É que a minha candidatura vai de vento na popa."

"Em popa", eu disse.

"Em popa? Não é na popa?"

"Não."

Eu expliquei para ele a expressão — o que ela significava.

"Diabo", ele coçou a orelha. "Quer dizer que eu sempre falei errado?..."

"Parece, né?"

"E eu ia falar isso num comício, já pensou?"

"Sorte, hem?"

"Pois é... Bom, mas... Eu bolei esses dias foi o meu slogan..."

"Como que é?"

"É assim: 'De cachimbo, charuto ou pito, vote em Mosquito.'"

Eu ri.

"Bom?", ele perguntou.

"É...", eu disse.

"Eu também achei; mas aí a Dona Margarida — ela passou aqui, e eu contei para ela, já fazendo a minha campanha, né? —, a Dona Margarida me deu um puxão de orelha."

"Por quê?"

"'Você não pode pôr isso, Almerindo'", ela me disse. "'Eles vão pensar que você está fazendo propaganda de cigarro.' 'Mas eu nem fumo, Dona Margarida, todo o mundo sabe.' 'Não importa', ela disse; 'eles vão pensar que você está fazendo propaganda do fumo, e o tabagismo é hoje uma das maiores causas de morte no mundo.' 'Eu sei', eu disse; 'eu vejo televisão. Mas o que eu quis não foi isso', eu expliquei para ela; 'o que eu quis foi mostrar os três extratos da sociedade: a elite, os empresários e o homem do campo.'"

"E o extrato de tomate?", eu perguntei.

"'Foi isso', eu expliquei para ela. 'Mas não é isso o que eles vão pensar', ela disse. 'E tem outra coisa', disse o Sô Dodô, que estava ouvindo a nossa conversa, 'eles podem pensar que algum fabricante de cigarro deu algum para a sua campanha.' 'Isso pode custar a sua derrota, Almerindo', me disse a Dona Margarida..."

"Hum..."

"Eu fui para casa chateado. Mas depois eu pensei: diabo, a gente tem de ouvir as bases. Eu não posso ignorar o que as pessoas dizem: não vão ser elas os meus futuros eleitores?..."

"É..."

"Aí eu tomei lá — lá em casa —, eu tomei lá umas três xícaras de café e botei a cuca pra funcionar. Aí eu bolei um outro slogan: 'Fica o dito pelo não dito: meu candidato é o Mosquito.'"

"Interessante..."

"Mas você acha que resolveu?"

"Não?"

"Que nada, rapaz. Eu fui consultar o partido, e aí eles disseram: 'O slogan é bom, Mosquito, mas não diz nada; você tem de arranjar um que lembre mais o que você é, que passe a sua imagem, como você é conhecido na cidade', e essa coisa toda. Eu fiquei de novo chateado e até pensei em não mais fazer slogan nenhum."

"Mas eles têm razão; eles..."

"Aí eu cheguei em casa", ele continuou, "e agarrei no sono. Mas aí, de manhã, eu animei de novo — a gente é assim, né? —, tomei uma cafezada e aí... 'Achei! Achei o meu slogan!' Esse agora — e pode chover canivete, pode a Dona Margarida falar, o Sô Dodô ou quem for —, esse agora eu não mudo, é o que vai ficar. Na semana que vem até já vou na gráfica, mandar fazer os cartazes."

"Como que é?", eu perguntei.

"É assim: 'A pimenta arde e eu grito: meu voto é do Mosquito!' Que tal?..."

Eu ri.

"É um slogan apimentado", eu disse, para dizer alguma coisa.

"'A pimenta arde e eu grito: meu voto é do Mosquito!'"

O freguês quis saber mais alguma coisa, e eu aproveitei para me despedir.

"Até as urnas!", eu disse.

"Não, rapaz, as urnas estão longe: é daqui a quase cinco meses ainda!"

"Ah, é mesmo..."

"Segunda-feira eu vou lá, no jornal, para te contar o resto daquela história."

"Te espero lá", eu disse.

"Então você não sabia que o Leo chegou a ser preso?", me disse Mosquito, na segunda-feira, no jornal, retomando o assunto de sábado.

"Não", eu disse novamente, "eu não sabia. Eu não estava sabendo de nada."

"Chegou; ele chegou a comer uma cana. E lá, na cadeia, fizeram o diabo com ele."

"É?"

"Fizeram o diabo."

"Hum..."

"Mas aí... Bom, aí, né, ele estava lá, engaiolado, quando apareceram dois caras e tiraram ele de lá. Eles disseram que o Mister Jones é que tinha mandado. Mister Jones é o chefe do Leo. Era, né? Era o chefe..."

"É..."

"Ele esteve aqui, não esteve?"

"Esteve?"

"Fazendo o quê?"

"Não sei; até hoje eu não sei."

"Pois é; ele é que tinha mandado. Ele estava preocupado, disse um dos caras. O Leo disse: 'Mister Jones é um pai para mim.'"

"Hum..."

"Os caras: um de costeletas e óculos escuros; o outro, de barbicha e brinquinho na orelha."

Mosquito riu.

"Já viu, né?..."

"Estou vendo..."

"Com esses caras, eu preferia continuar preso", ele disse.

"É..."

"Vai escutando", disse Mosquito, fazendo suspense, "vai escutando..."

Eu disse que estava, escutando.

"Esses dois caras, o de costeletas e o de barbicha, foram com o Leo para o alto de um morro, um lugar lá onde não havia viva alma: era só mato e uma estradinha de chão. O Leo pensou: 'O que será que eles vão fazer comigo?'"

"Hum..."

"Então o cara de brinquinho disse: 'Tem um cisco no seu olho.' 'Tem?', o Leo perguntou. 'Você quer ver?', o cara perguntou. O Leo: 'Quero.' Então o cara enfiou a mão no bolso de dentro do paletó e tirou... o que você acha?"

"Um espelho..."

"Uma navalha."

"Navalha?", eu perguntei.

"É, ele tirou uma navalha."

"Hum..."

"E então ele abriu a navalha bem na frente dos olhos do Leo e disse: 'Viu?' O Leo disse: 'Vi.' 'Viu mesmo?', o cara perguntou. 'Vi', o Leo disse. 'Então repita comigo', disse o cara: 'Vi mes-mo.' O Leo repetiu: 'Vi mes-mo.' 'Mais uma vez', disse o cara: 'Vi mes-mo.' 'Vi mes-mo', o Leo disse. '*Great*', disse o cara — assim, em inglês, *great* — e então guardou a navalha no bolso."

"Que barra, hem?...", eu disse.

"É", disse Mosquito; "mas não acabou ainda, não. Aí o mesmo cara, o do brinquinho, disse para o Leo: 'Eu tenho dois apelidos: Toninho Barbeiro e Toninho Garganta. Qual deles você prefere?' 'Toninho Barbeiro', o Leo disse. O cara deu uma risada. 'Você é esperto, hem, rapaz? Você é esperto... Bem se diz que mineiro é um bicho esperto...'"

"Hum..."

"'Mas agora', o cara disse, 'agora vamos ver se a sua esperteza continua...' 'Toninho', chamou o outro, 'vamos embora...' O Toninho não ligou e continuou falando com o Leo. Mas de repente ele parou e olhou para o outro: 'Samir, você peidou.' 'Eu, não', disse o Samir — é assim que se chamava o outro, Samir —, 'eu não.' 'Peidou, sim.' 'Não peidei, Toninho.' 'Então de onde que está vindo esse fedor?' 'Não sei, mas eu não fui.' 'Eu fico uma arara quando você peida perto de mim.' 'Mas eu não peidei, Toninho, juro por Deus e Nossa Senhora que eu não peidei.'"

Eu ri.

"'Mas e aí, rapaz', o Toninho continuou, 'vamos ver se você continua esperto: por que eu tenho esse apelido, de Toninho Garganta?' 'Não sei', disse o Leo. 'Não sabe? Onde foi parar a sua esperteza?' O Leo ficou calado. 'Hem?' O Leo, calado. 'Você acha que é porque eu falo muito que eu tenho esse apelido?', perguntou o cara. 'Não', disse o Leo. 'Não?', disse o cara. 'Então por que você não acha? Agora você vai ter de me explicar isso...'"

Quem ouvisse, como eu aquela hora ouvia, a narração de Mosquito poderia questionar: como que ele, não tendo participado dos acontecimentos, nem mesmo deles sido testemunha, podia narrá-los com tal vivacidade e tamanha riqueza de detalhes? Bom: que cada um pensasse o que quisesse. A mim, como amigo de Mosquito, só me cabia ouvi-lo, e era isso o que eu vinha fazendo e continuaria a fazer até o fim da narração.

"Essa hora", Mosquito prosseguiu, "essa hora o outro, o Samir, disse: 'Vamos embora, Toninho.' Aí o Toninho disse: 'Samir, se você me chamar mais uma vez para ir embora, eu rasgo o seu cu com a navalha.' 'Ele já é rasgado', disse o Samir. 'Mas eu rasgo ele mais ainda, eu rasgo ele até a orelha.' 'É que o homem está esperando a gente, Toninho...' 'Esperando? Por que você não me disse isso antes?' 'Eu disse.' 'Não disse, não.' 'Disse, sim.' 'Não.' Ficaram os dois lá, nessa pendenga, disse-não-disse. E o Leo ali, esperando."

"Hum..."

"Mas aí", Mosquito continuou, "aí o Samir disse: 'Acaba logo com isso aí, vamos embora...' 'Tá.' Aí o Toninho levou a mão ao paletó e... Você pensou na navalha, né?"

"Pensei", eu disse.

"O Leo também; o Leo pensou que o cara ia tirar a navalha e... Santa Maria, nem é bom pensar... Mas o que o cara tirou, o Toninho, foi um papelzinho: uma passagem. 'Toma, pescador', ele disse; 'você não é pescador?' 'Sou', o Leo disse. 'Toma, é uma passagem para Minas.'"

"Hum."

"Ele então bateu a mão no ombro do Leo e disse: 'Boa viagem! Lembranças aos peixes! E continue esperto, hem? Continue esperto! Crocodilo que não se vira vira bolsa. Lá em Minas tem crocodilo também?' 'Tem', disse o Leo e deu vontade de acrescentar: 'tem um lá te esperando, pronto para te comer o dia que você aparecer por lá, seu filho da puta.' Mas é claro que ele não disse isso."

"Claro..."

"O Leo não é besta, né?"

"Claro..."

"'E menina bonita?', continuou perguntando o Toninho. 'Lá tem muita menina bonita?' 'Tem', disse o Leo. O Toninho então contou que teve uma namorada mineira. 'Lorena, ela se chamava Lorena. Era uma gracinha. Meio vesga, mas não chegava a ser frita-a-sardinha-e--vigia-o-gato; era só um pouco, e isso deixava ela mais bonitinha ainda, com um olhar assim... assim meio de esguelha. Ela tinha também uma pintinha, uma pintinha preta em cima do lábio. Mas o que eu achava mais bonitinho é quando ela dizia: 'Uai, sô.' Eu achava uma graça... 'Uai, sô...'. Eu gostava muito dela... Eu falava assim: 'Lorena, minha pequena.' Ou então: 'Lorena, minha morena.' Eu gostava muito dela.'"

"Hum..."

"'Toninho', o outro chamou e mostrou o relógio. Ele se calou; então tirou a navalha do bolso do paletó, abriu e foi na direção do Samir. 'Samir, você quer ver sua cabeça rolando por esse morro abaixo?' 'Como que eu vou ver sem a cabeça?', o Samir respondeu. Aí o Toninho ficou quieto. Aí ele se aproximou mais do Samir e de repente deu um abraço nele: 'Ai, gorda, eu te adoro; não sei o que seria de mim sem você!' 'Tá, mas primeiro guarda esse troço aí; você tirou um fino na minha orelha, eu senti até o frio da lâmina.' 'Gorda nojenta', disse o Toninho, 'eu vou te retalhar todinha, quer ver?' Aí ele deu uns golpes de navalha no ar — mas de mentirinha. Tudo veado. Já viu, né? Tudo veado..."

Eu ri.

"Foi o Leo que te contou tudo isso?"

"Foi, cara, foi o Leo, o Leo é que me contou. Eu fiquei tão impressionado, que parecia que eu estava lá também, vendo tudo aquilo acontecer."

Eu sacudi a cabeça.

"Eu nem dormi direito à noite, pensando naquelas coisas. Principalmente no Toninho Garganta. E se esse cara um dia aparecer por aqui?"

"Não, isso não vai acontecer..."

"Por que não?"

"Porque não vai."

"Sei lá..."

"Se ele aparecer, o crocodilo está aqui esperando."

"É..."

"A gente pode até contratar o Papudo..."

"É mesmo...", ele disse, rindo.

"Mas e aí?", eu perguntei. "O resto da história..."

"O resto? Bom: os caras foram embora; eles foram. Mas antes de entrar no carro, o Toninho voltou, e disse para o Leo, dessa vez de cara fechada, sem onda: 'Jovem, é daqui direto para casa; sem atalho e sem volta. Pôr de novo os pés no Rio, agora só na outra encarnação. Está claro?' Mesmo com medo, mesmo ali morrendo de medo, o Leo disse que ainda pensou: 'Por acaso você é o dono do Rio? Você manda na cidade?' E mais: o cara nem carioca era, era nordestino, pau de arara — pelo sotaque e porque uma hora lá ele chamou o companheiro de 'cabra arretado', ou qualquer coisa assim."

"Hum..."

"Bom: aí o cara, o Toninho, indicou o caminho da rodoviária, entrou no carro e os dois foram embora, deixando o Leo sozinho ali, no alto do morro. Dali se tinha uma vista muito bonita, com a cidade lá embaixo e o mar. Era um fim de tarde. O Leo me disse que ele então olhou para a cidade, olhou assim e gritou: 'Eu volto! Eu voltarei! E aí, seu filho da puta, aí vai ser você com a sua navalha de barbeiro e assassino, e eu com a minha faca de pescador!'"

Eu balancei a cabeça.

"Ah", Mosquito então riu, depois de uma pausa, "o fedor... Deixa eu te contar... O Toninho fulo com o outro, o Samir, por causa dos peidos, mas não era ele mesmo, não: era o Leo. O Leo disse que quase borrou na calça. Borrar, ele não borrou, mas peidou... E o cara lá, fulo com o outro..."

Eu ri.

"Mas aí", ele continuou, "o Leo foi para a rodoviária, e, à noite, pegou o ônibus, de volta para cá."

"E aí *the end*...", eu disse.

"Como?"

"Fim da história..."

"Não, ainda tem a viagem; tem ainda a viagem..."

"Hum."

"O Leo disse que foi a viagem mais longa da vida dele; parecia que o ônibus não andava, e ele não conseguia dormir, lembrando de tudo o que acontecera. A cada parada do ônibus, ele achava que os dois caras iam entrar e tirar ele para fora e levar ele de volta. Aí, de cansaço, ele acabou dormindo."

Eu sacudi a cabeça.

"E aí vem o sonho."

"Sonho?", eu perguntei.

"É, o Leo sonhou que os dois caras entraram mesmo no ônibus. Entraram e aí chegaram perto dele, e o Toninho disse: 'Nós viemos te buscar; eu esqueci de uma coisa.' 'Que coisa?' 'Eu esqueci de te matar.' 'Matar? Mas você disse que não ia me matar.' 'Disse, mas eu tenho de te matar, senão o homem vai ficar bravo comigo. Levanta aí.' 'Eu não vou levantar.' 'Levanta, rapaz!' Aí essa hora o Leo abriu os olhos, e era o trocador que estava dizendo para ele se levantar; o ônibus já tinha parado e todos os passageiros descido, só faltava ele. Então ele olhou para fora e viu que já estava aqui, em Flor do Campo, e que nenhum dos dois caras estava dentro do ônibus, era tudo sonho."

"Que alívio, hem?..."

"O Leo então desceu; ele não tinha mala nem nada, só a roupa do corpo e nem um centavo no bolso. E uma fome danada, pois ele já estava havia várias horas sem pôr nada na boca. Aí ele foi lá na lata de lixo da rodoviária e achou um daqueles biscoitos grandes, de argola. O biscoito estava cheio de formiga. O que ele fez? Tirou as formigas e mandou o biscoito, até a última migalha, feito um cachorro esfomeado. 'Foi o biscoito mais gostoso que eu já comi na minha vida', ele me disse."

Mosquito parou e limpou uma lágrima.

"Aí, aí ele foi para aquela pracinha lá perto, escolheu o banco mais afastado e sentou. Então ele olhou para aquela manhã linda, olhou para aquele céu azul — e chorou, chorou até não poder mais, até não ter mais lágrimas para chorar..."

Mosquito enxugou os olhos com um lenço.

"Aí, no dia seguinte, ele foi lá em casa — ele disse que não queria ir à feira —, ele foi lá em casa e me contou a história toda, essa história que eu estou te contando agora."

"E por que ele não me contou nada disso?"

"Por quê? Não sei. Às vezes ele ficou com vergonha..."

"Vergonha?"

"A gente gosta de contar coisas boas; as coisas ruins, a gente..."

"Hum..."

"Mas aí, aí eu dei lá uns conselhos para ele: 'Você sempre foi valente, cara! Esqueça o que ficou para trás! Vá em frente! Retome a estrada da vida!' Eu dei lá uns conselhos..."

"Muito bem, Mosquito."

"No fim, ele perguntou se não dava para eu arrumar uns trocados — para ele 'comprar um sanduíche'. Eu arrumei; eu dei para ele o que eu tinha lá aquela hora. Agora, se ele ia mesmo comprar um sanduíche ou alguma 'coisa', eu não sei. Mas o que eu ia fazer? Eu ia negar? Não ia. Você ia?"

"Não."

"Agora...", e Mosquito olhou para trás, cheio de receio. "Eu vou te contar uma coisa, mas não fala para ninguém que fui eu que te contei."

"Tá", eu disse.

"Promete?"

"Prometo."

"Sabe quem dedou o Leo?"

"Quem?"

"Você pensa em alguém lá no Rio, não é?"

"É", eu disse.

"Que-o-quê, cara..."
"Não?"
"Que-o-quê... Foi aqui, aqui mesmo, em Flor do Campo."
"É?"
"Sabe quem?"
"Quem?"
"O Joãozico."
"Joãozico?"
"O Joãozico, cara, o *brother* do Leo, o Turco."
"Mesmo?"
"O Joãozico."
"Por quê?"
"Por quê? Diz que ele queria aplicar um corretivo no Leo — 'para o bem' do Leo."
"É, o Joãozico gosta muito de fazer o bem aos outros..."
"Para mim isso, essa história de corretivo, é conversa fiada, conversa pra boi dormir. Para mim a explicação verdadeira é outra."
"Qual?"
"Inveja."
"Inveja?"
"Inveja, cara, inveja."
"Hum..."
"E inveja de irmão é a pior que tem. Inveja de irmão mata. Você não conhece a história de Abel e Caim?"
"Claro."
"E a história de José do Egito?"

"Claro."

"Irmão é isso, cara."

"Hum."

"Diz que querer ver o Joãozico mudar de cor e o lábio dele ficar batendo — ele tem esse treco, quando ele fica com raiva de alguma coisa, o lábio dele fica batendo feito rabo de lagartixa — era só perguntar: 'Você é irmão do Leonardo?' Diz que ele ficava vermelho, amarelo, azul... de toda cor. E aí ele responde: 'O Leonardo é que é meu irmão.' Ou então, pior ainda: 'Você viu o seu irmão na televisão?' Aí diz que ele nem respondia, ou respondia 'não, não vi'. Ouvi dizer até que ele parou de ir à feira só para não ouvir mais essas perguntas..."

"Hum..."

"Tudo inveja, cara, tudo porque o irmão aparecia, ficou conhecido, fez sucesso. E ele? Um coitado em que ninguém presta atenção."

"É..."

"Ou presta, né? Presta, mas para ver o tanto que ele é feio, com aquela cara de turco enfezado...", e Mosquito riu, com escárnio.

Eu também ri; turco enfezado...

"Por isso é que eu digo: ainda bem que eu não tenho irmão. Pelo menos dessa desgraça eu escapei..."

"Hum..."

"E sabe como foi a história?", continuou Mosquito. "Os modos das operandes, como você diz."

"*Modus operandi.*"

"É; mais ou menos isso..."

"Como foi?"

"Isso me contaram; não posso jurar que é verdadeiro porque não vi."

"Hum."

"Diz que o Joãozico ficou sabendo das coisas do Leo, as coisas lá no Rio. Por quem, eu não sei. Ele ficou sabendo. E aí ele conversou com o Padre Átila — não sei se você sabe, o Joãozico e o Padre Átila são assim, ó: unha e carne."

"Eu sei."

"O Joãozico então se queixou, disse que era muito desagradável ter um drogado na família — não bastasse o Leo ter ido para outra religião — e que isso estava aborrecendo todo o mundo e que alguma providência precisava ser tomada."

"E a Edma?"

Edma morava havia algum tempo já em Buenos Aires. Apaixonou-se por um empresário de não sei o quê, que viera à nossa cidade e, quando ele retornou, ela foi junto, com ele.

"Eu soube que eles falaram com ela", disse Mosquito; "e soube até do que ela respondeu."

"O que ela respondeu?"

"'*Yo no quiero problemas*'", Mosquito imitou, fazendo uma cara de deboche. "Ela respondeu isso: '*Yo no quiero problemas.*' Yo também no quiero. Você quiere?..."

Eu ri.

"É isso, meu filho. Mas aí... Aí o Padre Átila — isso tudo me contaram — ficou de pensar no assunto e depois chamou lá o Adolfinho, o prefeito, e o Adolfinho disse que ele, o Padre Átila, e também o Joãozico, podiam ficar tranquilos, que ele ia resolver aquilo."

"Hum..."

"Vai escutando... Aí, bom, aí o que fez o Adolfinho? Segundo eu soube, ele procurou o Cabo Cruz e contou para o Cabo a história toda. O Cabo ouviu e então disse: 'Deixa comigo.' Diz que o bicho esfregou as mãos e só faltou salivar. Você já vai ver por quê, daqui a pouco você vai ver..."

Eu sacudi a cabeça.

"O que aconteceu daí para a frente eu não sei te contar, mas calculo que o Cabo entrou em contato com alguma central de combate ao narcotráfico no Rio, ou em Belo Horizonte, sei lá, qualquer coisa desse tipo. E aí, em poucos dias, eles nhoque! deram o bote no Leo. Pegaram ele lá num flagra — se verdadeiro ou forjado, eu não sei —, pegaram ele e encanaram. E aí... Bom, aí houve tudo o que eu já te contei aqui e não preciso repetir, né?"

"Por que será que o Leo não me contou?...", tornei a perguntar.

Mosquito fez um gesto qualquer.

"Agora", ele disse, "me falaram que quando o Joãozico viu o Leo aqui, ficou impressionado com a aparência dele e se arrependeu do que fez."

"É?"

"Mas eu duvi-dê-ó-dó. O Joãozico? Aquilo é ruim, rapaz. No lugar do coração, eu acho que ele tem é uma pedra ou então uma placa de aço. Além disso, depois que o cara se fodeu todo, né?"

"É..."

"Me falaram também que ele procurou pessoalmente o Cabo e pediu ao Cabo que não fizesse nada com o Leo aqui, que pelo menos desse um tempo. O Cabo: 'Positivo. Minha obrigação é manter a ordem. Se o rapaz não estiver fazendo baderna...'"

"Menos mal..."

"Mas você acha?"

"Acha o quê?"

"Que o Cabo vai ficar nisso?"

"Não?"

"Mais uma vez, duvi-dê-ó-dó. Aquilo é mais traiçoeiro do que uma cobra."

"Cobra não é traiçoeira", eu disse.

"É mais fácil confiar numa cascavel do que nele", Mosquito continuou, sem me escutar. "Eu soube que ele já importunou o Leo depois que o Leo voltou. E vai continuar importunando; sabe por quê?"

"Não, Mosquito, eu não sei de nada..."

"Era isso o que eu ia te contar, que eu disse para você esperar..."

"Hum."

"Escuta só: um dia estou eu lá na feira com o Leo, na banca dele, nós dois jogando conversa fora, quando chega o Cabo. Chegou, deu um olá pra gente e ficou olhando os mandis que estavam em cima da banca. Aí ele pegou o maior, o mandi mais bonito, e disse: 'Que beleza de mandi, hem?' O Leo: 'Dez paus o quilo.' O Cabo ficou assim, meio sem-graça, como quem diz: 'Puxa, por essa eu não esperava.' Aí ele largou o mandi — o peixe escorregou nos outros e quase caiu no chão —, ele largou o mandi, virou as costas e não disse nem um até-logo. Nem para mim, acredita? Nem para mim, que vivo fornecendo as pimentas para a hemorroida dele."

"Hum…"

"'Cara, você é louco?', eu disse para o Leo. 'Louco por quê?', o Leo perguntou. 'O Cabo estava te cantando o mandi, você não percebeu?' 'Claro que eu percebi, Mosquito; você acha que eu sou besta?' 'E por que você não deu para ele? Você tem outros aqui, era um mandi só; se ainda fosse um dourado…' 'Mosquito', ele disse, 'peixe que eu pesco eu só dou para pessoas de quem eu gosto.' 'Mas, cara, é o Cabo Cruz', eu disse, 'o homem é perigoso…' 'Ainda mais meganha', o Leo disse; 'esse pessoal não faz nada e ainda fica explorando o trabalho dos outros.' 'Mas todo o mundo aqui na feira dá as coisas para ele, eu mesmo dou.' 'Eu não sou todo o mundo', o Leo disse. 'Cara, você ainda vai se arrepender, escuta o que eu estou dizendo…' Juro que eu falei assim: você ainda vai se arrepender. Não sou profeta, mas aí está."

"É…"

"Bom", ele disse, "é hora de eu ir; você está aí, trabalhando e eu já tomei demais o seu tempo."

"Foi muito importante tudo isso que você me contou, Mosquito."

"Tomara que o Leo saia dessa", ele disse.

"É, tomara..."

"No outro dia que ele foi lá em casa — eu convidei ele para tomar um lanche lá comigo, minha mãe me deu uma rosca —, eu falei com ele: 'Leo, eu tenho uma proposta a te fazer: você pega a coordenação da minha campanha política e, em troca, eu te dou uns quebrados. Não é lá essas coisas, mas dá para você ir se virando. Agora, se eu for eleito, aí a gente pode ver depois um emprego na prefeitura — quem sabe?' Ele disse que ia pensar e depois me dava a resposta."

"Hum", eu disse.

"Não sei", disse Mosquito, finalmente se levantando para ir embora: "eu posso até não ser eleito, mas, pelos meus cálculos, com base no que os amigos, os parentes e os fregueses me disseram, pelo menos uns trezentos votos eu vou ter."

(Teve cinco. A explicação dele: 'Foi um erro de lojista.' 'Não é logística, Mosquito?', eu perguntei. 'Logística?' Ele parou, pensou um pouco, e disse: 'Não sei; sei que é alguma coisa de loja...')

"E o *scrotum perebus*?", eu lembrei.

"A pereba?"

"É."

Ele ficou olhando para o chão. Depois disse:
"Sabe rastelo?"
"Sei, claro."
"Dá vontade de passar um."
"É?"
"Dá vontade de rancar o saco, de tanta coceira."
"Quer dizer que ela voltou..."
"A toda."
"É", eu disse, "acho que o recurso agora é você tomar a pílula do Frei Galvão: 'Post partum Virgo inviolata permansisti: Dei Genitrix intercede pro nobis.'"
"É anticoncepcional?"
"Não, rapaz..."
"Parece que eu ouvi você falando aí em parto."
"A pílula é um pedacinho de papel: você engole e fica bom num instante."
"É mesmo? Tem isso mesmo?"
"Dizem..."
"É, mas eu acho que eu não vou usar esse troço, não..."
Eu ri.
"Mas não tem problema", ele disse. "Eu agora... Esses dias me ensinaram um novo remédio, e esse diz que é mesmo tiro e queda: passou, acabou; não tem *perhaps*."
"O que é?", eu perguntei.
"Banha de sapo."
"Banha de sapo?..."
"Diz que é vapt-vupt."
"Hum..."

"Quem me ensinou foi o Lazinho — o Lazinho da Tereza, o Lazinho Chulé."

"Eu sei."

"O Lazinho entende muito de raiz."

"Raiz?", eu disse. "Mas sapo, que eu saiba, não é raiz..."

"Não, não é; mas então quem entende de raiz não vai entender também de sapo?"

Confesso que a lógica daquele raciocínio me escapou — como também certamente teria escapado até a alguém como Aristóteles... Mas...

"O Lazinho disse que não tem erro", continuou Mosquito. "Ele disse que banha de sapo já curou muita gente. É assim: passa nove dias e falha um; aí passa mais três — e o cara está curado, sãozinho."

"Hum..."

"Uma vez eu estava com uma gripe danada, e ele, o Lazinho, mandou eu tomar sebo de carneiro com café. Foi batuta. Com dois dias, eu já estava bom."

"Sei..."

"O Lazinho é cobra, rapaz. Ele dá quinau em muito médico que tem por aí. Eu vou dizer: é porque ele é humilde e não teve estudo, mas, se tivesse, estudo, ele podia chegar até a ganhar o Prêmio Nobel."

"Prêmio Nobel de Medicina: Lazinho Chulé. Parece que não combina muito, né?..."

"Escuta essa: o Lazinho disse que faz um chá que cura até um tipo de câncer."

"É? Que chá é esse?"

"Asa de gafanhoto com alecrim."

"Deve ser uma delícia, hem?..."

"Ele não gosta muito de falar sobre essas coisas porque eles podem acabar prendendo ele por exercício ilegal de medicina, como ele disse. Já houve até gente que ameaçou..."

"É?"

"Houve; já houve gente que ameaçou."

"Hum..."

"O cara está lá fazendo um bem para os outros, e, só porque ele não é doutor e coisa e tal, eles ameaçam prender. Isso é justo?, eu te pergunto. Isso é justo?"

"Não..."

"Bem, seja como for, eu vou experimentar a banha de sapo. Não custa, né?"

Custa, eu ia dizer, custa, sim: custa — com resultados certamente nulos — a vida de um sapo. Mas isso receberia, em resposta, quando muito, um olhar de espanto. Quem sabe se eu dissesse que lera — "numa revista científica" — que banha de sapo podia causar impotência e que...

"O mais difícil", Mosquito seguiu dizendo, "o mais difícil é pegar o bicho. Mas eu já contratei uns moleques aí para fazer o serviço para mim. Eles vão lá no brejo e pegam o sapo; aí arrancam o couro, esfolam e tiram a banha."

"Hum."

"Dois real pra cada um. Está bom, né? Terceirização, neoliberalismo — essas coisas...", e Mosquito riu, alegre, já saindo: "eu tou por dentro, cara, eu tou por dentro..."

"Meus senhores e minhas senhoras...", começou Barroso, de sua mesa — depois de acender um cigarro de palha e dar umas baforadas —, dirigindo-se ao público, um público de... Bem, contando com a faxineira, que, aquela hora ia passando em frente à porta e fora convidada a entrar, um público de sete pessoas: cinco senhores — eu, o fotógrafo Tobias, os gráficos Tião, Ferreira e Sô Gumercindo — e duas senhoras, a repórter Nina e Dona Hermelinda, esta a faxineira.

Ponhamos também, para engrossar o público, o nome de Chicão. Chicão não perdia uma reunião. É verdade que dormia em todas, do começo ao fim, mas isso se devia menos à sua atividade do que às suas inclinações naturais. Chicão, já é tempo de dizer, era um cachorro, um velho vira-lata, de pelo liso e amarelo, tamanho médio, nem cachorrão nem cachorrinho.

Havia tempos que Chicão, segundo soubemos, fazia da escola, desativada, o seu refúgio. Quando nela o jornal se instalou, foi ele adotado por nós. Não só adotado: ele foi elevado à condição de guarda-noturno da *Tribuna do Povo*, distinção que procurava honrar — assim como a ração que diariamente recebia e o colchãozinho de espuma que ganhara de presente — com alguns latidos. Uns latidos, vamos dizer, não muito convincentes...

Com seu nome — o nome de Chicão —, escolhido ao final de uma daquelas reuniões, quisemos homenagear, ao mesmo tempo, a sua espécie e o santo que mais amou os animais. E nós amávamos aquele porcaria... Ai de quem nele encostasse a mão — e o pé principalmente. Um enfurecido bando de pessoas lhe cairia de imediato em cima.

O mais engraçado é que Chicão não tinha nada de especial para merecer assim tanta afeição. A não ser, é claro, aquele seu jeito de chegar de mansinho e dar uma cutucada com o focinho na perna da pessoa, como quem pede, envergonhado e temeroso, um carinho — e depois, ao recebê-lo, a sua alegria e as lambidas de agradecimento.

E havia a sua recepção matinal: a cada um que chegava, ele se levantava e vinha, lá do seu cantinho, no fim do corredor, que abria para o pátio, andando devagar, as orelhas para trás e o rabo abanando lentamente, como quem diz: "Bom-dia, tudo bem?..." Aproximava-se, recebia um afago e então voltava, correndo a mil, para o seu canto, tornando a deitar-se. Fazia isso com cada um que chegava. Com os últimos, ele, já meio com preguiça, às vezes parava no meio do caminho, ficava um instante ali, agachado, e logo voltava para o canto. "Basta", devia pensar, "agora eu quero sossego..."

Fosse como fosse, Chicão era o nosso xodó, o nosso mascote — e, como já de início ficou dito, o nosso guarda-noturno, que não faltava a nenhuma reunião. E lá estava ele, naquela, que Barroso acabara de iniciar com o seu "meus senhores e minhas senhoras".

Barroso, segundo o próprio me contou, descobriu, quando adolescente, que gostava de fazer discursos, e desejou ser um grande orador, passando a ler tudo o que podia sobre arte oratória.

Portador de uma vaga gagueira (e a onomatopeia vem a propósito), ele não se intimidou: Demóstenes, o maior orador da história, também não era gago? E o que fez Demóstenes para curar sua gagueira? Segundo a história — ou a lenda, tanto faz, já que a lenda é uma forma de história, e a história, muitas vezes, uma forma de lenda —, Demóstenes ia à praia, punha seixos na boca e discursava para o mar, tentando, com sua voz, sobrepujar o barulho das ondas.

E Barroso, o então Carlito? O mar, a mais de mil quilômetros dali, ele não tinha: mas tinha a fazenda, tinha o riacho que atravessava a fazenda e onde havia uma pequena mas ruidosa cachoeira — e seixos, seixos à vontade nas margens.

Pôs ele então alguns seixos em sua boca e, diante de uma plateia de atônitos pássaros pousados nas árvores e de pequenos animais silvestres porventura ocultos no capim, abriu o verbo.

Até que um dia — o azar! — ele engoliu, sem querer, um seixo. E foi então um corre-corre, um deus nos acuda. Levado a um hospital na cidade, Carlito, com a ajuda do médico e de laxantes, acabou, para o bem de todos e felicidade geral da nação, devolvendo o seixo à natureza.

Passado o susto, as broncas: da mãe, com brandura, porque achava que o filho tinha nascido com alguma coisa a mais ou a menos na cabeça — "é a menos mesmo", Barroso dizia, depois de adulto, contando a história para os outros — e a do pai, com severidade, porque já vinha inconformado com o filho por causa daquela coisa de discurso. Por quê, em vez daquilo, não ia ele aprender a andar a cavalo ou a laçar bezerro, coisas de muito mais valia para um filho de fazendeiro e também, certamente, futuro fazendeiro? "É, certamente..."

O diálogo entre os dois:

O pai: "Você ficou louco, menino?"

O filho: "Eu já era, Pai."

"Botar pedra na boca, onde já se viu tal coisa?"

"O Demóstenes fazia isso."

"Demóstenes? Eu conheço o Mote desde que ele era rapazinho, e, ao que me consta, ele nunca cometeu tal disparate."

"Não é o Demóstenes da padaria, Pai, é o grego."

"Grego? Que grego? O único grego que tem aqui, na cidade, é o Angelopoulos, o mascate."

"Ah, Pai..."

E Barroso concluía, para os ouvintes: "É duro, moçada, é duro a gente querer ser grande quando nasceu na roça..."

Duro, mas, apesar disso, e sem a intenção de novamente usar seixos — "eu era doido, mas também nem tanto" —, ele voltou à cachoeira e então... A surpresa: a gagueira havia sumido! Consequência do choque psicológico? Ele não sabia, nem veio nunca a saber, como ninguém mais veio.

Fosse o que fosse, ou fosse como fosse, Carlito entendeu aquilo, então, como Deus (e, quem sabe, também o espectro de Demóstenes) recompensando o seu esforço e mostrando que era mesmo aquele o seu caminho.

Com novo ânimo, e os pais admirados e sem o que dizer, ele trocou a cachoeira pelo curral, e os pássaros e pequenos animais silvestres pelas vacas — não menos atônitas...

Um pouco depois, trocou as vacas pelos colegas de escola — "os quadrúpedes por outros quadrúpedes", como disse —, discursando em todas as datas cívicas e terminando o ginásio como orador da turma, feito que se repetiria, três anos mais tarde, na conclusão do científico.

Indo estudar fora, na capital, aproveitou para fazer um curso de oratória, e, já moço, na época da ditadura militar, subiu em várias ocasiões ao palanque, fazendo contra ela inflamados discursos e chegando a ser por duas vezes preso. Abandonou pela metade o curso de Direito — do qual, se o houvesse concluído, teria sido também, com certeza, o orador da turma —, meteu-se em diversas coisas e, finalmente, acabou voltando para o interior, para a sua cidade.

Com os novos tempos, de liberdade no país, Barroso — o já popular Carlito — candidatou-se a vereador e foi eleito em dois períodos consecutivos. "Mas a política", ele me confessou um dia, "a política, para dizer a verdade, nunca me interessou. O que eu queria mesmo era falar, discursar. Uma pequena multidão, a carroceria de um caminhão e um microfone na mão era tudo o que eu precisava para me sentir realizado."

Numa dessas vezes, quando ele discursava num palanque, o pai, meio escondido na multidão, assim que Barroso acabou de falar e foi, pelo público, delirantemente aplaudido, subiu ao caminhão e, entre lágrimas, abraçou o filho, selando em definitivo as pazes com ele — e com a sua oratória.

As pessoas diziam: "Falar bonito é com o Carlito." Ao que ele, entre amigos e com ares fesceninos, acrescentava: "E fazer gostoso é com o Barroso…"

Vitorioso, como contei, em duas eleições consecutivas, Barroso não tinha dúvida de que o seria mais uma vez, numa terceira. Não foi. Sua votação foi fraca, inexpressiva. O que havia acontecido? Ele não soube explicar. Decepcionado, magoado, na primeira reunião do partido após as eleições comunicou aos correligionários sua retirada dos quadros e o fim de sua militância política — e, com uma lágrima nos olhos e a voz embargada, citou o verso de uma de suas canções sertanejas preferidas: "Acabou o som da viola."

Mas não, o som não acabara, não acabaria assim tão fácil: o som apenas mudou de viola. Nas ocasiões solenes ou festivas, onde houvesse um batismo, aniversário, casamento, sepultamento, onde houvesse a inauguração de uma loja, bar, repartição ou o que fosse, lá estava ele, firme — e, agora, na condição de dono de um jornal —, com o seu eterno "meus senhores e minhas senhoras", usado até em situações como aquela presente, de caráter quase privado, ainda que seu tom denunciasse a consciência do exagero e soasse com um certo histrionismo.

Um dia — para terminar estas notas pessoais sobre o meu patrão — Barroso contou a um amigo que sua maior frustração era que, quando morresse, não pudesse fazer, à beira do túmulo, a sua oração fúnebre. "Já pensou que peça de oratória seria?", ele disse. "Fique tranquilo, Carlito, alguém fará isso por você", disse o amigo. "Tranquilo?", ele respondeu. "Aí é que eu não fico mesmo. Dependendo de quem for falar, eu sou capaz de me levantar lá do meu caixão, agarrar o cara pelo pescoço e levá-lo comigo para a cova..."

"Meus senhores e minhas senhoras, foi com imenso júbilo que os convoquei para esta reunião."

Barroso fez uma pausa.

"Se, como dizemos, em Flor nem tudo são flores, hoje lhes trago, em forma de boas notícias, um ramalhete de flores..."

Fez outra pausa.

"Bonito, não?...", disse, e deu uma risadinha.

Nós também rimos, coniventes.

"Bem", ele disse, continuando, "nossa cidade, esta cidadezinha no interior das Gerais, esta cidade que esteve por tanto tempo apagada, encolhida aqui, no seu canto, começa a dar, nestes últimos anos, mostras de que entra numa fase de progresso."

Pigarreou; e continuou:

"São novas estradas que cortam o município, novas firmas, oriundas dos grandes centros, que aqui vêm instalar suas filiais, novos e grandes projetos das autoridades locais. Um destes — e que é certamente um dos maiores —, o projeto do nosso alcaide, o Doutor Adolfo, que está em contato com uma grande empresa do Rio Grande do Sul para transformar o lago, o nosso Lago Negro, num parque aquático."

O projeto, na íntegra, poucos dias depois pousava em minha mesa, no jornal, enviado pela prefeitura: "Espaço Público de Lazeres Náuticos".

O ponto principal: uma competição mensal de lanchas, para jovens — esperta e visível estratégia do senhor alcaide, candidato à reeleição, para ganhar esse eleitorado. Três prêmios, constituídos de troféus, consistindo estes de pequenas estatuetas de bronze que representavam os motivos: Troféu Moçalinda, para o 1º lugar; Troféu Cobra-Gigante, para o 2º; e, para o 3º, Troféu Papudo. O nome da competição? Black Lake Competition. *No comments...*

Ah, sim, um detalhe sobre a tal empresa do Rio Grande do Sul: o proprietário, um gaúcho, era genro do alcaide. Mero detalhe, tchê, mero detalhe...

Adolfo, Adolfo Balofo — ou, como preferia a maioria, Adolfo Barrica —, o nosso alcaide: administrador de quinta categoria e poeta de décima (não contente de perpetrar suas poesias e eventualmente publicá-las — inclusive, sob meu protesto, no nosso jornal —, ainda gostava de infligi-las, por declamação, ao público, quando então ganhava um terceiro apelido, Adolfo Suplício), Adolfo Balofo, ou Adolfo Barrica ou Adolfo Suplício, parecia uma daquelas caricaturas antigas, uma daquelas barricas ambulantes, de óculos e barbicha, bracinhos e perninhas dependurados. Sua inclinação para a bebida (uma noite, bêbado, rolou pela escadaria da prefeitura) só perdia, como tudo o mais perdia, para a sua inclinação para a mentira.

Barrica todos sabem o que é. Suplício também. Balofo talvez nem todos. Para estes, aqui vai o verbete de um dicionário: "aparente, vão, que inculca mais do que vale; impostor." Em poucas palavras (aliás, bastava uma, a última), o perfeito perfil do prefeito...

Voltando, porém, à reunião e à fala de Barroso:

"É o progresso, em todas as suas facetas, chegando ao nosso querido rincão; é o futuro batendo à nossa porta."

Tanto progresso, que um edil — "não é edil, não", me disse um dia Barroso, com farto conhecimento de causa, "é imbecil mesmo, e os de hoje são mais ainda que os de ontem" —, um edil, Muriel (popularmente, Muriel Dicionário), apresentou na câmara um projeto para mudar o nome da cidade para Progressópolis.

"Progressópolis?", reagiu outro edil, Daniel (popularmente, Daniel Coca-Cola). "Polis vem do latim, que quer dizer cidade, e latim, como todos sabem, é hoje uma língua morta, ninguém mais estuda nas escolas. Nem os padres sabem mais latim. Se é para mudar o nome da cidade, se é para mudar, que mudemos para uma língua moderna, uma língua dos nossos dias: mudemos para o inglês. E então, senhores, que tal mudarmos o nome de nossa cidade para Progress City — ou, tomando uma certa liberdade, City Progress. Agora eu pergunto, qual soa melhor? Progressópolis ou City Progress? Responda-me o nobre colega."

Antes que o nobre colega respondesse, um dos presentes na assistência, uma professora de inglês, mulher de um terceiro edil, no embalo daquela "interessante discussão", pediu a palavra: ela não gostaria que mudassem o nome de sua cidade; não, disso ela não gostaria; mas passá-lo para uma língua moderna, que era o inglês, disso, sim, disso ela gostaria; e então sugeria que se mudasse o nome para Field Flower. "Hem? Field Flower — não é bonitinho? Bonitinho e bom de falar. Dois efes: Field Flower."

Muriel então respondeu. Disse — respondendo a Daniel e à professora, e falando para todo o público presente no recinto — que aquilo tudo era "uma anomalia, uma aberração, uma estultícia" (Muriel tinha sido, diga-se de passagem, aluno do Professor Teófilo). "Onde estamos, afinal?", bradou. "Estamos no Brasil ou nos Estados Unidos? Ou eu estou muito enganado — e, se estou, que me releve o nobre colega e todos os demais aqui presentes —, ou eu estou muito enganado, ou estamos no Brasil, Brasil com s, e não Brasil com z. Não será hora, meus caros concidadãos, não será hora de reagirmos contra esse colonialismo linguístico? Ou fazemos isso ou corremos o risco de amanhã os nossos netos se chamarem não João, José e Maria, mas John, Joseph e Mary. Se alguém duvida disso, basta ver a quantidade de Kennedys que já existe por aí."

No final de sua fala, e encerrando a sessão, conclamou Muriel os presentes a que, em homenagem à pátria e para manter o espírito cívico, cantassem, de pé e com a mão no peito, o Hino Nacional.

Chateado, Daniel foi ao microfone e lascou um sonoro "*shit!*" (mantendo assim, certamente sem o saber, a tradição multilinguística da câmara, iniciada por Jean, o escultor, com o seu *merde!*), gesto que seria motivo de acaloradas discussões na sessão seguinte da câmara, ocasião em que Muriel pediu a cassação de Daniel por falta de decoro parlamentar.

"Falta de decoro", retribuiu Daniel, "é Vossa Excelência ter feito ainda há pouco, dentro desta ilustre casa, um elogio às pernas de minha filha."

"Fiz mesmo", confirmou Muriel, "e, se Vossa Excelência quer saber, não foi só às pernas."

"Seu filho da mãe!", xingou Daniel (devia xingar "*son of a bitch*", não?), avançando no outro aos tapas e pontapés — e aí foi um pega-pra-capar, e a turma do deixa-disso entrando e tentando segurar os exaltados edis.

"Você é um ignorante!", gritou Daniel. "E você um vendido, a soldo do imperialismo ianque", retrucou Muriel. "Antes vendido a soldo do imperialismo ianque", devolveu Daniel, "do que vendido a soldo do narcotráfico..."

Mais tapas e pontapés, o guarda foi chamado, e a sessão dada como encerrada — ou sungada, para lembrar o famoso "já que renuir nóis num renói, fica sungada a sessão".

Falando ainda em projetos, e completando as informações, Daniel vinha, havia tempos, batalhando na câmara pela aprovação de um projeto seu em que propunha substituir nas escolas públicas municipais o tradicional pãozinho francês com um copo de leite por um hambúrguer com um copo de Coca-Cola (daí o seu cognome). Pois é... Ou, melhor: *yeah*...

Feitas estas nobres digressões, volto mais uma vez à nossa reunião.

"E o nosso jornal", seguiu Barroso, "e a nossa *Tribuna do Povo*? Ela e todos nós, que dela fazemos parte: poderíamos ficar indiferentes a isso? Poderíamos?"

"Não!", disse um dos gráficos.

"Não poderíamos. Quem não acompanha o progresso está condenado a ficar para trás. Queremos ficar para trás?"

"Não!", disse outro gráfico.

"E foi por isso, meus companheiros, foi por isso que eu os convoquei: para comunicar que o nosso jornal, a partir do próximo mês, ganhará uma série de reformas, reformas que trarão maior conforto a todos nós e maior eficácia aos serviços, elevando este valente órgão de comunicação a alturas que ele até então nem sonhara atingir e onde, com certeza, merece estar. Merece ou não merece?"

Um uníssono "merece!"

As reformas: ar-condicionado nas salas ("oba!"), interfone (fim daquelas visitas inesperadas, pensei, inesperadas e às vezes indesejadas) e, principalmente, computadores (até que enfim!).

Aplausos gerais. Mas não absolutamente gerais, pois Dona Linda, a faxineira, se levantou e disse:

"Sô Barros" — ela só o chamava assim, pois achava Barroso um nome "muito feio e esquisito, parece que está sujo de barro" — "Sô Barros, o senhor está certo, eu não vou dizer que não; isso tudo aí pode mesmo melhorar alguma coisa no jornal. Mas o seguinte: quando que o senhor vai comprar uma vassoura nova? Porque essa aqui... Olha aqui, Sô Barros: essa aqui está dando no toco e não serve mais nem pra varrer o cocô do Chicão."

Escutando o seu nome, Chicão levantou a cabeça e deu uma olhada ao redor, mas, vendo que não era nada de seu interesse — pelo menos interesse imediato —, tornou a dormir.

"Também, pudera", continuou Dona Linda, "desde que eu entrei para trabalhar aqui é essa vassoura. Não, Sô Barros, tenha a santa paciência; uma vassourinha nova, e o senhor vai ver que esse jornal vai ficar uma teteia. Era essa a peroração que eu tinha pra fazer nesse conciliabe."

"Bravos, Dona Linda!" — foi geral o aplauso.

"Sua solicitação será atendida, Dona Hermelinda", disse o Sô Barros. "Amanhã mesmo a senhora receberá uma vassoura novinha em folha. E quem sabe, quem sabe também até um aspirador de pó?"

"Cruz-credo, Deus o livre, Sô Barros! Não quero nem saber dessa geringonça aqui; eu só quero uma vassourinha nova, uma das boas, pra eu cumprir com a minha obrigação. Uma vassourinha nova e a proteção da Virgem Maria, mãe do Salvador: não precisa mais nada."

"Por falar no cocô do Chicão, Dona Linda", eu disse, "está faltando papel lá no Espaço Privativo de Necessibilidade Fisiológica."

"Onde, Sô Ramon?", ela perguntou, franzindo os sobrolhos (que palavra...).

"Na casinha", eu disse, baixando o nível, com perdão dos comunicólogos.

"Ah", disse Barroso, "eu ia me esquecendo: a partir de julho teremos também uma Kombi para fazer a entrega do jornal nas casas. Não é uma grande notícia?"

Todos acharam; o jornal era, até então, entregue por dois meninos. Todos acharam, e eu mais que todos: quando Barroso disse aquilo e mencionou a palavra Kombi, eu tive uma ideia — uma ótima ideia, me pareceu.

Terminada a reunião, cada um com mais pressa do que o outro de ir embora — já eram quase seis horas —, eu fui ter com Barroso, e fui ao ponto.

"Você já tem um motorista para a Kombi?", eu perguntei.

Ele disse que não.

"Pois eu tenho", eu disse.

"Quem é o motorista? Você?"

"Que é isso, meu chapa; esqueceu que eu não dirijo nem velocípede?"

"Quem é, então?", ele quis saber.

"Uma pessoa de minha inteira confiança."

"Isso ainda existe?"

"O quê?"

"Pessoa de inteira confiança."

"Bom, eu acho que essa pessoa é."

"Deve ser então o último da espécie", Barroso disse.

"Além disso, e de ser um excelente motorista", eu prossegui, "ele tinha exatamente uma Kombi e a dirigiu por muito tempo. Preciso dizer mais?"

"Quem é o sujeito?"

"O Leo", eu disse, "o Leonardo."

"Seu amigo, o pescador? Pescador ou pastor..."

"Nem uma coisa nem a outra mais", eu disse. "O Leo atualmente é apenas um jovem necessitado de emprego."

Barroso deu uma baforada:

"Bom, se você acha..."

"Posso falar com ele?"

"Claro."

"Ótimo", eu disse, entusiasmado e com pressa de contar a Leo a notícia, aquela grande notícia, para mim a melhor notícia de toda a reunião.

"Pensão da Nenzinha — ambiente familiar": lá estava a velha placa de metal, pendurada numa haste de ferro, do meu tempo de menino, as letras desbotadas mas ainda legíveis.

E lá estava Dona Nenzinha.

Depois de um papo, eu, com pressa de dar a Leo a boa notícia, perguntei por ele.

Dona Nenzinha disse que ele não estava. Leo, ela disse, quase não parava na pensão. Mas ele não devia demorar, porque aquela hora ela sempre fazia "uma sopinha" para ele.

"Vamos sentar", ela disse, me indicando uma das cadeiras.

Eu agradeci, por causa da hora, mas resolvi esperar um pouco — e ficamos os dois ali, de pé, na salinha de entrada, simples mas impecavelmente limpa.

Contei à Dona Nenzinha o motivo de minha visita. Sua reação, como era de se esperar, foi de alegria — mas o sorriso, eu percebi, logo se toldou de uma sombra de preocupação.

"Seria uma beleza para o Leo", ela disse; "eu ficaria muito contente com isso. Mas não sei se ele vai aceitar... Eu tenho cá minhas dúvidas..."

"Por quê?", eu perguntei.

Ela olhou pensativa para o chão, depois olhou para mim:

"O Leo não anda muito bem de saúde, Ramon..."

Eu sacudi a cabeça, sem dizer nada.

"Ele não anda bom", ela continuou. "Eu até já disse para ele que ele deveria procurar um médico. Eu sei que ele está sem recursos, mas eu me ofereci para dar uma ajuda — a gente sempre tem um dinheirinho de sobra..."

"A senhora está sendo muito generosa", eu disse.

Ela deu um sorriso.

"Eu não me esqueço", disse, "eu não me esqueço de que o Leo sempre escolhia os melhores peixes para mim, e às vezes nem queria cobrar. Eu não me esqueço disso nem nunca vou me esquecer. O Leo sempre foi um bom menino. Eu tenho a ele como um filho. O Leo é o filho que eu não tive..."

"Qual é o problema do Leo?", eu perguntei, voltando ao assunto e sem dizer o que eu sabia.

"Você não quer mesmo sentar?", ela disse, me indicando uma cadeira perto.

"Bom...", eu disse, resolvendo aceitar, e me sentei.

Ela também sentou-se.

"Eu não sei qual é o problema do Leo", ela então respondeu; "isso só um médico pode dizer. Mas ele não anda bom. A cabeça, sabe? A cabeça... Parece que as coisas que ele passou lá no Rio... Você decerto acompanhou, né?"

"Alguma coisa", eu disse.

"Para mim, a culpa de tudo é da mulher dele, aquela desclassificada, aquela sirigaita. Parece que aquela mulher tem fogo no rabo. Ela fica aí, se oferecendo ao primeiro que aparece."

"Hum..."

"Uma mulher que nem para tomar conta do filho serve; uma mulher assim presta para alguma coisa? Então, se ela tomasse conta, se ela cuidasse bem da filha, teria acontecido o que aconteceu?"

"Eu acho que ela não teve culpa, Dona Nenzinha", eu disse.

"Não teve? Teve, sim; desde o começo. Pois foi ela que quis mudar, ir para o Rio. Se eles não tivessem ido, se eles..."

Eu resolvi ficar calado.

"Para mim", ela prosseguiu, "foram essas coisas todas que afetaram a cabeça do Leo, que fizeram ele adoecer. Ele sofreu muito."

"Hum."

"E ainda tem gente aí que fica espalhando que ele mexe com essas porcarias de hoje, drogas. Eu conheço o Leo desde criancinha, desde menino de colo: o Leo nunca pôs um copo de cerveja na boca."

"Hum..."

"Agora ficam aí dizendo isso, que ele mexe com droga... Você sabe quem inventou isso e está espalhando?"

"Quem?"

"Quem você acha?"

"Não sei, Dona Nenzinha."
"Aquela mulher, aquela lambisgoia."
"A senhora não pode ter certeza..."
"Tenho, eu tenho, sim; eu tenho certeza. O que aquela mulher puder fazer de ruim para o Leo, ela faz."
Eu não quis insistir.
"A língua de uma mulher é uma coisa terrível. A língua de uma mulher pode destruir um homem."
Ou outra mulher, pensei.
"Sei que o Leo não anda bom de saúde", ela tornou a dizer.
"O que ele diz à senhora?", eu perguntei.
"O que ele diz?..."
Ela olhou para os lados, para ver se não havia ninguém por perto: não havia, era hora de janta, e, como a pensão não servia mais refeições, não havia àquela hora ninguém por ali.
"Ele tem visões", ela disse em voz baixa.
"Visões?"
"É..."
"Como, Dona Nenzinha?"
Ela tornou a olhar para os lados.
"Eu não quero que você conte isso para ninguém."
"Pode ficar tranquila."
"Nem conte para o Leo que eu te contei."
"Pode ficar tranquila", eu disse; "eu não vou contar para ninguém."

Ela então contou. Um dia, por exemplo, ao entrar no quarto dele — "quase sempre escuro, com a porta e a janela fechadas" —, ele estava encolhido de medo na cama e pediu a ela que não abrisse, de jeito nenhum, a janela, porque uma nuvem de peixes estava tentando arrombá-la e entrar para mordê-lo: ela não estava ouvindo o barulho deles lá fora?

"'É mais de mil peixes', ele disse."

Outro dia — "esse dia foi muito pior", ela disse — ele pediu a ela que não abrisse a porta da pensão àquela hora porque lá fora uma multidão de aleijados o esperava, para pegá-lo e surrá-lo com as bengalas e as muletas.

"Eu disse: 'Não tem ninguém lá fora, meu filho, isso é você que sonhou; quer ver?' E aí eu fui abrir a porta, e ele fechou-a depressa, apertando sem querer o meu dedo e me machucando. O dedo está roxo até hoje; aqui, ó..."

Ela me mostrou.

"Mas aí, aí ele saiu correndo para o quarto e se trancou lá, só aparecendo no começo da noite. E aí ele já não falou mais nada sobre aquilo."

"Hum..."

"Não é esquisito?", ela me perguntou. "Não é caso de médico?"

"É..."

"Eu não sei, não, mas ele está muito perturbado, precisando de ajuda; você não acha?"

"Acho", disse, e olhei as horas. "É, parece que ele não vai vir..."

"Vem, pode esperar; daqui a pouco ele aparece..."
"Eu vou esperar mais um pouco...", eu disse.
"Tomara que dê certo esse emprego. Um trabalho para o Leo seria muito bem-vindo..."
"É..."
"Eu vou rezar", ela disse; "eu vou pegar com Deus."
Eu sacudi a cabeça.
Ela então pôs a mão em meu ombro:
"Posso te contar um segredo?"
"Segredo?"
Um segredo de Dona Nenzinha, gente; o que poderia ser?...
"Ele", ela apontou para o alto: "sabe quem, né?"
"O Todo-Poderoso?"
"Deus."
"Hum."
"Ele nunca deixou de atender a um pedido meu."
"É?"
"Nunca."
"Que cartaz, hem, Dona Nenzinha?"
"Sinal de que ele gosta de mim, né?"
"Mas quem não gosta da senhora?"
"Não é sinal de que ele gosta de mim?"
"Sem dúvida."
"Ele nunca deixou."
"Nem vai deixar agora, né?"
"Não, não vai."
"Então?"

"Eu tenho até um caderninho", ela disse.

"Caderninho?", eu perguntei.

"Um caderninho onde eu anoto todas as graças alcançadas. A capa é vermelha — da cor do Sagrado Coração."

"Hum..."

"Eu anoto tudo direitinho: com quem, o dia e a graça alcançada."

"Sei..."

"Eu até, falando nisso, eu até estou precisando comprar um caderno novo; esse já está quase cheio."

Eu sacudi a cabeça.

"E você acredita que uma amiga minha aí, a Eufrásia — ela já morreu..."

"Morreu, não, Dona Nenzinha; segundo um padre aí, é 'transvivenciou'."

"Como?..."

"Transvivenciou."

"Santa Teresinha do Menino Jesus! Eu não dou conta de falar isso, não!"

"Pois é..."

"Eu vou falar é mesmo morreu; esse padre que me perdoe."

Eu ri.

"Mas, essa pessoa, a Eufrásia, minha companheira de igreja, ela uma vez disse que tinha alcançado mais graças do que eu."

"É?"

"'Então prova', eu disse para ela. 'Provar, eu não posso', ela respondeu. 'Pois eu posso', eu disse. 'Eu tenho tudo anotado no meu caderno.' Ela me olhou, espantada, e fechou a boca; e aí ela não disse mais nada."

Eu sacudi a cabeça.

"É um caderninho desses grossos", ela disse, "e ele já está quase cheio."

"Muito bem..."

"Uma parenta minha disse: 'Nenzinha, por que você não vai ao *Show das Graças?*'"

"*Show das Graças?*...", eu perguntei.

"É um programa, um programa de televisão de uma rede católica."

"Ah."

"Ela me disse isso, essa minha parenta."

"E a senhora vai?", eu perguntei.

"Imagine, imagine eu lá, na televisão..."

"Aí a senhora vai ficar conhecida no Brasil inteiro", eu disse.

"Imagine", ela disse, rindo.

"A senhora vai ficar famosa."

Ela tornou a rir.

Depois, séria:

"Eles pagam alguma coisa pra gente?..."

"Não sei", eu disse; "nesse caso eu não sei."

"Estou perguntando à toa; imagine se eu iria..."

"Por que não, Dona Nenzinha?"

Ela ficou alguns minutos em silêncio, pensativa.

"Sabe?", disse então, "às vezes eu acho que isso é até pecado."

"Ir à televisão?", eu perguntei.

"Não, ir à televisão, não."

"Ganhar dinheiro?"

"Não, não..."

"Então o que a senhora acha que é pecado?"

"Eu achar que Deus gosta tanto de mim."

"Ah."

"Será que é pecado eu achar isso?"

"Claro que não."

"Mas também...", e ela deu um sorriso: "Menino, eu vou te dizer: eu adoro Deus; adoro. Deus, para mim, é... Eu sou doida com Deus..."

Eu balancei a cabeça.

"Deus é muito bacana, né?"

"Deus é um barato."

"Barato?..."

"É gíria, Dona Nenzinha."

"Ah."

"É gíria."

"Eu sou fã de Deus", ela continuou; "acho que eu sou a maior fã de Deus aqui na Terra."

"Quem sabe?", eu disse.

"Mas não pense que são só sorrisos", ela disse de repente.

"Não?"

"De vez em quando há também uns puxões de orelha."

"É?"

"Há...", ela disse, com uma expressão marota.

"Mas a senhora", eu disse, "a senhora, uma pessoa tão santa... Por que Deus iria puxar sua orelha?"

Ela recuou o rosto:

"Minha orelha?"

"É; por que Deus iria puxar sua orelha?"

"Não...", ela disse, dando então um sorriso. "Você não me entendeu... Não é Deus que puxa minha orelha..."

"Não?..."

"Eu é que puxo a orelha dele."

"Ah", eu disse.

"Eu é que puxo a orelha dele."

"Pois faz a senhora muito bem", eu disse; "esse senhor de vez em quando precisa mesmo de uns puxões de orelha."

"Você quer ver?"

"Hum."

"Esses dias mesmo", ela contou; "uma conhecida minha aí andou fazendo umas bobagens; coisa à toa, coisa que... E Deus castigou-a, mas castigou com tanta severidade..."

"É?"

"Não, eu pensei, isso não é certo, isso não é justo..."

"E aí?..."

"Aí eu falei com Deus."

"Puxa, eu já estou ficando com inveja: todo o mundo conversa com esse cara, só eu que não converso..."
"Eu falei com Deus", ela disse.
"E o que a senhora disse a ele?..."
"Eu disse: 'Senhor, precisava castigar a Mariana assim? Precisava? Ela é uma pessoa boa, católica, cumpridora de seus deveres; apenas andou perdendo um pouco a cabeça, mas quem de vez em quando não perde? Quem, Senhor? Me diga. Quem de vez em quando não perde a cabeça?"
"E ele disse?"
"Qualquer um pode perder; qualquer um. Não terá o Senhor mesmo, agora, perdido a sua? Não terá, Senhor? Por que castigar assim, com tanta severidade, uma pessoa boa? Onde está a sua misericórdia? Onde está a sua magnanimidade?"
"O que ele respondeu?"
"Não, Senhor", Dona Nenzinha continuou, sem me dar ouvidos, "guarde a sua ira para quem a merece, guarde a sua impiedade e lance sobre essa criatura o bálsamo de seu perdão..."
"E ele atendeu..."
"Eu não disse que ele nunca deixou de me atender?"
"Disse."
"Pois então? Foi isso o que eu disse e foi isso o que aconteceu. No dia seguinte mesmo a coisa já foi melhorando para essa amiga minha, a Mariana; e poucos dias

depois ela me contou que tudo tinha entrado nos eixos novamente e que ela estava muito feliz."

"O quê, hem, Dona Nenzinha?"

"É, meu filho..."

"Foi o puxão de orelha..."

"O puxão de orelha."

Eu balancei a cabeça.

"Um dia, sabe, um dia eu perguntei ao Padre Átila se isso não era errado."

"O puxão de orelha?"

"Não; eu gostar tanto assim de Deus."

"Sei."

"O Padre Átila: 'Dona Nenzinha, a única coisa errada, a única coisa errada é não amar a Deus; essa é a única coisa errada.'"

"Hum."

"Ele então me explicou, o Padre Átila, ele me explicou que todo amor — não importa o tamanho, se grande ou pequeno — todo amor é salvífico."

"Salvífico."

"É; todo amor, não importa o tamanho."

"Sei..."

"Aí ele disse uma frase de Santo Agostinho, uma frase muito bonita, eu até decorei. É assim: 'Ama e faze o que quiseres.'"

"Santo esperto, hem, Dona Nenzinha?..."

"'Ama e faze o que quiseres.' Eu achei essa frase muito linda; não é?"

"É."

"Santo Agostinho foi um grande santo."

"E, antes, um grande pecador. Farreou bastante, aprontou todas, e aí..."

"Depois dessa conversa com o Padre Átila", Dona Nenzinha continuou, "eu fiquei aliviada e passei a amar a Deus mais ainda do que eu já amava; se isso era possível..."

"Bom", eu disse, olhando as horas no relógio; eram quase oito já.

"Esse dia", ela prosseguiu, indiferente ao meu gesto, "esse dia, aproveitando a minha ida ao salão paroquial, eu resolvi perguntar ao Padre Átila uma coisa que havia anos eu queria saber, mas nunca tinha tido a coragem de perguntar."

"O que a senhora queria saber?"

"Eu queria saber: quanto tempo Jesus permanece vivo dentro de nós, em corpo, sangue, alma e divindade, depois de recebermos a sagrada espécie na mesa da comunhão."

"Hum."

"Era isso o que eu havia anos queria saber. Aí, esse dia, eu criei coragem e perguntei ao Padre Átila."

"E o que ele respondeu?"

"Ele respondeu: 'Meia hora.' 'Só isso?', eu perguntei. 'Só meia hora, Padre Átila?...' Ele achou graça..."

"Podia ser pelo menos uma, né, Dona Nenzinha? Meia hora não dá pra nada..."

"Mas aí, a caminho de casa, eu fiquei pensando naquilo, no que o Padre Átila disse e no que eu disse; fiquei pensando e aí foi me dando um aperto no peito, uma espécie de remorso."

"Remorso?", eu perguntei.

"Uma espécie de remorso. Aí, quando eu cheguei aqui, eu fui direto para o meu quarto, fechei a porta e então caí de joelhos diante do crucifixo na parede. Com as lágrimas derramando dos olhos, eu disse: 'Tenha compaixão de mim, meu Jesus; tenha compaixão. Perdoa a ingratidão desta sua serva. Um segundo, um segundo só que seja de sua presença viva dentro de nós vale mais que toda a felicidade deste mundo. Me perdoa, perdoa a minha ingratidão; o que eu disse foi apenas por muito amá-lo...'"

"Hum."

"E aí, sabe?..."

"Hum..."

"Aí eu percebi... eu percebi que os lábios dele se abriam suavemente num sorriso..."

"Os lábios de Jesus?"

"É, os lábios de Jesus... Eu percebi que eles se abriam num sorriso... um sorriso de perdão..."

"Bom, Dona Nenzinha", eu disse, fazendo menção de levantar-me.

"Não", ela disse; "espera mais um pouco, o Leo deve estar quase chegando. Eu vou coar um cafezinho pra nós."

"Não, obrigado", eu disse; "já tomei café demais hoje..."
"Eu queria te dizer mais uma coisa...", ela disse.
"O quê?", eu perguntei, pensando no Leo, em mais alguma revelação importante.
"É que, se eu for ao Show das Graças — eu não estou pensando em ir, entendeu?"
"Entendi."
"Eu não estou pensando."
"Eu entendi."
"Às vezes você pode achar que eu estou pensando..."
"Não, não acho."
Ou seja: achava, sim.
"É que, se eu for ao Show das Graças e eles pagarem alguma coisa, eu vou doar o dinheiro para a Campanha dos Carrilhões."
"Campanha dos Carrilhões?", eu perguntei.
"Você não está sabendo?", ela admirou.
"Não, não estou."
"Você, jornalista..."
"Jornalista é feito marido traído, Dona Nenzinha: é sempre o último a saber."
Ela riu.
"A Campanha dos Carrilhões", contou, "é uma campanha do Padre Átila."
"Do Padre Átila..."
"É; uma campanha destinada a angariar fundos para pôr carrilhões na torre da igreja."
"Cabe tanto sino lá assim?", eu perguntei.

"Sino?", ela disse. "Não, meu filho, não é sino; não vai ter nenhum sino lá."

"Não?"

"Sino é coisa do passado, como disse o Padre Átila; sino é coisa de museu."

"Feito o meu relógio."

"Vai ser tudo coisa moderna", ela continuou, sem me escutar, "tudo coisa de computador. Eu não sei muito bem explicar como é, porque eu não entendo dessas coisas. Eu só sei que... que é uma coisa muito moderna — muito chique."

"E para que esses carrilhões?"

"Para quê?", ela disse, estranhando a minha pergunta. "Uai, para quê: carrilhões, uma porção de sinos tocando juntos."

"O que eles vão tocar? Samba?"

"Ê, mas você, hem? Você é muito peralta..."

"Peralta; gostei, gostei dessa..."

"Eles vão tocar hinos", ela disse, "hinos religiosos. Mais de quatrocentos hinos."

"Mais de quatrocentos?"

"É."

"E eles vão tocar isso tudo?", perguntei.

"Aí eu não sei te dizer; sei que eles vão tocar de hora em hora."

"De hora em hora."

"É, de hora em hora."

"Que maravilha...", eu disse.

"Eu também estou achando. Eu estou entusiasmada; todo o mundo está."

"E se alguém não quiser ouvir?"

"Ouvir o quê?"

"Os hinos."

"Mas quem não vai querer? Quem não vai querer ouvir hinos tão bonitos como esses?"

"Alguém pode não querer."

"É só mudar de cidade."

"É, né?..."

"Só mudar. Porque os carrilhões é certo que vai haver."

"Hum..."

"O Padre Átila disse que os carrilhões são o sonho da vida dele, desde menino ele pensa nisso; e nós, os paroquianos, queremos contribuir para que este sonho se realize. Um pároco de tantas virtudes como o Padre Átila..."

"É..."

"Além disso, os carrilhões vão alegrar a nossa cidade."

"Vão..."

"E tem mais", Dona Nenzinha disse. "Tem uma coisa que é muito importante: os carrilhões vão servir para lembrar a todos qual é a verdadeira religião."

"E qual é a verdadeira religião?"

"Qual? Isso é pergunta que se faça, menino?", ela disse, meio brava. "Você sabe muito bem qual é a verdadeira religião."

"Hum."

"Você sabe, mas muita gente não sabe. E então, como disse o Padre Átila, é preciso mostrar, alto e bom som..."

"Alto e bom som literalmente..."

"É preciso mostrar, alto e bom som, que só existe uma religião verdadeira, e essa religião é a católica."

"Hum..."

"Todas as outras, todas as outras religiões são falsas, invenções do diabo para confundir o homem e desviá-lo de seu caminho."

"Hum."

"Os carrilhões, eu fiquei sabendo, os carrilhões vão poder ser ouvidos até nas fazendas, as fazendas mais próximas da cidade."

"Quer dizer que até as vacas vão ouvir..."

"Até os bezerros", ela disse, meio rindo.

"E aí até os bezerros vão ficar sabendo que a religião católica é a religião verdadeira..."

"Vão, até eles. Os bezerros também não são filhos de Deus?"

"São?"

"São", ela disse, sacudindo a cabeça devagar; "se você não sabia, os bezerros também são filhos de Deus. Por que não?"

"Haja filho, hem, Dona Nenzinha?... Criar isso tudo..."

É hora de mandar-me desta cidade, pensei. É hora de ir embora. Mas embora para onde? Floresta Amazônica? Deserto de Saara? Polo Norte? Marte? Morte?

"Isso é só o começo", disse Dona Nenzinha.

"Só o começo...", repeti. "E quais são as outras maravilhas que nos aguardam?..."

"Bom...", e ela olhou desconfiada para os lados, depois para mim: "Uma pessoa aí — eu não sei quem nem quero saber —, uma pessoa aí disse que a igreja só não estava entregue às moscas porque até as moscas já tinham ido embora de lá."

Eu ri. Ela, não.

"Isso chegou ao conhecimento do Padre Átila. Ele ficou furioso. Diz que ele bateu a mão na mesa e disse: 'Então é assim?' Quem estava perto disse que ele ficou uma fúria. A pessoa disse que teve até medo de o Padre Átila sofrer alguma coisa, porque ele tem pressão alta, e diz que essas horas a pressão dele vai lá nas alturas...,"

"É bom porque assim ela aproveita e vê Deus, né?"

"E foi aí", ela continuou, "foi aí, depois dessa conversa, que ele resolveu tomar uma série de providências. A primeira, os carrilhões."

"A segunda..."

"A segunda, mandar pintar de novo as imagens da igreja."

"As imagens?...", eu perguntei.

"É", ela confirmou, "as imagens."

"Mas as imagens", eu disse, "as imagens são antigas!"

"São", ela disse, "antigas mesmo. Pra você ver: quando eu era menina elas já estavam lá, na igreja..."

"Elas são da fundação da cidade!", eu disse.

"É mais ou menos isso."

"Elas são imagens históricas!", eu continuei, sem poder conter a minha indignação.

"Algumas já estão com a pintura muito desbotada", ela disse, indiferente à minha reação; "elas estão muito feinhas."

"Feinhas..."

"E então o Padre Átila disse: 'Já é hora de ressuscitarmos essas imagens.'"

"Ressuscitar..."

"É, é assim que o Padre Átila disse. 'Já é hora de ressuscitarmos essas imagens.'"

Padre Átila: onde os seus cavalos passavam...

"Ele até já contratou a pessoa: é um rapaz aí, um pintor. Eu não conheço; diz que é um rapaz humilde mas muito habilidoso. Ele vai dar uma tinturinha nova nas imagens, pôr cores fosforescentes: no escuro, as imagens vão brilhar como se elas estivessem vivas."

"Hum..."

"Já pensou que coisa mais linda?", Dona Nenzinha disse.

"Não, não pensei", eu disse, "mas estou pensando..."

"E aí vem a igreja", ela continuou, desfilando aquele circo de horrores, digo, aquela sequência de maravilhas, "aí vem a igreja: o Padre Átila vai pintar a igreja todinha. Só que vai ficar muito caro. Mas o que o Padre Átila, como bom pastor, não faz por suas ovelhas?"

"É, o que ele não faz?..."

"Faz o que pode e o que não pode."

"Exatamente: o que pode e o que não pode."

"E então — decerto você não está sabendo disso também..."

"Não, não estou."

"Eu não contei ainda..."

"Mas eu não estou, tenho certeza."

Ela ficou um minuto em silêncio, sem me entender, ou pensando no que ia me dizer.

"O Doutor Adolfo", ela então começou.

"O Adolfinho."

"O Doutor Adolfo... O Padre Átila foi lá, no Doutor Adolfo; foi lá e explicou a ele a situação, a necessidade da reforma, o preço, tudo..."

"E o Doutor Balofo? Digo, o Doutor Adolfo..."

"O Doutor Adolfo prometeu dar a tinta."

"Que bom, né?"

"Só que agora, no momento, não há condição."

"Não?"

"Ele explicou que a prefeitura não tem mais verba. Ficou para o ano que vem — se ele for reeleito."

"Ah...", eu disse.

"Falando nisso, os dois apareceram juntos na televisão esses dias — você viu?"

"Não, não tive esse prazer."

"Apareceram, os dois: o Padre Átila e o Doutor Adolfo."

"Sei..."

"O Doutor Adolfo foi lá, na igreja, para ver a questão da reforma."

"E aí?"

"Ele olhou lá as coisas, olhou e aí ele disse: 'Por que não aproveitar e mudar também esses bancos antigos, pôr uns bancos mais modernos, mais confortáveis...'"

"Hum."

"O Padre Átila gostou da ideia."

"Gostou, né?"

"'E ar-condicionado?', o Doutor Adolfo disse."

"Ar-condicionado?", eu perguntei.

"É, ar-condicionado."

"*My God!*"

"Ar-condicionado, o Padre Átila disse que tinha de consultar os superiores, ele não podia decidir sozinho."

"Sei..."

"'Por que os fiéis têm de rezar com desconforto?', o Doutor Adolfo disse."

"Ah, esse Doutor Adolfo..."

"'Com conforto, a pessoa reza muito melhor, e sua oração chega da mesma forma a Deus, ou até de melhor forma.'"

"É..."

"O Padre Átila disse que, como padre, ele não pode, de público, recomendar que a gente vote num determinado candidato, mas que, reservadamente, ele acha o Doutor Adolfo um ótimo candidato."

"Sem dúvida..."

"Além de bom administrador..."

"Bom, não: ótimo."

"Além de bom administrador, ele é um católico praticante, nos lembrou o Padre Átila; um católico de comunhão frequente. E, ainda por cima, devoto de Nossa Senhora Aparecida. É preciso mais?"

"Realmente..."

"Ele disse, o Doutor Adolfo, ele disse que se ele ganhar, as eleições, em três de outubro, no dia doze mesmo, dia de Nossa Senhora Aparecida, Rainha e Padroeira do Brasil, ele vai doar uma imagem da santa à igreja."

"O que me admira é ele não ter prometido doar a própria santa, em pessoa."

"A imagem vai ser em tamanho natural", prosseguiu Dona Nenzinha, sem me escutar: "um metro e meio."

"Eu não sabia que a santa era baixinha...", eu disse.

"Por falar em Nossa Senhora Aparecida", ela disse, mudando um pouco o tom da voz, "você sabia que tem gente que acha que ela é preta?"

"E não é, não?", eu disse, só para provocar.

"Onde já se viu, menino? Nossa Senhora preta?"

"Por que não?"

"Às vezes você não sabe, tem muita gente que não sabe: a cor escura dela é por causa do barro, o barro do fundo do rio onde ela foi encontrada. Você sabia disso?"

"Não", eu disse, e continuei a minha provocação: "eu tinha certeza que ela era preta. Tinha e tenho ainda: para mim, ela é preta, negra."

"Não é, não; tire isso da sua cabeça. É o sujo do barro, a sujeira do barro."

"Hum."

"Eu não sei é por que até hoje eles não limparam o sujo; bastava passar uma lixinha ou então um detergente..."

"É..."

"Aí as pessoas paravam de pensar que ela é preta. Nossa Senhora preta... Onde já se viu? Tem cabimento uma coisa dessas? Tem?"

"É..."

"Eu não tenho nada contra gente preta", ela se explicou; "eu até tenho muita dó deles."

"Hum..."

"Imagine, imagine uma criança: ela ver que é preta e depois ter de carregar essa cor pelo resto da vida... Deve ser uma coisa muito triste. Eu tenho muita dó..."

"Hum..."

"Mas Nossa Senhora preta? Toda Nossa Senhora é branca, isso não se discute. Qualquer que seja a Nossa Senhora: das Graças, das Dores, do Amparo, da Boa Morte — qualquer que seja ela. Toda Nossa Senhora é branca."

"Pois sabe, Dona Nenzinha", e eu me acerquei mais dela, como quem vai contar um segredo: "sabe o que eu li há pouco tempo numa revista?"

"O quê?", ela perguntou, meio apreensiva.

"Eu nem sei se eu devia contar isso para a senhora..."

"É algum escândalo?", ela perguntou em voz baixa.

"Muito pior", eu disse, baixando também a voz, "muito pior..."

"Jesus, Maria", ela disse, benzendo-se rápida.

"Sabe o quê?"

"O quê?"

"Eu li numa revista que..."

"Que..."

"É uma pesquisa, sabe? Uma pesquisa que fizeram alguns historiadores; eles fizeram uma pesquisa em documentos antigos e aí descobriram que..."

"Que..."

"Que Jesus era preto."

"Não!", ela disse, em voz alta, num espanto absoluto. "Não pode! Valha-me Deus e Nossa Senhora! Não pode!"

"Foi o que eu li", eu disse.

"Não", ela tornou a dizer. "Isso é blasfêmia!"

"Eles descobriram; eles descobriram isso: que Jesus era preto, pretinho, de alumiar."

"É mentira, isso é mentira. Não pode ser. De jeito nenhum. Que seria de nós? A humanidade estaria perdida."

"A humanidade? Por quê?"

"Não, eu vou telefonar para o Padre Átila, eu quero saber isso. Onde você leu?"

"Numa dessas revistas aí. Agora eu esqueci qual."

"Jornal e revista inventam muita coisa. Isso é alguém que inventou."

"Quem sabe?..."

"É invenção, você vai ver. Jesus preto... Santa Mãe de Deus, *ora pro nobis*! Isso é coisa do demônio, o demônio é que soprou isso no ouvido desse jornalista."

"Por falar nisso, eu já ouvi falar que o demônio também é preto; a senhora ouviu falar?"

"O demônio? O demônio pode ser. O demônio eu acho que é mesmo preto. Mas Jesus? Esqueça isso, meu filho; esqueça o que você leu e reze uma ave-maria por essa pobre alma."

"E a Nossa Senhora Desaparecida?", eu perguntei.

"Quem?..."

"A Nossa Senhora Desaparecida."

"Existe essa Nossa Senhora?"

"A senhora não ouviu falar?..."

"Não..."

"Ela é mais recente."

"Você leu isso também?"

"Não, isso foi uma amiga minha que me contou. É na Itália, numa cidadezinha da Itália: Felínia, se não me engano..."

"Felínia?"

"É. A imagem da santa foi roubada; e aí... Mas essa história fica para outro dia... Agora eu tenho de ir."

Eu me levantei.

"Não sei o que houve com o Leo", ela disse, meio preocupada; "ele já devia ter chegado... Será que aconteceu alguma coisa com ele?"

"Se tivesse acontecido, a gente ficaria sabendo."

"É..."
"A senhora fala com ele."
"Eu falo; pode deixar."
Despedi-me dela.
"Santa Mãe de Deus", ela disse, abanando a cabeça.
"O quê, Dona Nenzinha?"
"O que você me contou..."
"Dona Nenzinha", eu disse, pondo a mão no ombro dela: "é melhor a senhora não ligar para isso. A senhora sabe: há muita invenção..."
"É o que eu acho", ela disse.
"Há muita gente moleque."
"Há mesmo."
"Quem sabe isso foi apenas a molecagem de alguém querendo se divertir à custa dos outros?"
"Pode ser. Mas... Ai desse moleque se eu pego ele..."
Eu ri.
"Ai desse moleque... Nem queira ele saber o que eu faço com ele..."
Eu ri.
"Jesus preto..."
Eu a abracei.
"Depois eu quero que você me conte essa história", ela disse.
"História?", eu perguntei.
"Da Nossa Senhora Desaparecida."
"Ah; eu conto."
"Sabe que eu já estou com fé nela?"

"É?"

"Parece que... Parece que eu fui tocada por alguma coisa... Não sei explicar..."

"Ela é muito milagrosa", eu disse.

"É?"

"Muito."

"Hoje à noite mesmo eu já vou rezar um terço para ela."

"Lembre-se de mim", eu disse.

"Eu lembrarei", ela disse, com um sorriso de criança; e acrescentou: "Eu lembro de todos! Até..."

Ela chegou mais perto — outro segredo de Dona Nenzinha?...

"Isso eu tenho de falar baixo, para que ninguém me ouça..."

"Diga..."

"Eu rezo até para ele...", ela disse.

"Ele, quem, Dona Nenzinha?", eu perguntei, sem entender.

"Ele...", ela disse, em voz mais baixa ainda, apontando para o chão.

"Alguém que já morreu?"

"Não..."

Ela encostou-se ao meu ouvido e, quase num sussurro, disse:

"O Coisa Ruim..."

"O demônio?", eu perguntei, espantado.

Ela fez o sinal de silêncio, com o dedo nos lábios:

"Ele não pode ouvir..."

"A senhora reza até para ele?"

"A gente não reza para a conversão das almas? Por que, então, não rezar também para a conversão dele?"

"Ah, mas aí", eu disse, "que graça teria um demônio bom?"

Ela deu um sorriso.

"E Deus?", eu perguntei.

"Deus?"

"Se o demônio se converter, o que será de Deus?"

"Como?"

"A senhora vai levar Deus à ruína."

"Ruína?"

"Brincadeira, Dona Nenzinha...", eu disse, dando nela mais um abraço e indo embora.

Poucos dias depois, na rua, ouvi alguém atrás me chamando: voltei-me, e era ela. Fez sinal para eu esperar.

Deve ser a história, pensei, deve ser a história da Nossa Senhora Desaparecida, para eu contar. Tenho de inventar rápido uma, ou então jogar para outro dia.

"Eu queria muito falar com você", ela disse, se aproximando com um semblante alegre.

"A história, né?", eu me antecipei.

"História?", ela perguntou.

"Da Nossa Senhora Desaparecida."

"Não; é sobre ela, mas não é a história: é uma coisa que eu queria muito te contar."

"O quê, Dona Nenzinha?"

"Sabe quantas graças eu já obtive com a Nossa Senhora Desaparecida?"
"Quantas?"
"Três!"
"É?"
"Três graças!"
"Eu não disse para a senhora que ela é muito milagrosa!"
"Disse; você disse, e eu não esqueci."
"Está vendo?"
"Três graças!"
"Devidamente anotadas..."
"Devidamente anotadas...", ela confirmou, sorrindo de alegria. "E no caderninho novo, estreando..."
"Capa vermelha da cor do Sagrado Coração", eu disse.
"Não", ela disse, "essa agora não é vermelha: essa agora é azul."
"Da cor do manto de Nossa Senhora."
"Isso!", ela exclamou. "Isso mesmo! Como que você adivinhou?"
Eu apenas sorri.
"Da cor do manto de Nossa Senhora", ela disse.
"Pois é...", eu disse.
"Ah...", ela suspirou, embevecida. "Maria é uma mãe incomparável, não é?..."
"Bom", eu disse, "mãe por mãe, eu prefiro a minha, que faz uns pães de queijo deliciosos... Será que a Maria também faz?"

"Maria...", ela tornou a dizer.

"Agora, a história", eu disse, "eu prometi contar para a senhora, mas eu estou com muita pressa e..."

"Não", ela me interrompeu, "não é preciso..."

"Não?", eu estranhei.

"O Padre Átila vai me contar."

"O Padre Átila?"

"É. Eu falei com ele sobre a Nossa Senhora, no dia seguinte ao que você me contou. Eu perguntei se ele sabia dela."

"E o que ele respondeu?", eu perguntei.

"Ele respondeu que sabia."

"Ê, Padre Átila, hem, Dona Nenzinha? Nada como um vigário bem-informado."

"Ele é; o Padre Átila é. Ele lê tudo, menino, ele sabe de tudo. O Padre Átila é um portento."

"E ele contou para a senhora a história?"

"Não, a história ele não contou porque ele na hora estava muito ocupado. Mas ele me prometeu que outro dia ele vai contar."

"Sei..."

"Ele disse que é uma história muito bonita."

"É..."

"Eu te agradeço muito."

"De nada, Dona Nenzinha, de nada", eu disse, abraçando-a apertadamente; "tudo pela felicidade das pessoas..."

Despedi-me e fui me afastando.

"Ah", ela disse, me segurando; "mais uma coisinha..."
"Sim..."
"Coisinha, não", ela riu: "coisona."
"O que foi?"
"Jesus."
"Jesus? O que aconteceu? Ele ganhou na loteria?"
"O Jesus preto."
"Ah."
"Eu falei com o Padre Átila."
"Falou?"
"Eu falei. Ele disse que não tem o menor fundamento. Jesus era branco; branco como ele, como eu, como você; como nós todos, brancos."
"Hum."
"Ele disse que quem escreveu isso, isso que você me contou, deve ter sido algum preto; "algum preto querendo se valorizar à custa de Jesus e valorizar os pretos', como ele disse."
"Hum..."
"Jesus podia ser moreno, disse Padre Átila; moreno, porque Jesus andava muito pelas estradas e tomava muito sol."
"Por que ele não usava chapéu? O sol pode dar câncer de pele."
"Moreno, disse o Padre Átila, moreno do sol. Isso é uma coisa. Agora, ser preto, nascer preto é outra, totalmente diferente."
"Então ele não era mesmo preto..."

"Não; tire isso da sua cabeça... E esse sujeito, esse que escreveu isso, ele devia ser excomungado. Eles deviam tirar a roupa dele e dar nele umas boas chineladas, para ele aprender a nunca mais escrever uma coisa dessas."
"Ainda bem que não sou eu...", eu disse.
"Deve ser um sujeito muito vagabundo", ela disse.
"Um sujeito muito à toa, né, Dona Nenzinha?"
"É o que eu penso..."
"Couro nele, né?"
"Isso mesmo", ela disse, rindo; "couro nele."

Voltando àquela noite, eu, ao deixar a pensão, em vez de ir para o restaurante, jantar, saí andando a esmo — e, quando vi, estava diante daquela casa, aquela casinha vermelha, naquela rua transversal, fracamente iluminada.

Parei alguns minutos no alpendre, em frente à porta, e então, quase que à minha revelia, apertei a campainha.

"Ramon?"

"Sim", eu disse; "eu mesmo."

O espanto era total nos olhos dela — nos olhos de Gislaine.

Mas eu também tive a minha cota de espanto: ela estava de cabelos compridos e loura, louríssima. Ah, *mulier, mulieribus*...

Ela estava também toda maquiada, o que me levou a perguntar se ela ia sair. Ela disse que não.

"Nem está esperando alguém?"

"Não", ela respondeu; "por quê?"

"Nada", eu disse, fazendo um gesto qualquer.

"Quer entrar?", ela perguntou, séria, com ares pouco amistosos.

"Se não for incômodo...", eu disse.

Ela abriu a porta, e eu entrei.

A sala era aconchegante, com móveis bons, lustre, etc. Na parede, um quadro grande, um daqueles vendidos na praça; não o dos girassóis, nem o do preto-velho, mas, estranhamente — ainda mais depois do acidente com a filha —, o de que ela dissera não gostar: os três gatinhos na cesta de vime. Talvez presente de alguém...

"Você está bem...", eu comentei.

"Você queria que eu estivesse mal?"

Uau!... Pensei em virar as costas e sair na hora. Mas me contive.

"O que eu queria", respondi com calma, "é que não só você mas todo o mundo estivesse bem. É isso o que eu queria."

Mas queria mesmo? Será que eu queria? Ontem eu salvara de morrer afogada uma formiga — faria o mesmo se lá estivesse em vez da formiga uma barata?

"Foi o Leo que te mandou aqui?", ela perguntou.

"Não", eu disse, "não foi o Leo; nem o Leo, nem ninguém. Eu vim aqui porque eu quis."

"Senta", ela me disse então, indicando o sofá.

Eu me sentei, um pouco relutante. Sentei-me numa ponta do sofá; ela sentou-se na outra ponta, ficando um espaço entre nós.

"Você falou no Leo", eu disse, cautelosamente; "você sabia que ele não está bem?"

"Se você veio aqui foi para me falar dessa pessoa, eu prefiro que você vá embora; e é agora."

"Eu só queria perguntar se..."
"Eu sei", ela me cortou, "eu estou sabendo."
"Pois é; é isso..."
"Ele está pagando", ela disse.
"Pagando?"
"O mal que ele fez."
"Que mal que ele fez?", eu perguntei.
Ela ficou calada.
"Hem?", eu tornei a perguntar. "Que mal que o Leo fez?"
"Eu não disse que eu não queria falar dessa pessoa?"
"Disse."
"Então? Nem dela nem de ninguém da família."
"Joãozico?", eu arrisquei.
Ela sacudiu a cabeça.
"Ele esteve aqui uma noite dessas", contou.
"O que ele queria?"
"O que você acha?..."
Eu não respondi; era desnecessário.
"Eu disse para ele que eu não ia fazer nada e que achava melhor ele ir embora."
"Hum."
"Ele ficou nervoso: 'Eu não vou', ele disse; 'enquanto você não fizer o que eu quero, eu não vou.'"
"Hum..."
"Aí ele tentou me agarrar. Eu corri para a cozinha. Lá tinha uma faca, em cima da pia; eu peguei a faca e mostrei para ele: 'Se você me encostar a mão, eu te enfio essa faca.'"

"Hum..."

"Aí ele parou; ele viu que eu não estava brincando. E não estava mesmo: se ele me encostasse a mão, eu enfiava a faca naquele barrigão nojento."

"E aí?"

"Aí? Aí ele apontou o dedo para mim, apontou o dedo assim e disse: 'Eu vou acabar com a sua vida. Tá entendendo? Eu vou acabar com a sua vida.'"

"Que cara, hem?..."

"É..."

"Ele voltou aqui, depois disso?", eu perguntei.

"Não, mas, toda vez que alguém chama na porta, eu acho que é ele."

"Põe um olho mágico."

Ela não respondeu.

"Ou então", continuei, "se ele aparecer e fizer alguma coisa, você grita os vizinhos."

"Vizinhos?...", ela riu, com ironia. "Os vizinhos estão muito preocupados com a gente, né?..."

"Hum."

"Se eu gritar, sabe o que acontece?"

"O quê?"

"O vizinho vai, correndo, fechar a janela; depois diz que a janela estava fechada e que ele não ouviu nada."

"É..."

Eu me calei. Ela também.

Ficamos, então, os dois calados, olhando para o chão à nossa frente, o assoalho de tacos, sintecado, brilhando.

"Você está muito bonita", eu disse.

"Eu?", ela disse, dando finalmente um sorriso — mas que mulher não sorri diante dessa frase?...

"Achei que você fosse responder: 'Você queria que eu estivesse feia?'"

Ela sorriu, mais abertamente.

"Você está mais bonita do que naquele dia que você foi ao jornal", eu disse, "embora eu prefira você com o cabelo original, preto. Eu tive um susto quando te vi loura."

Ela sorriu de novo.

"Ou isso aí é peruca?", eu perguntei.

"Peruca?...", ela deu uma risada, já se descontraindo e voltando ao seu natural. "Não, não é peruca... Eu nunca usaria peruca..."

"Ainda bem", eu disse. "Acho peruca um horror, a coisa mais horrorosa que o ser humano já inventou até hoje."

Outro horror, para meu gosto: unhas com esmalte preto — o que ela estava usando. Ainda mais sobre unhas curtas, roídas. É, pois é, ela continuava roendo...

"Mas é mesmo", eu continuei, sem saber aonde queria chegar, se é que eu queria chegar a alguma coisa, "você está muito bem, com muito boa aparência..."

"Eu me cuido, Ramon", ela disse, num tom concentrado; "eu tenho de estar sempre bonita."

Eu balancei a cabeça, entendendo o que ela queria dizer com aquilo.

"Você disse que eu estou bem", ela continuou, olhando ao redor. "Eu não estou mal. Será que alguém quer estar mal?"

"Acho que não, né? Só se for alguém muito masoquista..."

"Se eu pudesse escolher", ela disse, "se eu pudesse escolher, talvez tudo fosse diferente."

Eu balancei a cabeça.

"Na verdade, nada disso que você está vendo aí, essas coisas, nada disso me importa muito."

"Sei..."

"Nem mesmo, se eu posso dizer assim, a minha beleza. Eu nunca liguei muito para a aparência; eu nunca fui muito vaidosa."

Eu sacudi a cabeça.

"Acontece que eu não tive escolha, entendeu? Quem nasceu pobre e tem uma filhinha paraplégica para cuidar..."

"E ela, está bem?"

"A Kelly?"

"É."

Ela só mexeu as sobrancelhas, com uma expressão ambígua.

Contou-me que a menina ficava num quarto do fundo e que tinha todo o conforto que estava ao seu alcance dar. Contou-me que pagava uma enfermeira para cuidar dela. Ela estava bem, disse; até onde era possível uma pessoa naquela condição estar bem, ela estava.

Então levou as mãos ao rosto e chorou.

"Por que Deus não levou de uma vez essa criatura?", disse. "Por que ele fez isso? Por que deixar a minha filha no mundo desse jeito? Só para ela sofrer mais?"

Eu me aproximei, no sofá, e pus a mão em seu ombro. Ela se voltou e pôs a cabeça em meu peito, continuando a chorar. Depois, devagar, foi se acalmando. E ficamos os dois assim, imóveis e calados.

Dentro da sala e lá fora, na rua, o silêncio. Nenhum ruído de nada.

"Seu coração está batendo tanto...", ela disse.

"Está?"

Afastou-se, de repente, e olhou para mim:

"Você me acha atraente?"

"Acho."

"E gostar?"

"Gostar?"

"Você gosta de mim?"

"Gosto."

"Muito ou pouco?"

"Muito."

"Mentiroso..."

"Por quê?"

"Como você pode gostar muito de mim se me conhece pouco?"

"É por isso mesmo."

"Por isso?..."

Eu não expliquei. Saí pela tangente:

"Eu te conheço pouco, mas estou conhecendo mais agora; não estou?"

Ela sacudiu a cabeça, concordando.

Onde fora parar o choro?, eu pensei. Onde fora parar a dor de agora há pouco?

"Você quer me conhecer mais ainda?", ela me perguntou.

"Conhecer como?"

"Conhecer todinha."

"Todinha? O que é todinha?"

"Da cabeça aos pés."

"Da cabeça aos pés?"

"Quer?"

"Mas isso eu já estou vendo."

"Você está vendo com roupa. É todinha sem roupa."

"Isso é uma cantada?", eu perguntei.

Ela sorriu.

"Não", disse, "não é uma cantada: é um convite."

"Convite?"

"É."

"Convite para quê?"

"Para você passar a noite aqui."

"E onde que eu vou dormir?"

"Adivinha..."

"No quartinho da empregada?"

"Na minha cama, seu bobo."

"E você, onde você vai dormir?"

"Eu? Bem...", e ela fez uma cara cômica, "eu estou pensando na casa da minha avó; se ela deixar..."

Eu ri.

"Eu não vou dormir", ela disse; "sabe o que eu vou fazer?"

"O quê?"

"Eu vou ficar deitada ao seu lado, te olhando."

"Eu sou tão bonito assim?..."

"É isso o que eu vou fazer."

"Será que você não vai se cansar?"

"Mas não é só isso", ela disse, "não é só isso o que eu vou fazer..."

"E o que mais então que você vai fazer?"

"Eu vou fazer tudo o que você gostaria que uma mulher fizesse com você."

"Bom", eu disse, "aí já melhorou..."

"O que você gostaria que uma mulher fizesse com você?"

"Bem", eu disse, "a história dos três porquinhos: você sabe?"

"Sei", ela disse; "sei essa história e outras também; histórias, por exemplo, de homens e mulheres que se abraçam, peladinhos, e fazem uma porção de coisas gostosas..."

"Não", eu disse, "essas eu acho que a minha mãe não gostaria muito de que você me contasse..."

"Mas você gostaria, não gostaria?"

"Eu gostaria..."

"Você está precisando de amor, Ramon", ela disse.
"Estou precisando é de um copo d'água", eu disse.
Ela foi buscar. Trouxe, e eu bebi.
Ela pôs o copo na mesinha.
"Então?", ela disse. "Aceita o meu convite?"
"Não", eu disse.
"Por quê?", ela admirou.
"Porque não posso."
"Não pode por quê?"
"Porque não."
"Você ficou chateado com aquelas coisas que eu disse?"
"Que coisas?", eu perguntei.
"Aquele dia, no telefone."
"Não", eu disse, "eu não estava nem mais lembrando disso."
Estava, sim, claro; mas preferi dizer que não.
"Olha que você ficou chateado..."
"Não", eu disse.
"Foi tudo da minha cabeça, Ramon..."
"Eu sei."
"Foi um momento de raiva, entende?"
"Eu percebi."
"Me desculpe..."
"Eu já desculpei."
"Não sei como eu pude dizer aquelas coisas..."
Fez uma pausa, olhando para o ar.
Depois, olhou novamente para mim e disse:

"Por que você não quer ficar?"
"Não é que eu não queira; é que..."
Ela se afastou e me olhou bem nos olhos:
"Deixa eu te dizer uma coisa."
"Diga."
"Eu não sou mais a mulher do Leo."
"Não?"
"Eu não sou mais, entendeu?"
"Entendi."
"Eu não tenho mais nada com ele."
"Você pode não ter", eu disse, "mas eu tenho."
"O que você tem?"
"Ele é meu amigo."
"E o que tem isso?"
"O que tem isso?..."
Ela me abraçou de repente:
"Eu quero fazer amor com você...", ela disse, no meu ouvido.
"Hum..."
"Quero fazer você gozar muito..."
"Hum..."
"Eu tenho o maior tesão por você, sabia?"
"Não", eu disse; "confesso que não."
"O maior tesão. Tesão por essa barba cerrada", disse ela, passando a mão em minha barba, "por esses braços peludos... Você parece um bicho."
"Ainda bem que não é uma bicha..."
"Você parece um urso."

"Hum..."
"Uma vez... Uma vez eu sonhei com um urso."
"Ursinho de pelúcia?"
"Não, de pelúcia, não: urso de verdade."
"E o que você sonhou?"
"Sonhei que eu estava assim, numa floresta: de repente, eu vi um urso, um urso cinzento. Aí eu corri; corri feito uma doida, mas o urso também correu e me alcançou, e aí ele me agarrou por trás, rasgou minha roupa e..."
"E..."
"Fim", ela disse, rindo.
"Uai, mas o melhor do sonho você não conta?"
"Não..."
"Eu vou ficar frustrado."
"Só conto que eu quase caí da cama."
"De medo?"
"Não, de medo, não..."
"De quê, então?"
Ela riu.
"Não vai me contar?"
"Não..."
"Quando foi isso?", eu perguntei, lembrando-me de um outro sonho. "Foi há pouco tempo?"
"Não."
"Você ainda estava com o Leo?"
"Estava."
Eu balancei a cabeça.

"Você nunca notou meus olhares, Ramon?", ela me perguntou, de um jeito todo especial.

"Não."

"Homem não nota isso, né?"

"É?"

"Mulher é que nota."

"Hum..."

"Você não notou, né?"

"Não."

"Nem uma vez..."

"Não; sou obrigado a dizer que não."

"O tanto que eu te olhava..."

"É?"

"Você não sabe..."

"Às vezes eu estava distraído."

"Ou olhando para outra..."

"Quem sabe?"

"Eu sempre fui louca por você, Ramon."

"Hum..."

"Desde a primeira vez que eu te vi; lá na feira, com o Leo."

Eu sacudi a cabeça.

"Por que você acha que eu voltei do Rio?"

"Bem, você me disse, aquele dia na rua, que foi por causa das 'patifarias' do Leo. Ou melhor, do Pastor Pedro."

"Pastor Pedro...", ela disse, com escárnio. "Que coisa mais ridícula... Já viu coisa mais ridícula do que isso? Pastor Pedro..."

"Por que você voltou?"

"Preciso dizer?"

"Precisa; eu sou meio retardado..."

Ela tornou a me abraçar:

"Eu voltei do Rio por causa de você, amor..."

"Hum..."

"Eu voltei porque eu não aguentava mais ficar lá, longe de você..."

"Isso muito me lisonjeia...", eu disse.

"Você não lembra que eu fui lá, no jornal?"

"Lembro, claro."

"Eu fui lá para te ver."

Eu balancei a cabeça.

"Mas chega de conversa, né?", ela disse. "Já conversamos demais."

"Conversar é bom...", eu disse.

"Mas há coisa melhor, não há?"

"Há?"

Ela estendeu-me a mão:

"Vamos?"

"Para onde?"

"Para o quarto."

"Não", eu disse.

"Mas então...", ela disse cruzando os braços. "O que você veio fazer aqui?"

"Eu não vim fazer nada..."

Ela me olhando, de braços cruzados, sem entender.

Eu me levantei:

"Eu já vou", eu disse.

Ela não disse nada.

"Lamento, Gislaine."

"Lamenta? Lamenta o quê?"

"Algum mal que eu possa ter te causado."

"Eu é que lamento", ela disse; "o tanto que eu fui idiota..."

Peguei a mão dela entre as minhas, mas ela retirou-a rápido.

"Outro dia eu volto aqui", eu disse.

"Não", ela disse; "eu não quero que você volte; nem outro dia nem dia nenhum."

"Está bem", eu disse; "eu não voltarei."

Fiz um aceno de despedida e saí para a noite escura daquela extenuante sexta-feira.

Leo foi internado. Ele foi internado, no começo de junho, no sanatório que havia em nossa cidade.
A primeira informação que tive foi a de que ele se internara por conta própria, espontaneamente. Não acreditei. Leo? Leo se internar espontaneamente? Leo, que detestava, como fazia sempre questão de dizer, todo tipo de "gaiola"? Não, eu não acreditava...
Depois veio, por outra pessoa, outra informação: a de que Dona Nenzinha, não suportando mais o comportamento estranho de Leo e sentindo-se prejudicada em seus negócios na pensão — que estava criando má fama e, com isso, espantando os hóspedes —, fora atrás de Joãozico e lhe pedira que, na condição de irmão de Leo, tomasse providências, desse um jeito naquilo, que ela "não aguentava mais". Joãozico então procurou o diretor do sanatório, expôs o problema, articularam um plano, e, na calada da noite, pegaram Leo — ele gritando, esperneando e tentando de todo o jeito escapar, segundo alguns, e, segundo outros, sem esboçar a menor reação.
Acho que a verdade, pensei, só vou mesmo saber pela boca do próprio Leo, no dia em que eu for visitá-lo

— o que, por ordem médica, qualquer pessoa, mesmo os parentes mais próximos, só poderia fazer dez dias depois da internação.

Então, passados os dez dias, eu, numa tarde de sábado, fria e de céu nublado, no horário permitido às visitas, fui visitá-lo, acompanhado de Mosquito, que também queria vê-lo e havia combinado comigo de ir junto.

O sanatório era fora da cidade, mas não tão distante que não permitisse a uma pessoa ir lá a pé. Ele ficava ao pé da serra, a única que tínhamos — a Serrinha, como era conhecida na região. E, assim, a pé, fomos, Mosquito e eu.

Caminhamos algum tempo calados, Mosquito mais que de costume. Então ele olhou para mim:

"Ramon, será que eles não pegam a gente?"

"Pegar?", eu perguntei. "Pegar como?"

Ele fez, com os dedos das mãos, uma gradinha.

"Prender?", eu perguntei.

Ele sacudiu a cabeça, sério. Eu ri; estava ali o motivo de tanto silêncio...

"Você está rindo", ele reclamou, "mas diz que eles de vez em quando fazem mesmo isso."

"Hum..."

"Não é sempre nem com todo o mundo, mas diz que eles de vez em quando..."

"Ah, Mosquito..."

"Teve um sujeito aí", ele contou, "teve um sujeito aí que foi lá, ver um parente, e eles crum! pegaram o bicho. Aí deram uma injeção das brabas nele, daquelas sossega-leão, e botaram o cara numa solitária, um lugar onde não entra nem mosquito."

"Então você não precisa se preocupar..."

"Diz que basta eles cismarem com o cara", ele continuou; "se eles acharem que o cara é meio matusquela, eles pegam mesmo, não estão nem aí."

"Sei..."

"E diz que lá tem uns enfermeiros, uns tipos parrudos, já treinados para fazer isso, para agarrar os caras. Diz que eles dão uma gravata no pescoço do cara, que não tem nada que consiga soltar."

Eu ri.

"São três os tipos que eles gostam de pegar: pinguço, veado e crioulo."

"Então você está perdido, meu filho..."

"Ah, e drogado; drogado também, o caso do Leo. Quatro tipos."

"Hum."

"Agora, diz que, se o cara for meio pirado de nascença, ele também está arriscado de ir e ficar lá."

"Lá?"

"No Sanata."

"Ah."

"Eu estou indo lá", Mosquito explicou, "eu estou indo lá porque é o Leo, o nosso amigo; eu não podia deixar de ir. E também porque você está indo junto, e eles têm medo de jornalista."

"Será?"

"Têm, eles têm medo. Dependendo, o cara pode escrever alguma coisa, contar o que viu lá, e aí fica ruim para eles."

"Hum..."

Um senhor, magrinho, de cabelos brancos, com camiseta, calção e tênis, veio correndo em sentido contrário ao nosso e por nós passou, lépido e fagueiro.

"Conhece?", Mosquito me perguntou.

"Não", eu respondi.

"Eu também não", ele disse. "O cara deve ser novo na cidade."

"É", eu concordei.

"Uns quantos anos você acha que ele tem?", Mosquito me perguntou.

"Uns 350", eu respondi.

Mosquito riu.

"Acho que daqui a uns tempos ninguém mais morrerá", eu disse.

"Pelo menos, aí", disse Mosquito, "a gente não volta em forma de barata."

"Eu acho que as baratas é que vão voltar em forma de gente", eu disse. "E, a julgar por certas pessoas, algumas já voltaram..."

Andamos mais algum tempo em silêncio.

"Você já ouviu falar na máquina de dar choque que eles têm lá?", me perguntou Mosquito.

"Quem?"

"Lá no Sanata."

"Não."

"Diz que é uma coisa horrorosa; nem no inferno existe coisa igual. Diz que eles amarram o cara numa mesa de ferro — amarram com umas pulseiras de couro cru — e aí dão o choque, até o cara desmaiar de dor."

"Hum..."

"Diz que a hora que eles tiram o cara, a mesa está uma nojeira de bosta e mijo — é aquela cagança e aquela mijança, uma coisa insuportável. Tudo por causa da dor, a dor que o cara sente. E, depois, a única coisa que eles fazem é jogar uns baldes de água com desinfetante. E, mesmo assim, fica um fedor só, de longe a pessoa já sente."

"Hum..."

"E ali, ali diz que é todo o mundo: homem, mulher, moço, velho, todo o mundo — todo o mundo entra no pau. E eles ainda põem o cara pelado; e, se for mulher, principalmente se for moça, ainda mais se for gostosa, eles não perdem a chance, dão aquela bolinada. Sabe como é: a pessoa já está meio grogue por causa da injeção... Aí eles passam a mão, enfiam o dedo, fazem de tudo — é uma sacanagem, uma covardia. Eu acho que eles só não metem porque depois pode dar problema; sei lá..."

"Hum..."

"E aí, depois de tudo, eles dão o choque, o tal choque. Diz que esse choque dói tanto, que se o cara, na hora, não ficar amarrado com as tais pulseiras de couro cru, ele vai lá em cima, lá no teto, feito uma mola distendida. É uma barbaridade..."

"Ah, Mosquito...", eu disse.

"É, rapaz; é, uai. É assim. Senão, eu não estava te contando. Eu sei, já me contaram; é gente que esteve lá. Diz que o choque é feito cadeira elétrica."

"Hum."

"Sabe qual é a diferença?"

"Qual?"

"A diferença é que na cadeira elétrica o cara morre, e lá não: lá o cara pode receber um choque num dia, outro choque noutro dia, outro e outro — até virar um boboró, um plasta, um zumbi."

"Hum..."

"Quer dizer: a cadeira elétrica é muito melhor, porque é uma vez só, o cara morre e não sofre mais; e a gente tem mesmo de morrer um dia."

"É."

"E quando o cara tenta fugir?"

"Hum."

"Tenta, né? Tenta, porque fugir mesmo, ninguém foge. E sabe por quê?"

"Por quê?"

"Porque — eu ouvi contar — lá em cima, no alto da Serrinha, escondida nas árvores, tem uma câmera que filma tudo embaixo, no Sanata. Aí, se o cara tenta fugir, a câmera mostra, e eles pegam o cara na hora."

"Hum..."

"E aí sabe o que eles fazem com o cara, o que tentou fugir?"

"O quê?"

"Diz que eles deitam o cara de bruços na cama de ferro — não é de costas, não, é de bruços —, deitam o cara na tal cama fedorenta, e aí eles pegam um ferrinho — o 'pintinho', como eles chamam lá —, prendem na ponta do fio elétrico e enfiam no rabo do cara."

"Hum."

"E aí, aí é uma beleza. Diz que o corpo do sujeito chega a avermelhar, como se estivesse em carne viva; como se ele fosse virar brasa. E, se deixar mais um pouco, se descuidar, o cara assa, vira churrasco."

Eu ri.

"E você fica rindo", ele disse, achando ruim.

"Não tem nada disso, não, Mosquito; isso é coisa de filme, filme de terror. Quem te contou isso andou vendo muito filme de terror."

"Filme... Vou nessa... Antes fosse, meu filho, antes fosse mesmo filme. Só que não é: é a realidade."

"Filme", eu reafirmei.

"Lembra do Lombriga?", ele me perguntou.

"Lombriga?", eu disse.

"Aquela falta de dente que ele tem na frente..."

"Ah, sei..."

"Pois é; você acha que aquilo foi acidente ou briga?"

"Não sei."

"Eu achava que fosse briga. Por quê? Porque o Lombriga é arreliento e vivia metido em briga."

"Por isso é que ele se chama Lom-briga."

"Nunca vi um cara se envolver tanto em briga. É por isso que eu achava... Até que um dia ele me contou, ele me contou a história. Briga, hem? Que-o-quê... Briga, nada. Choque, cara, choque lá no Sanata; choque dos bons..."

"Hum."

"Dói tanto — o Lombriga me contou —, o choque dói tanto e o cara morde com tanta força, que os dentes dele quebram. Já pensou? Os dentes quebram. Então o que eles fazem? Para isso não acontecer. O que eles fazem? Eles enfiam uma borracha entre os dentes do sujeito. Eles fazem isso para os dentes não quebrarem e também para os que estão lá fora não ouvirem os gritos."

"Tá."

"Com o Lombriga, ou eles esqueceram de pôr a borracha ou então fizeram de propósito — por maldade mesmo, porque maldade é o que não falta ali, naquela casa."

"Hum."

"Ou então, ou então mesmo com a borracha entre os dentes, a dor foi tanta, que os dentes cortaram a borracha e quebraram. Não sei. Pode ter sido isso. Não sei nem quero saber. Não gosto nem de pensar num troço desses."

"Hum."

"Há pouco tempo eu encontrei com ele na rua, com o Lombriga. Eu disse: 'Lombriga, você precisa colocar os dentes aí, rapaz; melhorar o visual.' 'Cadê o tutu?', ele respondeu, 'cadê a grana?' Isso é mesmo. Eu fiquei com dó dele; o Lombriga é briguento, mas é um cara bom, de bom coração. Eu fiquei com dó dele. Mas é assim mesmo: o cara, hoje, para tratar de dentes, tem que ser milionário."

"É..."

"Um outro conhecido meu aí, o Neto — acho que você não conhece ele —, o Neto teve de vender a moto para acabar de pagar o tratamento."

"É?"

"A dentista vivia telefonando para ele, cobrando, acredita? No fim, ela já estava até ameaçando pôr ele na cadeia. Doutora Simara; você conhece. Tudo por causa de um dinheirinho a mais, a merdinha de um dinheiro..."

"Tem a prefeitura, os dentistas da prefeitura."

"Prefeitura? O Lombriga? Só se for para eles acabarem de rancar os dentes dele e deixar ele banguelo."

"Aí ele vai mudar o nome para Lombriguelo..."

"Porque é isso o que eles fazem, eles rancam. O cara nem sentou direito na cadeira, e já vem o dentista lá com o boticão: 'Tem de rancar; isso aí tem de rancar.' É assim que eles fazem. Se o Lombriga for lá, num desses dentistas aí da prefeitura, coitado, eles vão deixar ele banguelão de tudo, não dá outra..."

Eu sacudi a cabeça.

"Mas eu estava falando é do Sanata. Tudo isso que eu te contei é comandado pelo Doutor Ângelo. Não é ele até hoje o diretor?"

"É."

"Aí, ó: eu estou sabendo de tudo, está vendo?"

"Estou."

"Já não é tempo de tirarem esse homem de lá?"

Eu sacudi a cabeça, sem dizer sim nem não.

"Eu acho que ele é o diretor do Sanata desde que o Sanata existe, desde que foi inaugurado, não é?"

"Acho que sim", eu disse.

"Lá diz que ele manda e desmanda, e ai de quem põe peito com ele. Diz que é ele que dá os choques, pessoalmente. Diz que ele fica até babando, de satisfação; diz que, no fim da sessão, a barba dele fica pingando saliva, ele tem até de enxugar com um lenço."

"Quem disse isso?", eu perguntei, já meio irritado com aqueles pavores de Mosquito.

"Pergunte por aí que você fica sabendo", ele disse. "Você também nunca sabe de nada, tudo eu tenho de te contar..."

"É por isso que eu queria você para meu repórter."

"Esse doutor é um monstro, Ramon. Você nem acredita. Ele é que devia estar lá, na salinha fedorenta do choque; eles deviam prender ele lá, todos os que passaram pelas mãos dele e de quem ele judiou, eles deviam prender ele lá e descontar toda a maldade que ele fez. Aí eles faziam uma fila, lá no Sanata, e cada um entrava na salinha e dava um choque nele. 'Calma, rapaz, calma; fica frio: só tem mais trinta ali na fila...'"

"Ê, Mosquito..."

"Até eu, que não passei por ele — e Deus e Nossa Senhora me ajudem a nunca passar —, até eu ia entrar na fila também para, em nome de alguns amigos, dar também o meu choque. Mas eu ia querer usar o 'pintinho', enfiar o ferrinho elétrico no cu desse filho da puta e ver ele ir bater lá em cima, no teto da sala fedorenta."

Eu me calei.

"Só espero — para terminar minha lenga-lenga, que já está te enchendo o saco, porque você não acredita..."

"Acredito", eu disse.

"Só espero que ele não tenha feito nada disso com o Leo. Coitado; já basta o que o Leo vem passando nos últimos tempos. Parece que um urubu pousou na sorte dele."

"Às vezes é o Valdivino."

"Você leva tudo na brincadeira...", ele disse, chateado.

"Você está muito tenso, Mosquito", eu disse, pegando no braço dele. "Relaxa, rapaz..."

"Relaxa? Quanto mais perto nós estamos — olha ele lá, o Sanata —, mais tenso eu fico. Bom se eu não borrar na calça..."

Eu dei uma risada.

"São três tipos", ele tornou a lembrar: "pinguço, veado e crioulo; são os três que eles gostam de pegar. E drogado. Pinguço, veado, crioulo e drogado: os quatro."

"Sei."

"Se não fosse pelo Leo", ele disse, "se não fosse pelo Leo, eu nunca estaria indo agora a esse lugar."

Eu balancei a cabeça.

"Lembre que eu estou com você, hem, cara? Não vai me jogar pras cobras."

"Eu ia fazer isso com você, Mosquito?"

"Sei lá, sei lá; você não viu o que fizeram com o Leo?"

"Fique tranquilo", eu disse, pondo a mão no ombro dele; "o máximo que pode acontecer é eles quererem te usar como cobaia para experimentar alguma nova máquina de choque; mas aí é coisa rápida, e eles te liberam logo..."

"É, né? Aqui pra você, ó...", e ele fez o gesto que se sabe.

Eu ri.

"Se alguém me botar a mão lá, eu vou aprontar o maior berreiro, isso eu garanto; vou berrar tanto que todo o mundo vai ouvir; até lá no centro da cidade."

Nós finalmente chegamos. O prédio, de cor esverdeada e já meio desbotada, era da década de 40 ainda. Tinha sido reformado algumas vezes, e suas instalações ampliadas. Haviam também colocado, mais recentemente, uma cerca de tela, que rodeava o terreno em toda a sua extensão, havendo entre ela e o prédio uma grama rala e umas poucas árvores, de pequeno porte.

O portão estava aberto, e seguimos, pela alameda, até o prédio.

Mosquito olhou para trás.

"O que foi?", eu perguntei.

"A gente nunca sabe, né? Eu estou olhando a distância que eu vou ter de correr se algum dos enfermeiros quiser me pegar."

Eu dei uma risada.

"Você está rindo, mas a coisa é séria. Você não é crioulo, né?"

"Não. Nem pinguço, nem veado. Nem drogado."

"Eu, hem? Como diz o meu pai: 'O seguro morreu de velho.'"

Nós entramos. No saguão, me informei com uma secretária e ela nos indicou uma porta, ao lado da qual estava uma enfermeira, de branco, bonitinha e gentil, a quem nos identificamos. Ela pediu que esperássemos um pouco ali e se afastou. Voltou logo, deu um sorriso e abriu para nós a porta.

Descemos por uma escadinha e chegamos ao pátio. Havia nele várias pessoas, entre internos, de uniforme azul, e seus familiares e amigos.

Procuramos por Leo: ele não estava. Mas, antes que estranhássemos, o vimos vindo pelo corredor.

Cumprimentamo-nos.

"Tudo azul?", eu brinquei, por causa do uniforme.

Ele deu um ligeiro sorriso.

"É melhor este uniforme do que aquele outro, de listas...", disse.

Nós três rimos.

Sentamo-nos num banco de madeira, no pátio: Leo no meio, eu à direita dele e Mosquito à esquerda.

"E o tratamento, está sendo bom?", perguntei, tentando iniciar uma conversa.

Ele sacudiu a cabeça, sorrindo novamente. Depois olhou para o chão.

Eu olhei para Mosquito: Mosquito fez uma expressão de "ele está esquisito..." Eu sacudi de leve a cabeça, concordando.

"Você já sabe quando sai?", perguntei.

"Mais quinze dias", Leo respondeu; "mais duas semanas. Depende..."

"Depende?..."

"Do médico."

"É o Doutor Ângelo?", Mosquito perguntou.

"É."

"Ele é bom?", perguntei, e olhei de esguelha para Mosquito.

"É, ele é bom", Leo respondeu. "É bom médico."

"E choque?", perguntou Mosquito.

"Quê?", Leo perguntou.

Eu acenei para Mosquito não perguntar de novo.

"Você toma muito remédio?", perguntei.

"De manhã, de tarde e de noite."

"Isso tudo?", perguntou Mosquito.

"Eles põem um também na comida", acrescentou. "Um colega aí me disse que esse na comida é para a gente não ter vontade de..."

Ele olhou antes para os lados, depois fez o gesto.

"Então tem isso também?", Mosquito perguntou, assustado, olhando para Leo e depois para mim.

Leo sacudiu a cabeça, rindo.

"Virgem Maria!...", disse Mosquito. "Mas depois volta, né? Ou é para sempre?"

"Volta", disse Leo. "É só aqui, enquanto a gente está aqui."

"Ah...", Mosquito disse, aliviado. "Pensei que... Então é só para não querer comer as enfermeiras, né?"

Leo riu.

"Senão, hem, Leo?"

Ele tornou a rir.

"Tinha uma lá na entrada", Mosquito disse, "tinha uma lá muito bonitinha; né, Ramon?"

"É..."

"Eu sei", disse Leo; "é a Madalena."

"Ah, você sabe, né?..."

Leo riu.

"Deu para dar pelo menos uma beliscada?", continuou Mosquito.

Leo riu, sem responder. Mas ele parecia mais animado agora. Sexo, ou conversa sobre sexo, sempre anima.

"Com aquela bundinha, hem?", Mosquito disse. "Você viu como ela mexe, Ramon?"

"Vi", respondi. "Como não ver? Até um cego veria..."

"Uma bundinha muito gostosa...", disse Mosquito. "Acho que eu vou dar um jeito de vir para cá também, só para ficar vendo a bundinha da Madalena. Vou entrar no seu lugar, Leo; você deixa?"

Leo sorriu, sem dizer nada.

"Você vai para onde, quando sair?", eu perguntei.

"Minha avó", ele respondeu, sem maiores explicações.

"E a pensão?", perguntei ainda, tentando descobrir alguma coisa.

Ele fez um não com a cabeça, mas nada disse.

"E os enfermeiros?", perguntou Mosquito. "Tem algum aqui perto?"

Leo procurou ao redor, entre as pessoas, e apontou para um rapaz de branco, próximo à porta por onde havíamos entrado.

"Aquele magrinho?", estranhou Mosquito. "Ele é enfermeiro?"

"É o Marquinhos", disse Leo.

"Ele tem jeito de gay", disse Mosquito.

"Ele é", disse Leo.

"Uai, mas então... Eu não estou entendendo mais nada", disse Mosquito, confuso. "E os outros?"

"Outros?...", perguntou Leo.

"Os outros enfermeiros: os parrudos."

"Parrudos?..."

Leo olhou para mim — agora era ele que não estava entendendo nada...

"Imaginações mosquitianas", eu disse.

"Não tem algum enfermeiro parrudo aqui?", insistiu Mosquito.

"O mais forte é o Ribeiro", disse Leo; "mas hoje ele não veio, acho que é folga dele."

"Ainda bem", disse Mosquito.

Leo deu um ligeiro sorriso, sem entender e sem perguntar.

Ficamos os três por algum tempo calados, observando as pessoas ao redor, geralmente em grupinhos, as conversas a meia-voz, como se houvesse ali uma ordem tácita de que ninguém falasse acima de determinada altura.

"Mas no geral, então, você está se sentindo bem?", eu perguntei.

"Estou."

"Foi você que quis vir?", eu perguntei, numa nova tentativa de saber o que havia acontecido.

Ele olhou para mim com um ar de quem não entendera a pergunta.

"Foi você que se internou, espontaneamente?", perguntei, de modo mais direto.

"Eu não me lembro bem, Ramon; esses remédios... A gente fica..."

Ele se calou. Notei que parecia meio cansado e desinteressado da conversa.

Olhei para o relógio, e depois para Mosquito.

"Vamos, Mosquito? É hora."

Levantei-me. Mosquito também. E então Leo.

"Obrigado pela visita", ele disse, olhando para nós.

"Algum recado?", perguntei, oferecendo meus préstimos.

Ele disse que não; nenhum recado.

"Alguma coisa de que você esteja precisando?..."

"Não", ele disse, e tornou a nos agradecer a visita.

Nos abraçamos e nos despedimos.

Mosquito e eu deixamos o sanatório e ganhamos o caminho de volta para a cidade.

Andamos algum tempo em silêncio.

"Não gostei", disse então Mosquito.

"Não gostou do quê?", eu perguntei. "Você viu que tudo é bem diferente do que você pensava, não é?"

"Não, rapaz, não é isso; eu nem estava pensando nisso."

"O que é então?"

"O Leo", ele explicou. "Eu não gostei do jeito que o Leo está."

"Mas ele disse que está bem", eu lembrei. "Ele disse mais de uma vez."

"Disse; mas não está."

"Por quê?"

"Porque não está."

"Ele está sob efeito de remédio, Mosquito", eu expliquei. "É assim mesmo, o cara fica meio derrubado."

"Não", ele teimou, "não é. Aquele não é o Leo... O Leo não é assim..."

"Ele está em tratamento", eu disse. "É que você nunca viu gente assim."

"Já", ele disse, "já vi, sim; quem disse que eu não vi?"

"Depois a pessoa vai melhorando", eu continuei. "É questão de tempo."

"Não", ele continuou teimando. "Eu não gostei; sinceramente..."

Eu parei de falar.

Andamos então mais um bom tempo em silêncio, cada um com os seus pensamentos — as suas certezas e as suas dúvidas.

"Vai uma cervejinha?", Mosquito perguntou, ao passarmos em frente a um boteco, já chegando ao centro.

Eu disse que não, que tinha ainda algumas coisas a fazer aquela tarde, o que era verdade.

"Então você acha que o Leo vai ficar bom?", ele me perguntou, antes de nos despedirmos.

"Eu acho que sim", eu disse.

"O Leo é um dos poucos amigos de verdade que eu tenho", ele disse. "A gente sempre foi amigo."

"Eu também", eu disse. "Desde menino."

"A gente, como dizem, é amigo até debaixo d'água."

Eu balancei a cabeça.

"Eu acho que eu nunca mais vou ter um amigo como o Leo..."

Parou um pouco e disse:

"Diabo! Até parece que a gente está falando de alguém que já morreu!"

"E mesmo", eu disse, e nós rimos.

"Vida longa para o Leo!", ele disse, apontando o dedo para o alto.

"E para a Madalena também", eu disse, "a Madalena com a sua linda bundinha!"

"Isso!", Mosquito apoiou, dando um sorriso alegre. "A Madalena, com a sua bundinha deliciosa..."

Aqueles dias uma notícia veio a agitar a cidade, provocando vários debates, das ruas aos gabinetes das autoridades, passando pelas escolas, repartições, bares, etc., e fazendo lembrar, em alguns aspectos, o que ocorrera com a escultura na década de 50.

A notícia fora dada por um tabloide de São Paulo: Big Thomas — o nosso Tomé Bicho-de-Pé — fora contratado para estrelar um filme em Los Angeles. Filme pornô, claro. "É a glória!", ele disse ao jornal.

Adolfinho, alegando que isso era motivo de orgulho para a cidade — "Flor do Campo não poderia ficar indiferente à projeção internacional de um de seus filhos" —, Adolfinho, mais que depressa, teve a ideia de marcar uma visita do ator à sua terra natal. Dia: 11 de junho, domingo, véspera do Dia dos Namorados — "poderia haver melhor data?" Big Thomas desfilaria, então, gloriosamente, pelas ruas de Field Flower, em carro aberto. (E, de preferência, de braguilha também aberta, comentaram algumas mocinhas mais assanhadas...)

O plano do prefeito chegou à câmara.

"Isso é um acinte", disse, em seu discurso, Muriel Dicionário; "é um achincalhe, um escárnio." (Lembremo-nos de que, como já contei, Muriel foi aluno do Professor Teófilo...)

Já para Daniel Coca-Cola, a homenagem era mais do que devida: "Big Thomas está inserindo o nome de nossa comunidade no mapa do cinema americano!"

"Uma notícia como essa", continuou Muriel, "uma notícia como essa devia ser abafada, e não divulgada. Nós, homens de bem, só podemos lamentar a trajetória desse rapaz..."

"Não seja tacanho, caro colega", disse Daniel; "abra a sua mente e nela deixe entrar os ares da modernidade."

"Minha mente, aqui em cima, já está aberta, mas, quem sabe, já que Vossa Excelência parece ter tanta admiração pelos dotes desse rapaz" (e ele deu um risinho, olhando para a assistência na câmara), "quem sabe Vossa Excelência não abre para ele a parte inferior e posterior de sua anatomia?"

Tapas, pontapés, a turma do deixa-disso, etc...

Diziam as más línguas que os embates parlamentares entre Muriel Dicionário e Daniel Coca-Cola — que, pela sua frequência, já iam se tornando folclóricos — eram combinados, para dar mais audiência na câmara, o que eles de fato conseguiam. Diziam até que, mais do que combinados, os embates eram ensaiados entre os dois, no sítio de Muriel, próximo à cidade...

(Quanto às tais más línguas, estas já estão de há muito por merecer um tratado sociológico. Quem sabe um acadêmico daria o primeiro passo? Tese de doutorado: *As más línguas: de sua interatividade e de seus efeitos deletérios na sociedade*. Que tal?...)

A polêmica prosseguiu na cidade, com, de um lado, moções de apoio, especialmente da boite gay, Alegria, Alegria, que chegou a comunicar um strip-tease de Big Thomas, e de um cinema local, que se propôs a exibir seu filme de maior sucesso, *Comendo todas*; e, do outro lado, moções de condenação, vindas principalmente de um grupo de senhoras da sociedade, As Guardiãs (Guardiãs da Moral e dos Bons Costumes).

Adolfinho, firme em seu propósito. Até que, segundo circulou, Padre Átila teria entrado na jogada, ameaçando veladamente negar-lhe o apoio nas eleições, caso ele levasse adiante aquela ideia. O padre, pressionado — e com a pressão a mil —, teria feito este ultimato: "Ou Cristo ou Satanás!"

Nesse ínterim, no quente da coisa (epa!), Barroso me pediu que fizesse, por telefone, uma entrevista com Big Thomas.

Comecei por lembrar os nossos tempos de escola; ele, num tom sério, disse que não se lembrava mais daqueles tempos, o que me pareceu mentira.

"Nem da Irmã Ju?...", eu perguntei, provocativo.

"Quem?", ele perguntou.

"A Irmã Ju."

Ele grunhiu qualquer coisa que eu não entendi.

"Bem", eu disse, "vamos às perguntas. A primeira: tamanho é documento?"

"O que importa é o tamanho da bondade da pessoa", ele respondeu.

"Mas bondade não leva ninguém para os filmes pornôs", eu disse.

"Meus filmes são de arte erótica, o nome certo é esse."

"Tá", eu disse, "arte erótica. E como você vê a sua contratação por uma produtora de Los Angeles?"

"Eu só posso agradecer a Deus pelo talento que ele me deu."

"O que você chama de talento?...", eu perguntei, com maldade.

Ele respondeu que a ligação não estava boa — para mim, estava, estava ótima — e que, quando ele viesse à cidade, a gente conversava mais. E desligou.

Barroso leu o rascunho:

"O rapaz não disse nada..."

"Não", eu concordei, "não disse."

Final da história: o rapaz — Big Thomas — não veio à cidade, nem a entrevista foi publicada.

Algum tempo depois saberíamos que a notícia da contratação fora inteiramente forjada e plantada pelo produtor dos filmes de Big Thomas para dar-lhes uma força, ameaçados que estavam pelo surgimento na praça de um novo astro, cinco anos mais novo que Thomas e, segundo se propagava, com um "talento" alguns centímetros maior que o dele... O nome do astro: "The Biggest", logo abreviado para simplesmente "The" — o "The".

E a cidade, depois disso? A cidade? No mais completo silêncio. Como se nada, absolutamente nada, tivesse havido.

Em todos os meses do ano o lago, no final da tarde, é um espetáculo à parte de luzes e cores; mas em junho esse espetáculo atinge o seu máximo, quando os amarelos do céu, os alaranjados e os vermelhos se sucedem em raras e variadas combinações sobre a sua plácida e platinada superfície.

Foi numa dessas tardes que um homem, um empregado de um sítio, que estava nas imediações do lago, presenciou aquela cena estranha, que ele, depois, assim descreveria à repórter da televisão, da cidade vizinha:

"Primeiro eu vi aquele rapaz parado lá, na beira do lago. Ele estava lá, parado, olhando para longe, para o meio do lago."

"Ele estava sozinho?", perguntou a repórter.

"Estava, ele estava sozinho; não havia ninguém com ele, nem ele tinha alguma coisa na mão. Ele só estava ali, parado, olhando, sem fazer nada. Eu achei que ele estivesse admirando a beleza do lago, pois, nessa época, o lago fica muito bonito."

A repórter sacudiu a cabeça.

"Eu pensei isso", continuou o homem, "mas, mesmo assim, eu achei aquilo meio esquisito e continuei prestando atenção, como se eu estivesse adivinhando que alguma coisa iria acontecer ali, sabe como?"

A repórter sacudiu a cabeça.

"Então", disse o homem, "de repente, o rapaz começou a tirar a roupa. Tirou a camisa, a calça e o resto, e os sapatos também, até ficar nu, completamente nu. Eu pensei que ele fosse nadar, por isso é que fizera aquilo. Mas ele não mergulhou: em vez disso, ele foi entrando na água, andando de pé e sempre olhando lá para a frente, como se ele estivesse vendo alguma coisa. Mas o quê? O que ele podia estar vendo, se não havia nada lá na frente? E aí, aí, de repente, ele sumiu. Ele sumiu de uma vez, na água. Sumiu. Eu ainda fiquei ali algum tempo, olhando e esperando que ele aparecesse, mas ele não apareceu mais. E aí já não havia mais ninguém ali, parecendo que eu tinha sonhado tudo aquilo. Só havia o lago, o silêncio, e aquela beleza toda..."

O rapaz — precisava dizer? — era Leo. O dia, 29 de junho, dia de São Pedro. Intencional? Mera coincidência? Jamais saberíamos. Mas, também, se soubéssemos, de que ou a quem isso adiantaria?...

O corpo de Leo não foi encontrado, apesar de todos os esforços. Duas lanchas e alguns mergulhadores fizeram, sem resultado, o que podiam.

Começaram então — como sói acontecer em tais ocasiões — as hipóteses, os palpites: o corpo de Leo, segundo a maioria das pessoas, teria dado na margem e alguns animais o arrastado para o mato e devorado.

O Papudo! Sim, o Papudo! É o Papudo que o teria comido! Ou a Cobra-Gigante? Esta, com mais fundamento, pois poderia ter engolido o corpo inteiro — já não engolira ela a famosa vaca Jandira?

Ou então, quem sabe, nem o Papudo nem a Cobra-Gigante, mas algum outro bicho, desconhecido, que habitava as profundezas do lago...

Não, afirmaram outros, não era nada de bichos, nem verdadeiros, nem imaginários: o corpo de Leo fora parar numa loca; simplesmente isso.

(Uma loca, uma daquelas terríveis locas que, segundo o próprio Leo me dissera naquela ocasião — profetizando talvez o que lhe viria a acontecer —, entrasse alguém numa delas, não saía mais e nunca mais seria encontrado...)

Nesse vaivém de especulações, uma pessoa da família teve uma ideia que, apoiada por uns e rejeitada por outros, acabou prevalecendo: procurar a Luzia Cega. "Ela não vê tudo?", a tal pessoa disse. "Então ela vai ver também onde está o corpo do Leo."

E assim fizeram. Foram até a casa da vidente, na ruazinha atrás do cemitério — o "lugar bucólico"... —, e expuseram-lhe o problema. Mas a coisa não foi tão fácil como haviam imaginado...

De cara, já tiveram de ouvir um sermão. Com palavras duras, ou, pelo menos, sem meias palavras, Luzia Cega lembrou que advertira o infeliz rapaz dos sofrimentos que o esperavam, fosse ele deixar a sua casa e a sua cidade. "Ele não me ouviu", ela disse. Ele foi, mudou de cidade. E quando novamente esteve na casa dela, numa visita — ela contou —, tornou a adverti-lo, com mais vigor. "Não adiantou nada", ela disse.

E seguiu, falando: "A mocidade é burra. A velhice também é, mas a mocidade é mais ainda. A mocidade acha que pode tudo. Ninguém pode tudo. Nem o homem mais poderoso da Terra pode tudo. Se alguém pudesse tudo, não havia mais sofrimento, nem a morte haveria. Esses moços, eles me procuram, mas não me ouvem. Eles só ouvem o que agrada a eles. Se eu digo que eles vão ficar ricos ou casar com uma moça bonita, ou moço bonito, eles me ouvem e acreditam que vai ser assim mesmo. Mas se eu digo que eles vão sofrer, eles não ouvem, não acreditam. O jovem acha que sofrimento e morte é só para os outros."

Então concluiu: "Aí o resultado... Agora o coitado, depois de sofrer e ainda trazer sofrimento aos outros, nem na morte encontrou a paz."

Ficou um instante calada, depois disse: "O que vocês querem de mim? Tudo o que eu podia fazer por essa criatura, eu já fiz. Agora eu não posso fazer mais nada."

"Pode", disse um dos presentes, "pode, sim, Dona Luzia; a senhora pode." Então contou tudo para ela — as buscas, a dificuldade em encontrar o corpo. Em resumo, eles queriam que ela "visse" onde estava o corpo, para que pudessem resgatá-lo e dar-lhe sepultura. Ou então, se isso já não fosse mais possível...

Ela pensou, confabulou em voz baixa com a anã e pediu aos presentes (uma tia e dois primos de Leo) que se retirassem por alguns minutos, passados os quais, chamou-os de volta: ela os atenderia, ela atenderia ao pedido deles, mas já ia avisando que não seria fácil. Nem barato.

Passou então às condições. Ela teria de ir pessoalmente ao lago — e à noite. "À noite?", se espantaram. A explicação, mista de bronca: eles não sabiam que gato enxerga melhor à noite? Gato? — outro espanto. Ela levaria o gato? A anã entrou na conversa e, sem trocadilho, foi curta e grossa: "Sem o gato, ela não vai." Olharam uns para os outros. "Está bem", concordaram.

Outra coisa: ela iria de charrete (por conta deles, claro), porque não andava de carro, "essa invenção do diabo". Iria ela, Toquinha e o gato — os três. Da parte deles, podia ir quem quisesse. Só não podiam levar crianças e cães, para não assustar o gato.

Finalmente, teriam de levar e colocar, ordenadas em semicírculo, na areia da margem do lago, 13 velas acesas — daquelas grossas. "Uai, mas para que as velas, se o gato enxerga melhor no escuro?", perguntou um dos primos, mais cético e não muito contente com aquela conversa. Luzia, ríspida, no seu melhor estilo, disse que ou faziam tudo do jeito que ela pedia ou ela não iria. Era isso.

E o preço? O trabalho, ela disse, ficaria em duzentos reais. "Duzentos?", exclamaram, quase ao mesmo tempo. Não, por aquele preço não dava, não tinha como: dispunham de pouco dinheiro, eram pobres. Além do mais, ainda tinham outras despesas pela frente com o próprio falecido, despesas de sepultamento e outras...

"Cento e cinquenta", ela disse, sem muita conversa. "Cem", propuseram; "cem a gente pode pagar." "Cento e trinta", ela disse; "cento e trinta ou vocês já podem pegar o caminho de casa." Olharam-se. "Está bem", mais uma vez concordaram.

"Pagamento adiantado", ela avisou, e ainda acrescentou: "em dinheiro, que eu não aceito cheque."

Ficaram de voltar depois do almoço — "a gente tem de conversar com os outros, sabe como é..." Voltaram, combinaram todos os detalhes, pagaram — e, ao final do dia, em direção ao lago, saiu o cortejo.

Na frente, a charrete, com a vidente, a anã e o gato. Atrás, dois carros, dois velhos fuscas. E no fim, atrás de tudo para não assustar o gato, duas motos.

Chegaram ao lago à noite, já com o escuro. Seguindo as instruções da vidente, colocaram as 13 velas na margem, em forma de semicírculo, com os extremos voltados para terra. Seguindo ainda as suas instruções, instalaram no centro, diante das velas, a sua cadeira, cadeira que ela exigiu que levassem e que mais parecia o encardido e sebento trono de uma decadente rainha antiga. Logo depois, Luzia, sempre acompanhada por Toquinha, sentou-se, com o gato no colo.

Então acenderam as velas e os incensos (cortesia dela). Não havia lua nem estrelas, e fazia frio. Ela pediu silêncio absoluto, no que foi prontamente atendida.

Ao final de uns 15 minutos — segundo um dos presentes, exatamente 13 —, durante os quais o único barulho que se ouviu em toda a orla do lago foi, vindo de uma árvore próxima, o lúgubre piar de uma coruja, Luzia Cega disse, com sua voz cavernosa: "Ele não está mais aí." O espanto foi geral. "Os espíritos levaram ele. Não precisam mais procurar. Ele não está mais aí."

Pronto — mais nada a dizer ou a fazer.

Apagaram as velas e os incensos, e, meio aturdidos, num estado de espírito que misturava, em doses iguais, a satisfação com aquele desfecho e a insatisfação —

pois, afinal, continuavam sem o corpo —, voltaram para os respectivos transportes, e o cortejo tomou o caminho de volta para a cidade.

Parecia ser o fim da história. Parecia, mas não era — não era ainda...

Ao chegar em casa, um dos primos notou, chateado, a falta da carteira de identidade: ela devia ter caído lá, na areia, ao tirar ele, do bolso de trás da calça, o lenço para assoar. No dia seguinte, ainda de madrugada, antes que alguém pudesse achá-la e dela se apropriar, ele pegaria a moto e iria lá, ao lago.

Assim fez. Com o dia mal começando a clarear, montou na moto e foi a toda para o lago. Teve sorte: achou a carteira exatamente onde calculara que ela havia caído. Agradeceu a Deus e, já montado novamente em sua moto, pronto para partir, lançou um último olhar ao lago. E então... Então viu uma coisa lá adiante, uma coisa diferente na superfície, um relevo, um... Aproximou-se mais da margem, aguçou a vista e, com o coração disparando, não teve mais dúvida: um corpo, sim, um corpo, um corpo de gente boiando.

Voltou a mil para a cidade, procurou imediatamente os companheiros da véspera, recrutou outros mais, e rumaram, os que aquela hora podiam, para o lago. Lá, um deles, bom nadador, nadou até o objeto suspeito e voltou com a já esperada notícia: era ele, sim, era ele — Leo. "Foi Deus que me fez perder a carteira", disse o primo, "foi Deus que me trouxe aqui..."

Ele ficou de plantão no lago, e os outros voltaram à cidade para tomar as devidas providências. Mas antes delas — ah, que raiva, que ódio daquela vagabunda! —, por mais urgentes que fossem, decidiram passar na casa de Luzia Cega.

Contendo-se como podiam — afinal de contas era uma cega, mas a vontade era a de dar-lhe uma surra, uma surra daquelas —, contaram para ela da descoberta. (Toquinha, no momento, não estava). "E agora, Dona Luzia, como é que fica? E a nossa grana? Hem?..."

A resposta? Nada menos que outro sermão. Isso mesmo: outro sermão. Se o corpo de Leo aparecera, Luzia disse, foi porque ela, ao chegar em casa, orara aos espíritos, pedindo que o trouxessem de volta, que o devolvessem ao lago e o pusessem num ponto onde alguém pudesse de longe enxergá-lo. E os espíritos a atenderam. Era isso o que tinha acontecido. Era isso.

Agora — "escutem bem" —, ela fizera aquilo não por causa deles ou do falecido, que, uma vez, se queriam saber, até abusara dela (a garrafa de vinho?). Ela fizera aquilo por dó da coitadinha da filha, a "aleijadinha", que, além de todo o sofrimento que já tinha, ainda teria de ter, pelo resto da vida, este, o de "um pai sem sepultura". "E agora", concluiu, "saiam de minha casa, que eu não quero ver mais nenhum de vocês aqui."

Pegos de surpresa, confusos e desorientados, eles se olharam, sem saber o que dizer, até que, por fim, numa de "deixa isso pra lá" e de andar rápido com as providências do resgate, decidiram sair e ir embora. Mas, também, não iriam sem dizer nada. "Nós vamos", disse um deles, "nós vamos, mas todo o mundo na cidade vai ficar sabendo do que houve, nós vamos contar para todo o mundo." Ela não respondeu. "E tem mais", disse outro, já na porta, "segura esse gato azarento aí, que a qualquer dia desses ele vai virar tamborim."

Ainda de manhã, num mutirão, conseguiram resgatar o corpo.

"Ele estava gordo e liso, parecendo uma baleia", me disse Mosquito, um dos que acompanharam as buscas e mais ajudaram em tudo. "Eu até pensei que, se eu desse uma pisada na barriga dele, ele ia esguichar água pela boca feito uma baleia. A gente tem cada pensamento, né?..."

No final da tarde, em urna lacrada, Leo foi velado na capela da vila onde nascera e vivera até mudar-se para o Rio. Presentes a mulher e a filha, alguns parentes e amigos. Pouco choro, um clima geral de resignação.

Da capela o caixão, levado por mãos caridosas, seguiu para o cemitério local, a poucas quadras dali.

Padre José, um padre já velhinho e de batina preta, que era o pároco da vila e morava nos fundos da capela, aspergiu água benta sobre o caixão e encomendou o corpo: "Tende compaixão, Senhor, perdoai os pecados e acolhei em vossa morada eterna a alma de vosso servo Leonardo."

Rezou um pai-nosso e uma ave-maria, acompanhado pelas pessoas, e, depois de o caixão baixar à sepultura, leu, em voz alta, num livrinho de capa preta, uma passagem do Apocalipse, com a qual encerrou a cerimônia — e com a qual se encerra também, aqui, este relato:

"E Deus limpará de seus olhos toda lágrima, e não haverá mais morte, nem pranto, nem clamor, nem dor."

Autor e Obras

Luiz Vilela nasceu em Ituiutaba, Minas Gerais, em 31 de dezembro de 1942, sétimo e último filho de um engenheiro-agrônomo e de uma normalista. Fez o curso primário e o ginasial no Ginásio São José, dos padres estigmatinos.

Criado numa família em que todos liam muito e numa casa onde "havia livros por toda parte", segundo ele conta em entrevista a Edla van Steen (*Viver & Escrever*), era natural que, embora tendo uma infância igual à de qualquer outro menino do interior, ele desde cedo mostrasse interesse pelos livros.

Esse interesse foi só crescendo com o tempo, e um dia, em 1956 — ano em que um meteoro riscou os céus da cidade, deixando um rastro de fumaça —, Luiz Vilela, com 13 anos de idade, começou a escrever. Logo em seguida, aos 14 anos, passou a publicar: primeiro num jornal de estudantes, *A Voz dos Estudantes*, e, depois, num jornal da cidade, o *Correio do Pontal*.

Aos 15 anos foi para Belo Horizonte, onde fez o curso clássico, no Colégio Marconi, e de onde passou a enviar, semanalmente, uma crônica para o jornal *Folha de Ituiutaba*. Entrou, depois, para a Faculdade de Filosofia, Ciências e Letras, da Universidade de Minas Gerais (U.M.G.), atual Universidade Federal de Minas Gerais (UFMG), formando-se em Filosofia. Publicou contos na "página dos novos" do Suplemento Dominical do Estado de Minas e ganhou, por duas vezes, um concurso de contos do Correio de Minas.

Aos 21, com outros jovens escritores mineiros, criou uma revista só de contos, Estória, e um jornal literário de vanguarda, Texto. Essas publicações, que, na falta de apoio financeiro, eram pagas pelos próprios autores, marcaram época, e sua repercussão não só ultrapassou os muros da província, como ainda chegou ao exterior. Nos Estados Unidos, a Small Press Review afirmou, na ocasião, que Estória era "a melhor publicação literária do continente sul-americano". Vilela criou também, com outros, a Revista Literária, da U.M.G.

Em 1967, aos 24 anos, depois de se ver recusado por vários editores, Luiz Vilela publicou, à própria custa, em edição graficamente modesta e de apenas mil exemplares, seu primeiro livro, de contos, Tremor de terra. Mandou-o então para um concurso literário em Brasília, e o livro ganhou o Prêmio Nacional de Ficção, disputado com 250 escritores, entre os quais diversos monstros sagrados da literatura brasileira, como Mário Palmério e Osman Lins. José Condé, que também concorria e estava presente ao anúncio do prêmio, feito no encerramento da Semana Nacional do Escritor, que se realizava todo ano na capital federal, levantou-se, acusou a comissão julgadora de fazer "molecagem" e se retirou da sala. Outro escritor, José Geraldo Vieira, também inconformado com o resultado e que estava tão certo de ganhar o prêmio, que já levara o discurso de agradecimento, perguntou à comissão julgadora se aquele concurso era destinado a "aposentar autores de obra feita e premiar meninos saídos da creche". Comentando mais tarde o acontecimento em seu livro *Situações da ficção brasileira*, Fausto Cunha, que fizera parte da comissão julgadora, disse: "Os mais novos empurram implacavelmente os mais velhos para a história ou para o lixo."

Tremor foi, logo a seguir, reeditado por uma editora do Rio, e Luiz Vilela se tornou conhecido em todo o Brasil, sendo saudado como a Revelação Literária do Ano. "A crítica mais consciente não lhe regateou elogios", lembraria depois Assis Brasil, em seu livro *A nova literatura*, e Fábio Lucas, em outro livro, *O caráter social da literatura brasileira*, falaria nos "aplausos incontáveis da crítica" obtidos pelo jovem autor. Aplausos a que se juntaram os de pessoas como o historiador Nelson Werneck Sodré, o biógrafo Raimundo Magalhães Jr. e o humorista Stanislaw Ponte Preta. Coroando a espetacular estreia de Luiz Vilela, o *Jornal do Brasil*, numa reportagem de página dupla, intitulada "Literatura Brasileira no Século XX: Prosa", o escolheu como o mais representativo escritor de sua geração, incluindo-o na galeria dos grandes prosadores brasileiros, iniciada por Machado de Assis.

Em 1968 Vilela mudou-se para São Paulo, para trabalhar como redator e repórter no *Jornal da Tarde*. No mesmo ano, foi premiado no I Concurso Nacional de Contos, do Paraná. Os contos dos vencedores foram reunidos e publicados em livro, com o título de *Os 18 melhores contos do Brasil*. Comentando-o no *Jornal de Letras*, Assis Brasil disse que Luiz Vilela era "a melhor revelação de contista dos últimos anos".

Ainda em 1968, um conto seu, "Por toda a vida", de *Tremor de terra*, foi traduzido para o alemão e publicado na

Alemanha Ocidental, numa antologia de modernos contistas brasileiros, *Moderne brasilianische Erzähler*. No final do ano, convidado a participar de um programa internacional de escritores, o International Writing Program, em Iowa City, Iowa, Estados Unidos, Vilela viajou para este país, lá ficando nove meses e concluindo seu primeiro romance, *Os novos*. Sobre a sua participação no programa, ele disse, numa entrevista ao *Jornal de Letras*: "Foi ótima, pois, além de uma boa bolsa, eu tinha lá todo o tempo livre, podendo fazer o que quisesse: um regime de vida ideal para um escritor."

Dos Estados Unidos, Vilela foi para a Europa, percorrendo vários países e fixando-se por algum tempo na Espanha, em Barcelona. Seu segundo livro, *No bar*, de contos, foi publicado no final de 1968. No *Jornal do Brasil*, Macedo Miranda disse: "Ele escreve aquilo que gostaríamos de escrever." No mesmo ano, Vilela foi premiado no II Concurso Nacional de Contos do Paraná, ocasião em que Antonio Candido, que fazia parte da comissão julgadora, observou sobre ele: "A sua força está no diálogo e, também, na absoluta pureza de sua linguagem."

Voltando ao Brasil, Vilela passou a residir novamente em sua cidade natal, próximo da qual comprou depois um sítio, onde passaria a criar vacas leiteiras. "Gosto muito de vacas", disse, mais tarde, numa entrevista que deu ao *Folhetim*, da *Folha de S.Paulo*. "Não só de vacas: gosto também de cavalos, porcos, galinhas, tudo quanto é bicho, afinal, de borboleta a elefante, passando obviamente por passarinhos, gatos e cachorros. Cachorro, então, nem se fala, e quem conhece meus livros já deve ter notado isso."

Em 1970, o terceiro livro, também de contos, *Tarde da noite*, e, aos 27 anos, a consagração definitiva como contista. "Um dos grandes contistas brasileiros de todos os tempos", disse Wilson Martins, no *Estado de S. Paulo*. "Exemplos do grande conto brasileiro e universal", disse Hélio Pólvora, no *Jornal do Brasil*. E no *Jornal da Tarde*, em artigo de página inteira, intitulado "Ler Vilela? Indispensável", Leo Gilson Ribeiro dizia, na chamada: "Guimarães, Clarice, Trevisan, Rubem Fonseca. Agora, outro senhor contista: Luiz Vilela."

Em 1971 saiu *Os novos*. Baseado em sua geração, o livro se passa logo após a Revolução de 64 e teve, por isso, dificuldades para ser publicado, pois o país vivia ainda sob a ditadura militar, e os editores temiam represálias. Publicado, finalmente, por uma pequena editora do Rio, ele recebeu dos mais violentos ataques aos mais exaltados elogios. No *Suplemento Literário do Minas Gerais*, Luís Gonzaga Vieira o chamou de "fogos de artifício", e, no *Correio da Manhã*, Aguinaldo Silva acusou o autor de "pertinaz prisão de ventre mental". Pouco depois, no *Jornal de Letras*, Heraldo Lisboa observava: "Um soco em muita coisa (conceitos e preconceitos), o livro se impõe quase em fúria. (É por isso que o temem?)" E Temístocles Linhares, em *O Estado de S. Paulo*, constatava: "Se não todos, quase todos os problemas das gerações, não só em relação à arte e à cultura, como também em relação à conduta e à vida, estão postos neste livro." Alguns anos depois, Fausto Cunha, no *Jornal do Brasil*, em um número especial do suplemento Livro, dedicado aos novos escritores brasileiros, comentou sobre *Os novos*: "É um romance que, mais dia menos dia, será descoberto e apreciado em toda a sua força. Sua geração ainda não produziu nenhuma obra como essa, na ficção."

Em 1974 Luiz Vilela ganhou o Prêmio Jabuti, da Câmara Brasileira do Livro, para o melhor livro de contos de 1973, com O fim de tudo, publicado por uma editora que ele, juntamente com um amigo, fundou em Belo Horizonte, a Editora Liberdade. Carlos Drummond de Andrade leu o livro e escreveu ao autor: "Achei 'A volta do campeão' uma obra-prima."

Em 1978 aparece Contos escolhidos, a primeira de uma dúzia de antologias de seus contos — Contos, Uma seleção de contos, Os melhores contos de Luiz Vilela, etc. — que, por diferentes editoras, apareceriam nos anos seguintes. Na revista IstoÉ, Flávio Moreira da Costa comentou: "Luiz Vilela não é apenas um contista do Estado de Minas Gerais: é um dos melhores ficcionistas de história curta do país. Há muito tempo, muita gente sabe disso."

Em 1979 Vilela publicou, ao longo do ano, três novos livros: O choro no travesseiro, novela, Lindas pernas, contos, e O inferno é aqui mesmo, romance. Sobre o primeiro, disse Duílio Gomes, no Estado de Minas: "No gênero novela ele é perfeito, como nos seus contos." Sobre o segundo, disse Manoel Nascimento, na IstoÉ: "Agora, depois de Lindas pernas (sua melhor coletânea até o momento), nem os mais céticos continuarão resistindo a admitir sua importância na renovação da prosa brasileira." Quanto ao terceiro, o Inferno, escrito com base na sua experiência no Jornal da Tarde, ele, assim como acontecera com Os novos, e por motivos semelhantes, causou polêmica. No próprio Jornal da Tarde, Leo Gilson Ribeiro disse que o livro não era um romance, e sim "uma vingança pessoal, cheia de chavões". Na entrevista que deu ao Folhe-

tim, Vilela, relembrando a polêmica, foi categórico: "Meu livro não é uma vingança contra ninguém nem contra nada. É um romance, sim. Um romance que, como as minhas outras obras de ficção, criei partindo de uma realidade que eu conhecia, no caso o *Jornal da Tarde*." Comentando o livro na revista *Veja*, Renato Pompeu sintetizou a questão nestas palavras: "O livro é importante tanto esteticamente como no nível de documento, e sua leitura é indispensável."

Ituiutaba, uma cidade de porte médio, situada numa das regiões mais ricas do país, o Triângulo Mineiro, sofrera na década de 70, como outras cidades semelhantes, grandes transformações, o que iria inspirar a Vilela seu terceiro romance, *Entre amigos*, publicado em 1983 e tão elogiado pela crítica. "*Entre amigos* é um romance pungente, verdadeiro, muito bem escrito, sobretudo isso", disse Edilberto Coutinho, na revista *Fatos e Fotos*.

Em 1989 saiu *Graça*, seu quarto romance e décimo livro. *Graça* foi escolhido como o "livro do mês" da revista *Playboy*, em sua edição de aniversário: "Uma narração gostosa e envolvente, pontuada por diálogos rápidos e costurada com um fino bom humor", disse, na apresentação dos capítulos publicados, a editora da revista, Eliana Sanches. Na *Folha da Tarde*, depois, Luthero Maynard comentou: "Vilela constrói seus personagens com uma tal consistência psicológica e existencial, que a empatia com o leitor é quase imediata, cimentada pela elegância e extrema fluidez da linguagem, que o colocam entre os mais importantes escritores brasileiros contemporâneos."

No começo de 1990, a convite do governo cubano, Luiz Vilela passou um mês em Cuba, como jurado de literatura brasileira do Premio Casa de las Américas. Em junho, ele foi escolhido como O Melhor da Cultura em Minas Gerais no ano de 1989 pelo jornal Estado de Minas, na sua promoção anual "Os Melhores".

No final de 1991 Vilela esteve no México, como convidado do VI Encuentro Internacional de Narrativa, que reuniu escritores de várias partes do mundo para discutir a situação da literatura atual.

Em 1994, no dia 21 de abril, ele foi agraciado pelo governo mineiro com a Medalha da Inconfidência. Logo depois esteve na Alemanha, a convite da Haus der Kulturen der Welt, fazendo leituras públicas de seus escritos em várias cidades. No fim do ano publicou a novela *Te amo sobre todas as coisas*, a respeito da qual André Seffrin, no *Jornal do Brasil*, escreveu: "Em *Te amo sobre todas as coisas* encontramos o Luiz Vilela de sempre, no domínio preciso do diálogo, onde é impossível descobrir uma fresta de deslize ou notação menos adequada."

Em 1996 foi publicada na Alemanha, pela Babel Verlag, de Berlim, uma antologia de seus contos, *Frosch im Hals*. "Um autor que pertence à literatura mundial", disse, no prefácio, a tradutora, Ute Hermanns. No final do ano Vilela voltou ao México, como convidado do XI Encuentro Internacional de Narrativa.

Em 2000 um conto seu, "Fazendo a barba", foi incluído na antologia *Os cem melhores contos brasileiros do século*, e um curta-metragem, *Françoise*, baseado no seu conto homônimo, dirigido por Rafael Conde e com Débora Falabella no papel principal, ganhou o prêmio de melhor atriz na categoria curtas do Festival de Cinema de Gramado. Ainda no mesmo ano, foi publicado o livro *O diálogo da compaixão na obra de Luiz Vilela*, de Wania de Sousa Majadas, primeiro estudo completo de sua obra.

Em 2001 a TV Globo levou ao ar, na série *Brava Gente*, uma adaptação de seu conto "Tarde da noite", sob a direção de Roberto Farias, com Maitê Proença, Daniel Dantas e Lília Cabral.

Em 2002, depois de mais de vinte anos sem publicar um livro de contos, Luiz Vilela lançou *A cabeça*, livro que teve extraordinária recepção de crítica e de público e foi incluído por vários jornais na lista dos melhores lançamentos do ano. "Os diálogos mais parecidos com a vida que a literatura brasileira já produziu", disse Sérgio Rodrigues, no *Jornal do Brasil*.

Em 2003 *Tremor de terra* integrou a lista das leituras obrigatórias do vestibular da UFMG. *A cabeça* foi um dos dez finalistas do primeiro Prêmio Portugal Telecom de Literatura Brasileira e finalista também do Prêmio Jabuti. Vários contos de Vilela foram adaptados pela Rede Minas para o programa *Contos de Minas*. Também a TV Cultura de São Paulo adaptou três contos seus, "A cabeça", "Eu estava ali deitado" e "Felicidade", para o programa *Contos da Meia-Noite*, com, respectivamente, os atores Giulia Gam, Matheus Nachtergaele e Paulo César Pereio. E um outro conto, "Rua da amargura", foi adaptado, com o mesmo título, para o cinema, por Rafael Conde, vindo a ganhar o prêmio de melhor curta do Festival de Cinema de Brasília. O cineasta adaptaria depois, em novo curta, um terceiro conto, "A chuva nos telhados antigos", formando com ele a "Trilogia Vilela". Ainda em 2003, o governo mineiro concedeu a Luiz Vilela a Medalha Santos Dumont, Ouro.

Em 2004, numa enquete nacional realizada pelo caderno *Pensar*, do jornal *Correio Braziliense*, entre críticos literários, professores universitários e jornalistas da área cultural, para saber quais "os 15 melhores livros brasileiros dos últimos 15 anos", *A cabeça* foi um dos escolhidos. No fim do ano a revista *Bravo!*, em sua "Edição 100", fazendo um ranking dos 100 melhores livros de literatura, nacionais e estrangeiros, publicados no Brasil nos últimos oito anos, levando em consideração "a relevância das obras, sua repercussão entre a crítica e o público e sua importância para o desenvolvimento da cultura no país", incluiu *A cabeça* em 32.º lugar.

Em 2005, em um número especial, "100 Livros Essenciais" — "o ranking da literatura brasileira em todos os gêneros e em todos os tempos" —, e a revista *Bravo!* incluiu entre os livros o *Tremor de terra*, observando que o autor "de lá para cá, tornou-se referência na prosa contemporânea". E a revista acrescentava: "Enquanto alguns autores levam tempo para aprimorar a escrita, Vilela conseguiu esse feito quando tinha apenas 24 anos."

Em 2006 — ano em que Luiz Vilela completou 50 anos de atividade literária — saiu sua novela *Bóris e Dóris*. "Diferentemente dos modernos tagarelas, que esbanjam palavrório (somente para... esbanjar palavrório), Vilela entra em cena para mostrar logo que só quer fazer o que sabe fazer como poucos: contar uma história", escreveu Nelson Vasconcelos, em *O Globo*.

Com o lançamento de *Bóris e Dóris*, a Editora Record, nova casa editorial de Vilela, deu início à publicação de toda a sua obra. Comentando o fato no *Estado de Minas*, disse João Paulo: "Um conjunto de livros que, pela linguagem, virtuosismo do estilo e ética corajosa em enfrentar o avesso da vida, constitui um momento marcante da literatura brasileira contemporânea."

Em 2008 a Fundação Cultural de Ituiutaba criou a Semana Luiz Vilela, com palestras sobre a obra do escritor, exibição de filmes, exposição de fotos, apresentações teatrais, lançamentos de livros, etc., tendo já sido realizada este ano a 4.ª Semana.

Também neste ano, de 2011, o Concurso de Contos Luiz Vilela, promoção anual da mesma Fundação, chegou à 21.ª edição, consolidando a sua posição de um dos mais duradouros concursos literários brasileiros e um dos mais concorridos, com participantes de todas as regiões do Brasil e até do exterior.

Luiz Vilela já foi traduzido para diversas línguas. Seus contos figuram em inúmeras antologias, nacionais e estrangeiras, e numa infinidade de livros didáticos. No todo ou em parte, sua obra tem sido objeto de constantes estudos, aqui e no exterior, e já foi tema de várias dissertações de mestrado e teses de doutorado.

Pai de um filho, Luiz Vilela continua a residir em sua cidade natal, onde se dedica inteiramente à literatura.

Tremor de terra (contos). Belo Horizonte, edição do autor, 1967. 9.ª edição, São Paulo, Publifolha, 2004.

No bar (contos). Rio de Janeiro, Bloch, 1968. 2.ª edição, São Paulo, Ática, 1984.

Tarde da noite (contos). São Paulo, Vertente, 1970. 5.ª edição, São Paulo, Ática, 1999.

Os novos (romance). Rio de Janeiro, Gernasa, 1971. 2.ª edição, Rio de Janeiro, Nova Fronteira, 1984.

O fim de tudo (contos). Belo Horizonte, Liberdade, 1973.

Contos escolhidos. Rio de Janeiro, Francisco Alves, 1978. 2.ª edição, Porto Alegre, Mercado Aberto, 1985.

Lindas pernas (contos). São Paulo, Cultura, 1979.

O inferno é aqui mesmo (romance). São Paulo, Ática, 1979. 3.ª edição, São Paulo, Círculo do Livro, 1988.

O choro no travesseiro (novela). São Paulo, Cultura, 1979. 9.ª edição, São Paulo, Atual, 2000.

Entre amigos (romance). São Paulo, Ática, 1983.

Uma seleção de contos. São Paulo, Nacional, 1986. 2.ª edição, reformulada, São Paulo, Nacional, 2002.

Contos. Belo Horizonte, Lê, 1986. 4.ª edição, introdução de Miguel Sanches Neto, São Paulo, Scipione, 2010.

Os melhores contos de Luiz Vilela. Introdução de Wilson Martins. São Paulo, Global, 1988. 3.ª edição, São Paulo, Global, 2001.

O violino e outros contos. São Paulo, Ática, 1989. 7.ª edição, São Paulo, Ática, 2007.

Graça (romance). São Paulo, Estação Liberdade, 1989.

Te amo sobre todas as coisas (novela). Rio de Janeiro, Rocco, 1994.

Contos da infância e da adolescência. São Paulo, Ática, 1996. 4.ª edição, São Paulo, Ática, 2007.

Boa de garfo e outros contos. São Paulo, Saraiva, 2000. 4.ª edição, São Paulo, Saraiva, 2010.

Sete histórias (contos). São Paulo, Global, 2000. 3.ª edição, São Paulo, Global, 2001. 1.ª reimpressão, 2008.

Histórias de família (contos). Introdução de Augusto Massi. São Paulo, Nova Alexandria, 2001.

Chuva e outros contos. São Paulo, Editora do Brasil, 2001.

Histórias de bichos. São Paulo, Editora do Brasil, 2002.

A cabeça (contos). São Paulo, Cosac & Naify, 2002. 1.ª reimpressão, São Paulo, Cosac & Naify, 2002.

Bóris e Dóris (novela). Rio de Janeiro, Record, 2006.

Contos eróticos. Belo Horizonte, Leitura, 2008.

Amor e outros contos. Erechim, RS, Edelbra, 2009.

Três histórias fantásticas. Introdução de Sérgio Rodrigues. São Paulo, Scipione, 2009.

Perdição (romance). Rio de Janeiro, Record, 2011.

Este livro foi composto na tipologia Caecilia LT Std,
em corpo 10,5/16, e impresso em papel off white 80g/m²,
no Sistema Cameron da Divisão Gráfica
da Distribuidora Record.